U0919214

恋人们的森林

[日本] 森茉莉 著
谢同宇 译

译林出版社

图书在版编目（CIP）数据

恋人们的森林/（日）森茉莉著；谢同宇译．—南京：译林出版社，2022.6
（森茉莉作品）
ISBN 978-7-5447-9007-9

Ⅰ.①恋… Ⅱ.①森… ②谢… Ⅲ.①短篇小说－小说集－日本－现代 Ⅳ.①I313.45

中国版本图书馆 CIP 数据核字（2021）第 268765 号

KOIBITO TACHI NO MORI by Mari Mori

著作权合同登记号　图字：10-2018-177 号

恋人们的森林　［日本］森茉莉／著　谢同宇／译

责任编辑　李浩瑜　王　玥
装帧设计　ZUOE
审　　稿　梁艳萍
校　　对　王　敏
责任印制　颜　亮

原文出版　新潮社，1975
出版发行　译林出版社
地　　址　南京市湖南路 1 号 A 楼
邮　　箱　yilin@yilin.com
网　　址　www.yilin.com
市场热线　025-86633278
排　　版　南京展望文化发展有限公司
印　　刷　江苏凤凰新华印务集团有限公司
开　　本　890毫米 ×1240毫米　1/32
印　　张　7.625
插　　页　2
版　　次　2022 年 6 月第 1 版
印　　次　2022 年 6 月第 1 次印刷
书　　号　ISBN 978-7-5447-9007-9
定　　价　48.00 元

目 录

波提切利之门

将近十年前，由里住进了田窪家二楼那个六张榻榻米大的房间。她把自己的床安置在那个名叫田窪信吉的确乎不太幸福的男人曾放床的地方，生活起居就在那张床上。

田窪信吉是那家的主人，当时已经去世了，据说生前是东京大学湖沼学这一古怪学科的教授。不知为什么，大概是与妻子不睦，他的肖像照没有摆在家人屋里，却挂在了由里房间墙上那个可以俯视床的位置。由里渐渐开始观察他家的光景，觉得照片里的他对其家人的看法和自己一样，有时甚至感觉他在对自己说话。照片里，他是一个长得像英国人般的漂亮老人，眼睛大，眉毛离眼睛近，面容下潜藏着某种激烈的东西。从昭和二十三年到二十五年[1]，由里一直待在他家，期间她尝到了——“尝到”比“见到”更贴切——田窪家的气氛，那是种彻彻底底的阴郁。由里在那儿还经历了一件令她非常痛心的事。

那是一座大宅子。整座建筑在荒芜的庭院中显得苍白而朦胧。若不是由里，别的租住者或许看见那宅子就回去了，而由里这个人对事物的异常毫无感觉。一个俨然一家之主的老妇人

1　昭和二十三年为1948年，昭和二十五年为1950年。

在家里轻轻飘移，仿佛身上裹了好几层灰色衣服。她是一个丑陋的银发老妇人，细眉毛下是肿眼皮和一双瞪着的小眼睛，鼻子短而扁，鼻子下是又窄又薄的嘴唇，有一种诡异的气质。在这个家中，这位名叫绘美矢的遗孀的心情无疑左右着一切。不仅如此，院子的角角落落，坏掉的院门内侧，屋外的树丛、铺路石边等杂草丛生的宅院外围，以及摆着老式家具的阴暗的室内各处的空气，也都和绘美矢息息相关。绘美矢的心情造就了这个家。尽管看上去好像是先有了这个家，而后绘美矢夫人才从中浮现。通往二楼的楼梯传来嘎吱嘎吱的声音。走廊地板木纹泛黑，凹陷处发白起毛，每当有人走过便嘎吱作响，其上飘移着绘美矢这团轻若无物的灰东西。从那灰东西的顶部源源不断地发出仿佛从铁丝管中传出的细小而激动的尖叫，那是咒骂声。

这种简直就像是建筑与人在相互腐蚀的状况似乎老早就开始了。田窪信吉在由里住进他家七年前就去世了。田窪信吉的死和日本战败，以及满脑子都是面子上的事儿的绘美矢夫人的优柔寡断，是造成这户人家如今景况的表面原因。真正的原因则是绘美矢夫人内心无可救药的麻烦东西。田窪信吉虽只是个大学教授，但显然家境曾经颇为殷实；另外，萦绕在绘美矢夫人脑海中的旧梦也是一个原因，待在这所大房子里，会感觉黑亮的板壁角落、橱柜的阴影里隐约传来这户人家昔日热闹的喧哗，像八音盒的乐声一样鸣响。走进厨房门口时，由里会突然停下脚步打量被熏黑的大厨房，不由自主地凝神倾听。厨房里摆着如今似乎只有古董家具店才有的沉甸甸的橱柜和餐具柜，还有布满裂痕和污垢的油光光的烹调台。厨房到饭厅的过道上，那台冰箱也是又黑又旧，门把手都生了锈。地板到处都黑得发亮，看不见的风从房中吹过。煤气灶台生了红锈，上面放着豁了口的西洋盘子、竹轮卷和用经木纸包着的某种东西；正中凹陷、四角磨圆的伤痕累累的砧板上，剁得黏糊糊的老腌菜乍看还以为是肉糜，填平了砧板凹处，略微凸起，形如静卧的蛞蝓。绘美矢夫人穿得鼓鼓囊囊的，外面套着褪色的制服。她伸出结实、有皱纹的胳膊，从橱柜里取出茶具。看到绘美矢夫人厚厚的肩膀仿佛流露出不满、愤怒，由里听到的往日的喧哗声便变得更加清晰。那是家里来客人时的嘈杂：女佣们擦榻榻米和地板时的脚步声，开水沸腾的声音，东西煮熟的声音，脸颊发红的女佣埋头切菜时急促的声音，男客人欢快的笑声。其间穿插着绘美矢夫人发号施令时细而有穿透力的尖锐嗓音、动听的笑声，年幼的二女儿麻矢弹钢琴的声音断断续续地形成曲调。随着那片声响，由里甚至觉得阴暗的厨房和绘美矢夫人都微微晃动起来。

绘美矢夫人也没什么事，总在家里游荡。不过，在家里漫无目的地走动的不止她一个，还有她的二儿子沼二和长毛黑猫卡梅。沼二是一个异常敏感的青年，和谁都不说话。好像在互相躲避，他和绘美矢夫人从不碰面，一直各走各的路。卡梅遍体乌黑，全身长着长毛，脖子后面的毛更是长得像妖怪。它四处游荡，时而从绘美矢夫人身后轻飘飘地飞也似的上楼，时而跟在沼二或其他人后面。

不知不觉住进这种人家的由里，虽然被阴郁的风景包围，却没有搬出去。由里这个人有一种习性，一旦安顿下来就不会轻易挪窝。她无论在自己家里还是在别人家里都这样，况且搬家挪窝就要面对烦人的杂事，需要费用，她宁死也不挪。

由里经常在外闲逛，一天多次进出田窪家的玄关。她对玄关有强烈的印象，以至于后来她回想起田窪家时，玄关就会出现在她眼前。贴在玄关正面玻璃门上的是一张描摹波提切利《春》中的女神的画，画中女神只画到胸部。由里从玄关入口进去前隔着玻璃门隐约能看见那张画，她每次看到那张画，沼二的身影总会悄然进入她的脑海。因为由里对沼二这个青年每天的生活多少有所了解，知道那张波提切利的画是沼二在自己生活中的一丁点自由时间里贴在那儿的。那天，沼二从玄关左侧的起居室里走了出来，右手拿着胶水，左腋下夹着硬撅撅的像是画了画的厚纸。那时由里碰巧撞见沼二，吓了一跳——她怕绘美矢夫人细而尖的、歇斯底里的嗓音从后面的厨房或屋内饭厅袭来。沼二自由行动——多半是要做怪事——都是在母亲出门，而且家里谁也看不见他的时候。他都计算好，瞅准了的。由里惊讶之余，竟把这点给忘了。

沼二的行动总是受到母亲和其他家人的严密监视，因为田窪家的人讨厌他在显眼的地方胡乱走来走去。除了妹妹麻矢，其他人的目光都是严厉、冷酷的，沼二却没有畏惧的样子，看上去只是像在一心一意地躲避那些讨厌鬼。

沼二被田窪家的人当作弱智儿一样对待。他身穿黑灰色毛衣，白衬衫从毛衣的领口和袖口微微露出来。他身长腿长，是个长脸青年，紧挨着眉毛的那双大眼睛爱盯着人看。他的眼底有时会闪出凶光，由里却觉得那里也藏着温热的柔情。走路时，他一般把手插在后裤兜里。他动作迟缓，总是默不作声，只在极少数情况下才会结结巴巴地说几句必要的话。沼二在这个家里被当成弱智，但由里以前曾经见过弱智青年，相较之下，沼二显然不同。他固然走路飘忽，却无空洞之处；他的内在坚固，被某种东西充实着，背影也毫不空虚。由里不曾同他握过手，他那似乎有些汗湿的凉凉的大手掌、从毛衣袖子里伸出的过长的手腕，让她觉得有几分不寻常；但看着他的眼睛，她并不觉得他是一个低能儿。他也许只是一个怪人，没准有时还是一个狂人，由里心想。他的眼睛总是像发烧的人的眼睛，柔软的头发下面是宽阔的额头；他的额头紧绷绷、光溜溜的，带着冷冰冰的光泽。

沼二偶尔从厨房门口出来，漫无目的地乱走，或在意想不到的时候在走廊、在各个房间里晃荡。此外就待在三张榻榻米大的起居室里。最初看见他的时候，由里怀疑自己看错了。那天由里听到客人的声音，便从厨房门出来，从后院绕过去，却见玄关拐角处的那扇玻璃门开了一条大约四寸长的缝，一个个子很高的年轻男子像块细毽子板[1]一样站在门缝后面。那个男子用锐利的目光凝视由里，他便是沼二。

有一次由里走向院门准备出去，便门突然“哐当”一声开了，沼二勉强钻进门，挺起长长的身躯朝她这边走来，那时她在明处看见了他的脸。由里发现他脸上有智慧的光彩，觉得不可思议：这个大好青年是不是受了什么诅咒，才被关在了这一副长长的、不漂亮的身躯里？这青年与由里屋里他父亲那轮廓鲜明的、英国人式的长相相似，甚至更有风采。如果抛开眼中的凶光，他还真是一个漂亮青年。

1　一种貌似羽毛球拍但形状较小的玩具。

青年沼二凝视由里后垂下眼帘，露出一张像沉思的人那样显得有些痛苦的侧脸，与她擦肩走了过去。一股强烈的怒气从他那双深棕色的眼睛里冒出来，由里也看出了几分，而她能看出的那几分怒气少得可怜，他的内心深处似乎隐藏着她的脑细胞无法揣摩的压抑、内敛的感情。由里觉得所谓的普通人心里不会有那股怒气，那种怒气只有天才或伟人心里才会有。

那时沼二看由里的目光就像要分辨她是敌是友，由里的心不由得怦怦直跳，因为他的目光锐利异常。被他的目光盯视后，由里觉得自己对沼二既没有伟大的博爱精神，也没有好医生那样的热心关切。由里曾在楼下之类的地方突然与他擦肩而过，也曾在傍晚碰到他从附近的铺有供水管道的小路走来，他的脸总是显得很痛苦。他的额头显得尤其痛苦，由里感觉一个看不见的铁箍紧紧箍住了他的额头，而那铁箍绝对是摘不掉的。那是一个一刻都不能取下来放在一旁的铁箍，是神套上去的铁箍，无论是谁、无论做什么都不能把它摘掉。不过由里认为，至少他内心是有内容的，即使是一些莫名其妙的内容，但他绝不是一个空洞的人。由里在知识青年当中也见过很多空洞的人，他们似乎有什么主张、思想，而他们的主张、思想看上去好像都是借过来的。即使混沌不清，至少他内心是翻涌着什么的。人们为什么不能对内心涌现之物重视些呢？——每当由里待在二楼自己屋里，伸开腿坐在床上，在摊开的稿纸上写东西时；或是把盛得满满的拌上蛋黄酱的生卷心菜丝（她深信生卷心菜有营养）和去籽的青椒（她去掉青椒里白喉病伪膜似的部分比去青椒籽还要用心），就像马儿或狗儿似的用叉子往嘴里送时，心里便会这样想。

田窪家的二女儿麻矢是沼二的盟友。在想来想去的时间里，沼二的同情者麻矢的心情慢慢变成了由里自己的心情。麻矢是一个十八岁的少女，犹如一朵初绽的、饱满的嫩红蔷薇。拥有麻矢温暖心房的一部分是很妙的一件事，如果由里是男人，一定会怦然心动吧。

就这样，由里对沼二这个青年有了些兴趣，每次看到玄关处的那幅《春》，沼二的身影就会进入她的脑海。看到那张说明着他仅有的片刻快乐时光的画，不知何故，由里的脑海会马上被他的身影占据。凝视之间，由里会发现那是张悲哀的画。

沼二萦绕在由里的脑海还有别的理由，而这个理由对她来说不大愉快。由里和沼二相似，脑子似乎少根筋，手脚也慢；她心里潜藏着无端的愤怒，这也和沼二相似。原来由里暗地里认为，之所以小时候亲戚等人待她如绘美矢夫人待沼二一般，是因为她和沼二相似的缘故。茫茫然地信步游荡或许也是由里和沼二的相同之处，而他们的区别只在于，由里还有几分将茫茫然的思绪整理成文字的能力。

由里上门租房与绘美矢夫人见面的一瞬间，绘美矢夫人多半看出了她和沼二是一路人，所以不到半年，绘美矢夫人对待她就像对待沼二一样了，这也是无法否认的事实。由里为了去咖啡店，为了买美国巧克力，战后开始上市的小方糖，上等绿茶、红茶等东西，把坐电车去离田窪家有两站路的大街当作每天的"功课"。不出去就受不了好像是由里的一种病，而那些东西在田窪家附近没有。一天早上，绘美矢夫人逮到由里去洗濯间，不顾一切地宣布：

"今天我要出去一下，团女士您就在家里待着吧。"

由里嘴巴嚅动了一下，绘美矢夫人赶紧又说：

“您一定要到上北泽站去吗？”

由里听到“一定要”这几个字，心头袭上一股自己每天奇怪的“功课”确实十分异常的自卑感，加上绘美矢夫人说话的口气又冲，便不得不沉默了。日本人对别人的生活议论过多，可一个人的每一天全是这个人自己的！由里习惯性地把问题扩大到全体日本人，生气地回到二楼。

绘美矢夫人那套干涉由里自由的做法一点点地延伸，渐渐将由里包围在烦闷的罗网中。由里对沼二感兴趣纯属理所当然，她与沼二也作为共同拥有一种心情的伙伴而以某种形式联系在一起。

作为田窪夫人的绘美矢身体结实，胸脯和男人一样宽，体重好像也不轻，但不可思议的是，她活动起来轻飘飘的，仿佛又大又柔的东西在动。她经常把自己这个裹着好几层灰布的大东西送到二楼，有一天她来到由里房间，坐在卧室一角，对由里说起自己死去的丈夫。她说，田窪信吉生前脚气加重，右脚一直肿到脚跟，不仅不能自由活动，还会周期性地受到剧痛袭击；疼痛一发作，他的叫声在屋外都听得到。她还说，当年她随身带着一个皮包，里面装着给丈夫那肿得像圆木的脚用的大量纱布、外敷药、冰块等物品，陪丈夫一起旅行，遍访了日本的大学。

由里一边从绘美矢夫人漫长的“护士”生活中探寻她歇斯底里的原因，一边细细地打量她。在明亮处细看会发现，绘美矢夫人从脸到颈部上半段泛着一种奇异的、很少见的紫黑色。那脸上抹着润泽的白粉，后来由里才明白，那是为了掩盖染发剂过敏发炎留下的痕迹。不知为什么，她顶着一头有几分发黄的花白鬈发。从这个纹丝不动的稳坐着的灰色团块中，话语像蚕丝一样源源不断地吐了出来。

看到绘美矢夫人那胭脂虫红晕染出来似的薄嘴唇像在舔茶碗沿儿似的喝着茶，由里产生了某种肉欲的想象。她脑海里浮现出仆人似内的胸膛。即便初秋，似内也只穿一条军裤光着上身走路。住进田窪家没几天，一天下午由里从外面回来走进便门，只见一个男子半裸着身子走过来。男子穿着军裤，系着一条缠在马腹上的那种皮带，一只手贴在胸前，他看了看由里，与她擦身而过。那是由里第一次见到似内。似内的窄额头、头皮隐约可见的板寸发型、眼白居多的眼睛给由里留下了深刻的印象，后来由里多次见到似内，对他裸露的胸部有一种奇怪的厌恶感。似内的胸部肤色偏黄，似乎一按就瘪；乳头则像不断被猛吸的母亲的乳头一样，粗糙扁平而且看不到乳晕。似内的胸部让由里感到恶心。终于，似内的乳头和绘美矢夫人不停翻动的薄嘴唇在由里的脑海里关联在了一起。由里的脑海中浮现出她在过去的人生中根本没有机会去想象的场面。二者的关联性在由里心里留下了惊异感，并挥之不去，那更提醒了她不怀好意地去观察他们。

似内这个男人看起来也不大像做事的样子，只是瞪大那双白多黑少的眼睛四处行走。从他走路的样子中，由里感觉与其说他是一个无事可做的男人，不如说他更像一个身心完全沉浸在倦怠中的人。那是一个吃软饭的男人死气沉沉的生活的气息。与之相反，绘美矢夫人是一个健康的人，可以用“强健”二字形容。她的头发有三种颜色，除了脸和颈部，她身上的皮肤呈蔷薇色。她牙齿不好，食欲却旺盛，隔着衣服也能看出她结实的骨骼就像劳动妇女。看着绘美矢夫人男人般的宽胸膛，看着她细小而有皱纹的蔷薇色胳膊，由里会联想到用肩膀顶着撬棍，把陷进地里的马车撬起来的冉·阿让。绘美矢夫人这个人谈不上理性，正如那细而尖的高八度的嗓音所示，她只是一个普通女性。她在言谈中故作高雅，这又证明她成长的环境似乎并不优渥。由里把这一切看在眼里，其间发现了绘美矢夫人和似内的行踪：某天绘美矢夫人四小时左右不在家，似内同时不见踪影，最后二人相继回来。那种事每月两次，没有例外。

绘美矢夫人继续说：

“要说田窪的脚，那在大学也有名。以前去京都参加皇家大典等仪式的时候，别人都穿大礼服或晨礼服，只有田窪被特许穿和服裤裙。那时他还得了一副银筷子，现在还收在家里，夹菜用的银筷子，我下次再给您看吧，那可是纯银的呢，像簪子一样。团女士，风度翩翩的令尊也是那样啊，是位好父亲……反正他的脚不好使。就是脚不疼的时候，他怎么也坐不下来，只能靠在椅子，而且是特别好、特别软的椅子上，左脚一直伸着。”

由里租了以前就向往的有阳台的房间，有权把椅子搬到阳台上，这样既可以喝红茶，又可以呆呆地、不经意地思索（说她天生喜欢浮想联翩大概不错）。但由于绘美矢夫人喋喋不休，她总是不得不放下自己当时拥有的那项特权，从而无法充分享用阳台，感到焦躁不快；她一边压抑着那股不愉快的焦躁感，一边望向阳光强烈的窗外。绘美矢夫人的话题则从她护理丈夫的腿脚转移到吹嘘自己能搞到美国物资，这是她的一贯套路。据她说，那些食品、衣物是麻矢的朋友从美国直接邮寄过来的。

由里的烦心事还不止于此。

绘美矢夫人虽然偶尔能搞到美国物资，但自从新日元问世以来，她的经济状况便陷入了窘境，而她家除了由里待的那个六张榻榻米大的房间之外，还有两间空房，两个女子便租住了进来。其中一人叫山内千势子，是个女事务员，因与社长有染而租得起价格高昂的房间。另一人是个身量大、脸儿长的迟暮美人。她名叫木谷朱莉，三十七八岁，据说父母有一方是瑞典人，所以她有七分白人面孔。她没有日本女人奇怪的虚荣、羞涩、小心眼，却怎么也住不惯没有椅子的屋子，态度粗鲁，歇斯底里。当歇斯底里的朱莉与歇斯底里的绘美矢夫人碰撞时，情况就变得一团糟。要知道，当病人和病人碰在一起，当事双方会对彼此的病症浑然不觉。那时的朱莉威风凛凛，仿佛换上神话时代的衣服、发饰就会成为素盏鸣尊[1]第二。绘美矢夫人一与朱莉交锋，在由里面前展示的贵妇风范也就荡然无存。她们在饭厅里尖叫时，厨房里的由里就会听到她们惊人的话语，绘美矢夫人的话锋从攻讦朱莉没交房租转移到侮辱她勾搭美国大兵。她们歇斯底里到了极点，嗓音犹如婴儿用指甲挠玻璃的声音。为了压过绘美矢夫人的嗓音，朱莉高声叫嚷：

“你别那么说我，你不也叫我给你介绍一个好军官吗?”

于是绘美矢夫人发出莫名其妙的叫声，完全陷入了疯狂。不过，由里只消跑回楼上就没事了。而最让她烦心的是，绘美

1　日本神话人物，性格粗野勇猛，相传他被放逐后曾斩杀过八岐大蛇。

矢夫人指责木谷朱莉（包括山内千势子）拖欠房租时，会把自己叫来并强迫自己一同就座。那时楼下就会响起绘美矢夫人异常温柔的轻柔嗓音：

“团女士，真是不好意思，您能不能下来一下？”

绘美矢夫人的嗓音如抚摸般温柔，却有一股由里绝对不会反抗的威慑力。不一会儿，由里就不得不坐在朱莉和绘美矢夫人中间。

“朱莉小姐，您看人家团女士，每月月初都按时交房租呐。”

绘美矢夫人直截了当地开口训诫时，口吻流露出讨厌的、居心不良的感觉，让由里怀疑她以前当过女教师。

整所房子被笼罩在阴雨中的日子里，绘美矢夫人身着紫色白条纹绸缎睡衣，在榻榻米褪色发红的饭厅里吃着寒酸的饭菜；那件睡衣好像是她在家道兴盛时定做的，丝瓜领边、袖口却已经开线了。由里看见那情景，仿佛也感到绘美矢夫人的悲伤在她背后挥之不去，但她一想到田窪家不绝于耳的喧闹声和绘美矢夫人严厉斥责女儿时歇斯底里的嗓音，想到它们会把自己从慵懒的午觉中吵醒、会打断自己在床上的幻想，同情之类的感觉就会荡然无存。

绘美矢夫人像有黏性的蜘蛛丝一样纠缠由里，还突然前来要她出钱修理剥落的阳台外壁和面向阳台的窗户。由里当时有一本存折，里面存了她卖掉祖父生前给她母亲买的钻石所得的一笔钱和她父亲的一点遗产，而存款用完后她就只有等着喝西北风了。那时日本刚刚战败，田窪家附近弥漫着十分冷酷的气氛。风和空气像蔬菜刨子刮在脸上一般刺痛大街上的行人，而由里就抱着一本三十六万日元的存折在这股潮流中游荡。绘美矢夫人的要求与其说过分，不如说简直无理。

恰恰在那时，由里那个有四个孩子、老早就把父亲的遗产等花得精光的弟弟阿匡也来了，屡次找她借存折和图章。绘美矢夫人看着由里的日常开销，心里燃起了妒火，认为让如此奢侈的漂泊者出钱修理阳台外壁理所当然。阿匡的妻子则有句口头禅：姐姐你是一个人过呢。他们给人的感觉是在合伙恨由里奢侈，恨她用一天天少下去的钱过奢侈的生活。

由里诅咒绘美矢夫人、诅咒弟弟阿匡，心里犯起了嘀咕：我用我自己的钱过奢侈生活有什么不好？她知道，那笔钱也会很快用完。存款花光后，除了坐在大街上等人施舍，她想不出什么好办法。

我一个人享用六个人的钱，这是我的权利！由里心里十分恼怒。“我要是有一千万日元存银行吃利息，别说出钱修理田窪家的阳台外壁和窗户，就是更换洗濯间和煤气台的白铁皮、雇除草女工拔杂草也不在话下。不仅如此，我可以每天给绘美矢夫人送绿茶和上等软点心，还可以每月给弟弟三千日元作生活补贴。”想到这里，由里感到愤慨。

由里还有别的烦心事。

由里不得已要看家，而朱莉和情人贝尔有时就趁这个机会，站在大街上朝阳台喊，让她开门。由里听到声响，往下一望，朱莉和贝尔站在院门外冲她说着什么。由里明白他们是叫她去开门，只好动身下楼，下楼时却听到一阵敲击玄关玻璃门的急促声音。由里从楼梯上往下跑，而等她跑下来看玄关，二人的身影已经不见了，厨房的栅门却响起几近破裂的声音。由里过去打开栅门，随后立即回去。

朱莉上门也是一件让由里烦恼的事，那时下巴长、眼神空洞的朱莉会信步走进由里的房间。由里不知道给外人吃闭门羹，结果有心人纷纷来了。朱莉既歇斯底里又不开窍，贝尔有时就不来找她了。于是她便上楼到由里屋里来。朱莉仿佛一下子老了十岁，她伸头看由里的梳妆台。

“我有白头发啦。”

说着，朱莉对着镜中的那张脸左看右看。

“我的脸好粗糙呀。团女士，雪花膏借我用用吧。”

想到朱莉靠把美国兵带到屋里来维持生活，由里心里有一份恐惧：她是不是染上了严重的性病？朱莉用过的雪花膏，由里要挖出大块扔掉。

朱莉擦完雪花膏，转身坐下，讲起她和贝尔吵架的前前后后：

“我以前有一个叫亨利的情人呢，他可是个好人。他给我的手帕，我舍不得用，一直带在身上呢。我不小心让贝尔看见了手帕，贝尔就吃醋不过来啦。团女士，你懂法语吧？贝尔在军营小卖部的朋友有人看得懂法语，团女士你能不能帮我写封法语信？拜托啦！”

朱莉那张老妇般的面孔流露出深深的悲伤。她迫于生存而把男人们带过来，这是她本来的目的，而她似乎忘却了这个初衷，一味地沉浸在恋爱中。正如她所说，贝尔不来找她后她什么都吃不下，这似乎也是事实。

“团女士，我要喝水。”

说罢，朱莉把水壶里的凉开水倒进红茶杯，像喝醒酒水一样喝下，喉咙里发出了响声。由里劝她这次千万不要让贝尔看见亨利的手帕，费尽心思写了一封洋洋洒洒的法语信。

那天风很大，朱莉说要拿着信去军营小卖部，等那个一直搭贝尔吉普车的男子过来，把信交给他。结果这时那个灰色团块来了，由里构想的情景完全被破坏了。绘美矢夫人说声“给我看看”，取出了眼镜，听由里用日语解释了那封信的内容。绘美矢夫人点了好几次头，向朱莉表示满意：

“您要是说那些话，贝尔先生也一定会心软的吧。”

由里还从阳台上看见过那个撇下朱莉的美国兵快步走出院门，迈着长腿朝供水管道小路方向去了。绘美矢夫人追在他后边，滚珠子似的跑着，罩衣里边衣服腰部那块剐破的三角布在飘动。

“贝尔先生！贝尔先生！”

贝尔却头也不回，迈着长腿往前走，一眨眼就走远了。绘美矢夫人捏着嗓子努力装出的温柔声音在冷漠的美国兵耳中，随着风声渐渐远去了。

在那种人家，由里被水藻般的麻烦缠住了。六月的阴雨天里，由里注视着湿淋淋的阳台栏杆附近，深深地陷入烦闷之中。由里讨厌在烦心的厨房四周徘徊，尤其是在雨天，除非遇见田窪家二女儿麻矢；于是由里想到在阳台上生炉子做点吃的，但绘美矢夫人不屑地翻白眼反对她。——由里觉得炭火的烟雾在破败不堪的房子的二楼缭绕别有雅趣，而绘美矢夫人似乎不想让人看见她家落魄的样子。

似内和沼二在楼下、后院堆房附近等地方碰上的时候，由里会看见沼二用异样的目光看似内，这也是她的一件烦心事。有一天，外出归来的由里绕到后院，似内从厨房门口走了出来。擦身而过的时候，由里忽然感觉不对劲，反射性地回头一看，身后是沼二那张仿佛会冻结她的心的脸。沼二皱着又粗又浓的眉毛，好看的嘴唇微微张着，眉毛下的一双眼睛往下斜视着似内；那双眼睛虽然看着似内，又黑又大的瞳孔却有稍微偏斜的感觉。由里知道自己触动了沼二的心坎，感到一股凉意透到心里。

就这样，田窪家充满了麻烦事，里里外外隐藏着很讨厌的东西。在田窪家看玄关旁边那每到春天就会开放的梦幻般的蔷薇色山茶花，由里也有吓一大跳的感觉。

这户人家真正健康的人是麻矢和姐姐惠麻、有时过来住的姐夫除村敬三、大哥湖太郎夫妇等人，其中生气勃勃、像花儿一样开放又像花儿一样呼吸的人是十八岁的麻矢。湖太郎和惠麻与绘美矢夫人相似，都是小眼睛；麻矢则像田窪信吉那样漂亮，与沼二也相似，是家里最年轻、最美丽的生命。

被杂草弄得模模糊糊、灰蒙蒙的房子，怪物似的老夫人；在庭院、树丛间、后院堆房附近等地方出没的似内，虽然有时也在懒洋洋地打扫绳屑之类的东西，更多的时候却是心不在焉地四处行走。见过那些景象后再看麻矢，由里看见年轻健康的光彩只在麻矢身上闪耀。麻矢的皮肤散发着年轻的气息，一双聪慧的圆眼睛蕴含着青春的悲欢，总是刚醒似的睁开。略微上翘的上唇下的下嘴唇颇富曲线，就像要吃奶的婴儿嘴唇，那形状极具诱惑力。多亏了她不无刚烈的、大丈夫般的秉性，她那撩人的嘴唇得以保持着纯真与凛肃。

由里有时绕到靠里边的日式房间的套廊把邮件交给绘美矢夫人，回去途中会看见麻矢；那时麻矢支着胳膊肘，从客厅的窗户探出肩膀。由里一看到麻矢，麻矢就用迷人的目光一动不动地凝视她的眼睛，对她笑了笑。麻矢就是这样一个姑娘，当她笑着看自己亲近的人时，她会露出偷着乐的眼神。

麻矢在家时，她那蔷薇色的嘴唇不涂任何东西。她穿的那件粉红色的美国低领睡衣镶着蜘蛛网般的花边和褶边，琥珀色的脖子和肩膀从睡衣里露出来。

日本刚刚战败后不久，田窪家曾住过美国兵；其中有两人似乎被麻矢的美貌打动了，他们回国后经常寄来礼物。尤其是那个彼得，他好像是有钱人的儿子，给麻矢送高级物品，有时也给惠麻、绘美矢夫人送。圣诞节时彼得寄来的纸板箱大礼包，让这一家的女人们都乐了。圣诞节那天，彼得的大包裹一到田窪家，那个箱子就被打开并被搬到客厅；装着糖果、巧克力的盒子被打开了，帽子、鞋子、罩衫、大衣等衣物也在沙发上、桌子上呈现出绚烂的色彩；绘美矢夫人脸上也漾出柔和的微笑，笑声持续到深夜。而就在由里准备就寝的时候，绘美矢夫人出现在她屋里，手里拿着一块用银纸包的奶油巧克力。

由里从小到大都不那么贪心，并没指望别人把送上门的东西分给她一份，但绘美矢夫人彻头彻尾的吝啬让她不得不咋舌。凭她和田窪家的关系，绘美矢夫人分给她三五块奶油巧克力才合乎情理，但绘美矢夫人从头到尾只给了她一块。由里想起了巴黎的女房东，感叹绘美矢夫人的做派也和那种女人一样。

绘美矢夫人走后，由里躺在自己在成城站口附近的家具店买的那张床上面，啃着那块巧克力，心有感触地仰视挂在墙上的田窪信吉的肖像照。六十五六岁的田窪信吉一张长脸，一头三七开的硬撅撅的花白头发，显得气度不凡。麻矢的脸比较圆。沼二和醒目的英俊父亲一比，倒像老人了。田窪信吉衰弱的修长身躯靠在一把厚厚的雕花扶手椅上，胳膊肘支在一边的扶手上，手平放在另一边的扶手上，这副样子也有一种说不出的好看。那把椅子大概是被卖掉了，如今已经没有了。照片大概是在田窪信吉的脚有毛病后照的，椅子旁边可以看见一张同样豪华敦实的床的一部分。由里待的这间屋子似乎原先是田窪信吉的卧室，在摆放床之前，由里看见榻榻米上已经有了床脚的痕迹。

彼得寄来的包裹里还有黑边长披肩、手套、可可大罐头等，这些东西都让绘美矢夫人欢喜。麻矢经常去姐夫在银座开的商店或日本桥的事务所帮忙，她从那些礼物中挑出红色鞋子、驼色雨衣、浅栗色挎包等，把它们和自己手头的衣物配在一起，穿得漂漂亮亮走在路上。脸蛋、身材无可挑剔，又穿着银座流行的淡色西服，麻矢看上去就像不愁钱花、挥霍得起的人家的女儿。

绘美矢夫人歇斯底里的嗓音穿透墙壁、房门而响彻全家，外面的路人也听得很清楚，因此邻里对绘美矢夫人没有敬意，而他们对湖太郎、惠麻他们却不一样，对麻矢更是没有露出一丝冷笑。麻矢既是一个吉卜赛女郎般迷人的女子，又有名门公子般的凛然之气，一眼间她就能赢得人们的尊敬与爱慕。

麻矢穿睡衣也有风采。由里有时看见麻矢把奶油罐放在厨房冰箱上，站着喝牛奶、啃面包，身上穿着一件衬裙；麻矢马驹般的脖子、肩膀、双腿发育得很好，身上的皮肤依然如婴儿时光滑。“她像个有教养的西洋姑娘。”由里一边想，一边从电话柱和冰箱中间铺着地板的窄过道上走过。那时由里会忽然闻到一股刺激性香气，那是一股清新的、仿佛会让她睡着的香气。经常被用作柴火的小树枝中就有一种折断就能闻到的香水般强烈的清洁香气，是一种红褐色的有光泽的树枝，长着枫树芽似的硬芽。由里闻到的麻矢的体香恰如那种香气。在那洁嫩的皮肤弥散着的发自内部的洁净气息中，有的人闻出树枝的香气，有的人则闻出了花儿的芬芳；在那光滑的皮肤中，一种神秘的、不可思议的香料在燃烧。由里一直认为，人是宇宙万物的一份子，跟植物、矿物和鸟兽虫鱼等无异。而在那时，她觉得自己的想法得到了证实。

不用说，灰色团块般的绘美矢夫人一直爱着麻矢；湖太郎和惠麻也爱麻矢，惠麻的丈夫敬三对麻矢也有一份爱。不过，他们属于有些敷衍了事、好面子、把面子放在第一位的群体。他们是上流社会常有的、彼此关系有点凉薄的人，一旦丢了面子，爱心就会被抛到爪哇国，惊慌、愤怒和憎恶就会取而代之占据内心。

由里这个人原本既没有值得一提的才能，也没有谋生技能，只是一个看见什么都有感受的人。她后来——也就是现在——开始以随笔的方式抒写感受，再后来又被要求写小说。那时她存折上的钱早就用完了，仅靠写随笔无法过活；如果当初她说自己没有才能而直接拒绝了对方的要求，那她现在就绝对不可能窝在上北泽田窪家那间角落仍然放着床的屋子里感受生活。而在某个亲戚家不上不下地与人同处一屋，她多半会失去生活的动力，甚至连自杀的勇气也没有，最后头脑迟钝，变成像沼二那样迟钝或半疯的人。由里对田窪家的人有一股无端的激愤情绪，认为这个家除了田窪信吉之外没有一个人有人味。不过，她认为麻矢和沼二也还算得上有人味，对这两个人颇有认同感。

十八岁青涩稚嫩的麻矢有着男儿一般而且是好男儿的风范，唯独她对沼二有亲情和爱心；对于残酷对待沼二的那伙人的主力绘美矢夫人，她也有爱心。绘美矢夫人不知从哪里打听到了以前受过田窪信吉恩惠的人现在的住址和职业，计划找那人要钱，而绘美矢夫人说起那个计划，麻矢心中腾起了怒火。那事是在绘美矢夫人泡了美国可可或敬三给的上等绿茶，大家聚在一起七嘴八舌地说话时被提起的。有一天，绘美矢夫人与惠麻、麻矢她们喝可可聊天。绘美矢夫人照例用涂着斑驳的胭脂虫红、充满肉欲的薄嘴唇舔着茶碗边，把可可喝得连渣子都不剩，然后说：

“铃木先生说他住在神户须磨哩。他现在在须磨区……”

正在动刀切面包的惠麻打断母亲的话：“肯定不行啊，现在没人讲什么人情了，尤其是对妈妈您这样的人。”

麻矢用可爱的嗓音说：“妈妈这样的丑老太婆……”

惠麻突然回过头来，朝麻矢挤了挤眼。麻矢不再吱声，而那时她正准备说“早点死就好啦”。

麻矢的挖苦话是她的爱心，想和母亲进行人与人的交往的只有她一个，尽管她并不是有意识地那么做。沼二固然是个怪人，却不折不扣的是个人。镜框里的田窪信吉俯视着由里的床，仿佛在对她说：

“我爱麻矢，也爱沼二这家伙。”

当某处响起麻矢稚嫩的嗓音时，由里会听到，这所环绕着灰蒙蒙的丛园的阴暗房子暗处那隐秘的往日喧嚣变得分外高昂。在那片幽幽的喧闹声中，麻矢笑了。听到麻矢的笑声时，由里会突然停止幻想，侧耳细听那爽朗的声音在破灭的幻想中鸣响。由里有时会为幻想被打断而生气，那是因为打断她思绪的声音与她的幻想格格不入；但当声音与她的幻想相和谐，抑或那是比她的幻想更美妙的嗓音、音乐声时，她便会主动停止幻想去听声音。

麻矢的嗓音是让人心情很好的圆润的女高音。她说话的方式听上去有点幼稚，就像幼时结结巴巴的发音和用词方式渐渐熟练，最终形成了今日的状态一样。她几乎是想到哪里说到哪里，说话断断续续。另外，她的口音有一个特点。当别人说“si”时，她像法国人那样说成“chi”，给人幼稚的感觉。她的聪慧集中在一双眸子里，洋溢在一颦一笑、举手投足之间，所以她的言辞虽有点幼稚，却也颇具魅力。

聪敏的麻矢，对于绘美矢夫人的那种样子还是别的什么脏东西，对绘美矢掌管的这个家的情况，所有一切都清楚得不能再清楚。但她青春的喜悦——她自己也不明白为什么那么欢喜——覆盖了那些不快。男儿般的烈性有时突然让她黑亮的眼睛里闪出愤怒的影子，但那影子也随即被青春之梦滋润包裹，麻矢的眼睛黑葡萄般闪着光。

有时和由里两个人在洗濯间，麻矢会突然对由里讲掏心窝的话。不用说，那时麻矢已经确定绘美矢夫人没有潜伏在窗户旁对着洗濯间的浴室里。绘美矢夫人为了偷听女儿们之间或由里和其他房客之间的谈话，没事经常跑到可以一字不落地听见洗濯间谈话的浴室窗下。

“团女士，妈妈在世的时候我可结不成婚啊。”

说罢，麻矢转身走进厨房，消失在饭厅那头。那一会儿，由里看见了在踏板上踏步而行的麻矢那双健美的腿。麻矢的腿呈琥珀色，腿上有少许汗毛，圆圆的脚后跟微微露在外面，由里感觉到她的腿依然保持着婴儿时的可爱。

在电车上紧挨着坐在一起的时候，麻矢侧着脸在由里脸边笑；由里斜着眼看麻矢，眼前是那聪慧的目光和端正的面孔，明朗、天真的笑容在她模糊的视线中弥漫开来。那是婴儿灿烂的笑容。

在深陷烦闷的由里耳边，麻矢的声音会传递一份甜蜜的喜悦。麻矢喜欢《重返索伦托》，经常一边弹琴一边唱这首民歌，歌声从客厅飘到楼上。从麻矢的歌声中，由里听到青春的泉水在潺潺流动。那时由里也能听见绘美矢夫人焦躁的声音在说“麻矢，别闹了！”，麻矢却完全不顾绘美矢夫人的叫喊声。麻矢平时虽然去日本桥的事务所或银座的商店，可上班却只凭性子；别人琢磨着她今天是不是去上班了，却听到了她的歌声。

麻矢的所爱有不少。她爱每个家人，柔软的心也因他们而发痛。在家里，她对沼二和长毛黑猫卡梅尤为上心。有一次，她对由里提起沼二：

“沼二哥哥虽然古怪，却是个好人呢。他什么都了解。”

猫儿卡梅经常像黑精灵一样轻飘飘地从绘美矢夫人身后蹿过去，有时又突然伸长硕大的身子坐在围墙上，而它似乎把心交给了麻矢；麻矢叫它一声“卡梅”，它就像一道黑旋风似的从某处扑过来。麻矢还有很多男性朋友，而她对那些男孩子都热心相待。总之，麻矢是一个热心肠的姑娘。

当麻矢抱着卡梅站在厨房等地方笑着看由里的时候，由里便站住看这两个美丽的生命。有一天，由里问麻矢：

“‘卡梅’这个名字是什么意思？”

“我老家在金泽。我没去过金泽呢，只是父亲小时候在那里待过。听说在我们那里，人们管蜥蜴叫‘卡梅乔罗’。卡梅并不像蜥蜴，只是觉得这个名字很可爱，我才这么叫它。妈妈和大伙都说我傻呢。刚开始我叫它‘卡梅乔罗’，可那个名字不是又长又麻烦嘛，所以……”

麻矢黑葡萄般的眸子一动不动地盯住由里的眼睛，像要悄悄说出什么乐事似的笑了。

麻矢在工作单位、在姐姐惠麻家结识了许多男性朋友，而与她特别亲近、经常过来找她的是佐伯让。麻矢平时亲昵地叫佐伯让“阿让、阿让”，那声音回响在他的耳边，犹如甘甜的果汁。在麻矢母亲不在的地方，佐伯让直接称呼麻矢的名字。由里有一次路过看见了佐伯让，那时他身着青灰色西服，腰间系着麻矢的粉红色围裙，在厨房里做着什么。或许是想念麻矢，他那微黑细长、略带阴郁的侧脸看上去十分阴沉。

佐伯让来访的星期天下午之类的时段，厨房一带会显得明亮。由里耳中听到的这户人家往日的声音组成的迷幻乐曲，此时以欢快的圆舞曲曲调响起。然而，那个面孔微黑、神情落寞的青年不知何时悄然消失了。麻矢的样子没有多大变化，唱的那首《重返索伦托》依旧像要迷住由里的心一样甜蜜、悲切。

有一天，由里在洗濯间与麻矢并排洗脸时，麻矢突然说：

“我听说，佐伯先生在横滨的夜总会工作。”

话音刚落，由里看见晶莹的泪珠像断了线的珍珠似的从麻矢的脸颊上滚落下来。

原来，一个姓秋山的人认识佐伯让和麻矢，他去横滨表演舞蹈时见到了佐伯让。佐伯让以前就在夜总会的乐队表演，而他那次是为了不见麻矢才去的横滨。

由里看着滑过麻矢那温热的大理石般的脸颊的泪珠出神，替没有看到这一幕的佐伯让高兴。

看到麻矢流泪的一瞬间，佐伯让会高兴吧。他会用手拭去麻矢的眼泪，一辈子不想和任何其他人牵手了吧。但他肯定会面临新的痛苦，并且痛的程度也会更甚，由里想。

正如由里推测的那样，绘美矢夫人想利用麻矢的婚事赚一笔；即使不能翻盖这所形如废墟的房子，至少也要榨到相当的油水才行。绘美矢夫人不愿意麻矢和佐伯这个经济学家——解决不了实际的金钱问题的学者——的儿子结婚，而麻矢的心意，也没有强烈到能够冲破母亲阻力的程度。这些佐伯让都清楚。他总在心里和麻矢说话，现实中却只在文质彬彬的脸上挂着腼腆的微笑，麻矢到任何地方他都伴随左右，仅此而已。别人会有闯进少女心扉的魄力，那股魄力流露在眼神中、表现在姿态上，令少女怦然心动；但佐伯让没有这个魄力，当然也没有东西可以化为语言，在行动方面自然更是空白。有一次在夜总会跳完舞后回去，佐伯让满心难过地登上从岩屋般的出口通往大街的楼梯，那时麻矢就在他的目光下，半张半合、有点干枯的嘴唇在脸颊和下巴之间勾出一道阴影，而他见状也没有马上行动。犹豫与羞涩总像一层硬膜，抑制着佐伯让的行动。

佐伯让走了，麻矢心里只是有些寂寥。消失的无非是一个内向青年那似是而非的温热，仅此而已。有一天，佐伯让临走前凝视着麻矢手里的眉笔帽，要麻矢把眉笔帽给他；麻矢说了声“这个?”，把眉笔帽递过去，佐伯让便把眉笔帽套在自己的铅笔上，又把铅笔轻轻放进上衣内兜，就像把珍贵的东西深藏起来一样。那时的情景犹如小小的悲伤，一直残留在麻矢心里。麻矢知道，佐伯让有一份虽然低调却远胜于自己对他的情意的压抑的炽爱。——女人对炽爱的感应，比对其他任何东西的感应都敏锐。

麻矢脸颊上滑落的晶莹泪珠感动了由里，由里上了二楼。

佐伯让不来了，麻矢心里有些空虚，而在佐伯让离去约三个月后，梶达郎的风姿硬生生地闯进了麻矢的心。

梶达郎是田窪信吉教过的学生。从苏门答腊复员回国后不久，梶达郎就带着背囊，敲响了田窪家的玄关门。梶达郎出征是在两年前，这次因为在东京的住所被烧了，他便回岐阜的父亲家，途中暂且在自己亲近的田窪家歇脚。

梶达郎虽然是商人的儿子，却像演员一样潇洒，田窪家的人一说到打扮漂亮的男人就会谈到他。少年老成的梶达郎有不少绯闻，是一个似乎无意结婚、生活有阴影的男人。他出征时已经三十岁了，当时十六岁的麻矢认为他比自己大许多，而那份感觉这时也没有变。不过麻矢很快发现，他那双俯视着她的眼睛，露出有点刺眼的光芒，与两年前不一样了。梶达郎看见麻矢后说了句“我总算回来啦”，而麻矢总觉得他像在对恋人说话一样。说这句话的时候，见到麻矢的他那苦涩的微笑在一瞬间吸引了麻矢，他则是一副已经勾搭上麻矢的表情。他是一个浪荡公子，还有恰到好处地取悦绘美矢夫人等人的本事，而绘美矢夫人并不认为他是麻矢的结婚对象。

那天傍晚，梶达郎在饭厅与女人们谈话，一直谈到很晚。钵里盛着从金泽送来的山核桃，大家用核桃钳夹核桃吃，又从核桃钳谈到战前，谈得很起劲。听见绘美矢夫人关心地问“您腿酸不酸呀”，梶达郎便借势伸开腿放松起来，不一会儿就支起胳膊肘侧卧在了榻榻米上。核桃从梶达郎手里掉了下来，滚到了坐在远处的麻矢膝下。梶达郎从下往上看麻矢，睁得大大的眼睛里有笑意，这是苦涩的、将麻矢引向未知世界的笑意。麻矢知道梶达郎是有意为之，自己也笑了。麻矢在过去的两年里精神和肉体都成熟了，此刻她的笑容也触动了浪荡公子梶达郎。

“麻矢小姐，你长大啦。”

梶达郎回头看了看绘美矢夫人她们，爽朗地笑着说。具体哪里不好说，但他确实有一套对付女人的漂亮招数。第一次见面那天晚上，他就在麻矢心里投进了一粒爱情的小石子，吸纳那粒小石子的麻矢的心湖荡起了涟漪。这次又从岐阜过来的他，身着西服，已经完全具备潇洒男人的风采，再次攫住了麻矢的心。

这不是以结婚为目的的感情。麻矢知道。这念头，强烈地诱惑着她，就像一些危险的东西一样。诱惑麻矢心灵的是梶达郎的眼睛，性感的眼睛，凝视着她的那双似乎深藏着什么的黑漆漆的眼睛，还有他的嘴唇。梶达郎的眼中有一个麻矢陌生的世界，但似乎，又是一个她在哪里知道的世界。

只剩下梶达郎和麻矢两人时，梶达郎要麻矢帮他拿支烟。他从她手里接过香烟，叼在嘴上，看着她。他伸手去摸火柴，没有摸到。

"有火柴吗?"

他嘴里叼着烟问，嘴角浮出带苦味的微笑。

麻矢划燃火柴，梶达郎不等她把火柴递过去，先把脸凑到她的脸边，轻轻按住她的手指，给香烟点上火。随着火柴燃烧的气味，梶达郎那张男人的脸在麻矢眼前放大特写，又随即远去。梶达郎的眼睛仿佛在对麻矢低声说"怎么样?"，那"怎么样"的潜台词是"不想和我玩玩?"。梶达郎并没有说什么特别的话，麻矢却一下子被拉到了他的身边。梶达郎的脸庞和身材都很纤细，细瘦的脸庞洋溢着一股精悍之气。这个穿着发旧的暗灰色西服、系着浓灰领带的男人，自如地牵引着麻矢的心，并在内心像品尝甜果一样品味她波动的心绪。麻矢明白这一点，而这对她颇有诱惑力。

不一会儿，绘美矢夫人和惠麻走了进来。绘美矢夫人虽然感觉有事发生了，却并不像梶达郎那样在意那种事。

"我讨厌笨女人呐。"

梶达郎在谈话的间歇突然说，这是一句漂亮的奉承话。他这套措辞对麻矢以外的大部分女人都合适，而女人惠麻就在他身边。

"哎，那我们都讨人嫌哩。"

惠麻笑着说，给梶达郎的茶杯重新倒上红茶。

"哪儿的话，惠麻小姐、麻矢小姐这样的人儿可不多见哪。"

"好荣幸啊。"

麻矢缩缩脖子说，这是她对梶达郎邀约的回应。女人的智慧靠男人启发，正如小孩子的智慧靠老师启发一样。

檐廊响起了脚步声，沼二突然出现了，他慢悠悠地走过去，又折返回来。原来，沼二讨厌梶达郎，怒火中烧地从屋里出来了。当那双赤脚发出粘住地板似的声音走来，并“哧”地停住时，沼二的目光准准地射到麻矢的脸和梶达郎身上。

“哎，你连招呼都没打。”

惠麻和绘美矢夫人齐声说着，双双皱起了眉头。沼二不理不睬，斜眼看着梶达郎，猛地鞠了一躬，离开了饭厅。

“不过……”梶达郎说，“鉴于眼下的粮食问题，暂时不能去湖里。”

“湖里？不错嘛。那沼泽怎么样呢？大概是在什么潮湿的地方吧。”惠麻说。

麻矢微笑着凝视着梶达郎。梶达郎在心里嘀咕：这女的挺厉害嘛。

这天麻矢和梶达郎结伴上了二楼，让由里吃了一惊。

“不好意思，他是我爸爸的熟人，是来看我爸爸的照片的。”麻矢向由里做介绍，“他是梶达郎先生。”

“打扰了。”

梶达郎用看与自己无关的女人的眼神看着由里说，随即转身站到照片前，又立即回头看着麻矢，对她说出征前的往事：

“对对，就是这间屋子啊。麻矢小姐，你现在睡觉的地方在哪里？你小时候睡觉的地方是这里吧？”

“哎，人家那时可是孩子。”

三个月前，眼泪像断了线的珍珠似的从麻矢那淡红色的脸颊上滚落；这天她的脸颊也像温暖的大理石，染上了夕阳的红晕。

下楼时，梶达郎突然停下脚步，抬头看麻矢。

“下次你要不要到我屋里来？你不会是只让别人来你家吧？”

“可是……”

“所以说你还是孩子啊。”

说罢，梶达郎踏着重重的脚步走下楼去。

大约过了一星期，有一天绘美矢夫人劝梶达郎洗个澡。尽管梶达郎听见绘美矢夫人说麻矢正在洗澡，他却把从走廊走过的惠麻错当成了洗完澡的麻矢，毫不知情地打开了浴室的玻璃门。梶达郎把手搭在门上时感觉里面有动静，于是想把门打开看个究竟。敞开的浴室里，麻矢背对着白雾，朝这边站着，正伸手去拿篮子里的内衣。此时她拾起脚边的浴巾一直拉到脖子下，手按着浴巾想要裹住身子，呆立不动。她那被蒸气弄湿的柔软嘴唇半张着，睁得大大的眼睛拼命地祈求他走开，身子却潜藏着几分娇媚——那是本能的娇媚。她柔软的身体轮廓仿佛渗进了后面的白雾中，几乎可以被大大的手掌一把握住的、顶着饱满娇嫩的乳晕的纺锤形乳房，还有濡湿的头发深深地印在了梶达郎的眼底。

“你快把衣服穿上吧。”

梶达郎笑着说，把门关上了。

许多女人的骨子里，健全的思维和“娼妇性”像温水与凉水混在一起那样暧昧地并存；但在麻矢的内心，它们却都烈得像火。梶达郎轻易就能点燃麻矢的心火，他和麻矢在某种意义上，是般配的一对。

渐渐地，麻矢心里经常会产生听梶达郎话的念头。麻矢已经有了一颗女人心，还有大胆的盘算：她以后也许再也不会碰到那种男人。麻矢年轻气盛，觉得在梶达郎漫长的“采花”旅途中，自己大概会是一朵新鲜硕大的花儿，会在梶达郎心里留下一个大大的痕迹。如果用马儿形容麻矢，那她就是一匹英国纯种马。她的这些念头外边，包裹着一层“处女恐惧”的硬壳，就像核桃壳一样。“砸核桃”则是花花公子喜欢的一项游戏。

麻矢靠在里边檐廊的藤椅上，她的心在恐惧和躁动情绪的混合物中动荡着。她伸长了穿着牛仔长裤的双腿，胳膊肘软绵绵地支在扶手上，另一只手无力地垂着，卡梅又黑又胖的身躯长长地趴在她的膝上。阳光犹如金色的细雨，洒在这个十八岁少女的身上，她朝向玻璃门的脸颊和裸露的脚踝涌动着热气。她坐着一动不动，目不转睛地看着养金鱼的水槽，瞪得大大的、眼角仿佛要裂开的眼睛里泛出恐惧和某种悸动。

“麻矢！你出去买点东西！”

饭厅传来了绘美矢夫人尖锐的嗓音，回过神来的麻矢站了起来。麻矢穿着绯红色棉罩衫，脸蛋像饱含花蜜的花朵一样悄悄散发出香气，展现出十八岁少女美的极致。麻矢忽然在心里说：

这个时候才觉得妈妈和惠麻真好。

梶达郎住在赤门[1]前，屋子是他的一个朋友的弟弟提供的。想要引诱麻矢来他屋里已经只是时间的问题了。

恰恰就在梶达郎来田窪家的时候，朱莉和贝尔彻底闹翻了，黑白混血儿帕萨迪纳来找朱莉了。据说帕萨迪纳在故乡刚果是一个有大宅子的豪族的儿子，即使传言并不完全真实，看

1　东京大学本乡校区的大门，一般被用作东京大学的代称。

他的样子似乎也八九不离十，而且他出手也很大方。绘美矢夫人理应欢迎他的到来，但他的黑人血统确实过多了。有一次，绘美矢夫人皱着眉头对由里说：

“这次来的帕萨迪纳先生，他虽然是和白人的混血儿，可肤色纯粹就是黑人嘛。我的话您别对别人说啊。”

朱莉的那位客人不会在田窪家住宿，但时值炎热季节，他一般在午后来洗濯间擦背，田窪家对此也不能说“不”。绘美矢夫人既然把勾搭美国大兵的女人安置在家里，那让美国大兵来家里也就没什么了，但她对帕萨迪纳的肤色还是十分忧虑。

惠麻回到了日本桥家中，麻矢便去那里住，一两天后回来了。那是八月中旬的一天，天气酷热。麻矢一从外面进来就去了厨房，却发现在明亮的洗濯间内，一个又黑又大的东西杵在那块本该亮堂堂的长方形空间里；她走过去一看，原来是一个身子半裸的黑人。那个黑人就是帕萨迪纳。麻矢吓得屏住呼吸，停下了脚步；帕萨迪纳看样子也吃了一惊，站在那里不出来。一瞬间，帕萨迪纳眼中闪现出柔和、深沉的光芒。那一瞬间的惊讶过后，麻矢也意识到这在家里是最正常不过的事。她甚至觉得过意不去，便温柔地笑了笑，大大方方地背过身去拿杯子喝水，而敏感的她强烈地感受到了帕萨迪纳一瞬间深情明净的眼神。

那件事发生之后，帕萨迪纳比以前来得勤了，朱莉不在家时也过来；来了也不马上回去，而是在朱莉屋里待上很长时间。麻矢在最初邂逅的一瞬间看出帕萨迪纳对她有种不寻常的感情，以后便尽量躲着他。不过即便如此，她偶尔也得碰上他。她有时在厨房、在院门附近与他擦身而过，有时又在大街上碰见他从对面过来。有时候，他们一起在厨房或洗濯间里待上片刻，一起做点什么。

当麻矢就在身边时，帕萨迪纳并不会去看她。不过，麻矢看见了——更准确地说是感受到了——帕萨迪纳那又黑又大的眼睛、目不斜视的侧脸中蕴含的感情。帕萨迪纳皮肤黑中带紫，个头在黑人中算是比较小的，他全身都透着对麻矢的思念之苦。那份情愫像紧闭的房间里的闷热空气一样袭击着麻矢，其中还有一种强烈的诱惑；某种强烈的、蕴含着纯粹肉体感觉的雄性气息袭击了麻矢。自己就是帕萨迪纳心目中的一个性感的雌性，那时的麻矢感觉到。

麻矢有生以来第一次感受到那种强烈的、深深的诱惑，小姐、教养的外衣随之脱落。她没有把自己装点成有教养的小姐，她是一个懂人事的姑娘。当她感觉到自己是一个女人时，并没有任何不快。她也不像有些小姐，一边对男欢女爱本能地渴望，一边摆出冰清玉洁的样子。她就是这样一个姑娘，在这方面无师自通。

麻矢没有嘲笑帕萨迪纳的真心，反而默默接受了那份感情中的朋友式的情意。帕萨迪纳在黑人中算是一个知性恬静的青年，他的脸并不像黑人中多见的那样厚墩墩的，而是又薄又平的，嘴唇也薄。他看麻矢的时候，眼中往往有恬静的光芒。他痴心地恋着麻矢，甚至使麻矢从肉体的爱中感觉到了美丽的宗教色彩。他向麻矢展现着他沸腾的阳刚之气，神情中却总有一种垂着尾巴等待主人命令的善良的狗儿似的悲伤。然而，帕萨迪纳的肤色给麻矢带来了不快和恐惧，当麻矢注视他时，甚至会失去心中隐秘的朋友之谊。

恐惧与怜悯沉入了麻矢的心。不过，在麻矢和帕萨迪纳之间，有一股力量给了她重重一击，成为她下决心听从梶达郎去他屋里的原动力，这似乎是不可否认的事实。

九月的一天，麻矢到梶达郎屋里去了。

躺在沙发上的梶达郎坐起身，对麻矢笑了笑。他的笑容透着神秘的味道，就如他与麻矢合谋去做麻矢未知的事情一般，那是会将麻矢引入深渊的笑容。他的眼睛、额头周围发暗，看上去有些发青。他让麻矢坐在自己身边，脸上露出明朗亲切的笑容，说：

“你来之前对妈妈说什么了？”

“我说要去找我们事务所里的一个人，因为那人不会来我家。”

“那人是男孩子吧？”

麻矢点了点头，下巴上的汗毛闪闪发亮。

“真可怜啊。麻矢去的话，他会高兴吧？”

“不吃道。”麻矢把“知”说成了“吃”。

梶达郎扭着身子，从沙发后面提起一瓶葡萄酒。

“你喝不喝？”

“我喝的。”

一团透明的深红色涨满了沙发旁小桌上的杯子，在杯子里摇曳。

“这酒好喝吗？”麻矢边说边把杯子送到唇边。

“很涩吧。”

“厉害。”

麻矢喝了一口，皱起眉头笑了。她的眉毛是茶褐色的，很浓，但边缘像是晕开了似的。

麻矢放下杯子，笑着看梶达郎；那双睁得大大的眼睛异常深邃，看上去有些泛青。梶达郎托起麻矢的下巴，首先看到的是她的翘鼻子。她那柔软的、薄施口红的嘴唇，在有汗毛的脸颊和下巴之间微微凹进去，将梶达郎的目光吸引了过来。她的眸子偏向一边，目光往下斜。

像少男少女的初吻一样，他们的初吻轻轻的，近乎嘴唇相触。那一吻过后，麻矢受到引诱，眸子燃起了暗淡的火焰。梶达郎把长腿伸到麻矢腰后，又支着胳膊肘躺下来。梶达郎让麻矢为他点烟，然后叼起香烟。抽完烟后，梶达郎夺过麻矢的杯子把酒喝下去，把杯子还给麻矢。麻矢体会了间接接吻，与梶达郎一下子亲近了。梶达郎并不会说什么特别的话，他有能让少女感觉踏实的柔软的一面，又有办法让少女觉得自己有趣，就这样梶达郎没说什么就让麻矢依恋上了他。原本在梶达郎身边一同看画的麻矢，马上依偎在他怀里了；梶达郎躺在沙发上，触摸麻矢的鬈发。麻矢在梶达郎身上闻到了一丝烟味，这是她以前在父亲胸前闻到的气味。

第二次见面那天，当麻矢靠在梶达郎身上笑的时候，麻矢想主动扑到梶达郎的肩上，把脸颊贴在他的脸颊上来回蹭。梶达郎把嘴唇埋进麻矢的头发，把胳膊伸向她一动不动的身躯。麻矢自然而然地让梶达郎抱在怀里，第一次体验了深深的接吻。那一次，他们亲吻的时间变长了。第三次来访时，麻矢就在梶达郎身下学会了躺着接吻。

梶达郎经常与女人打交道，他像对待幼儿一样对待麻矢，用他白皙的手间接地爱抚她。有时候，他和麻矢还结伴走在东京大学前的大街上，一起走进饭馆。他们也不是夫妻关系，但麻矢一进屋，梶达郎就给她解下项链；麻矢出去时，梶达郎又给她戴上项链，然后亲吻她的脖根。那些事情一一发生，一步步解开麻矢处女的矜持。

十月初很冷的一天，麻矢走了进来。

“你冷不冷?”

梶达郎说罢划燃火柴，点燃放在小桌下面的那个青色陶瓷小煤气炉。

“真像过冬。”

麻矢站着不动，双掌贴着脸颊，看着煤气炉。她忽然感觉到了梶达郎的目光，稍稍后退，把手掌挪到嘴唇上。梶达郎在心里笑了：那是她出于处女的恐惧而使出的小把戏。

梶达郎想扒开麻矢的手掌，麻矢不肯就范，扭身背过脸去。爱情的火焰在二人心里燃烧，麻矢沉醉地与梶达郎缠在一起倒在沙发上，一起倒下去的梶达郎躺在麻矢身下。麻矢幼稚的脸羞得像榛树叶子一样红，她不无困惑地把脸伏在梶达郎的脑袋旁边。梶达郎用手按住麻矢，麻矢很快被他压在身下，梶达郎深深地亲吻麻矢。麻矢进行抵抗，梶达郎的手绕过她的手，娴熟地脱掉她的衣服。不一会儿，在羞涩、炽热、激情和慵懒的海洋中，麻矢被一个刚从国外回来的军人彪悍的力量与细致的技巧征服了。一股烟味隐约飘来，麻矢甚至感觉父亲和梶达郎同时出现了。那时候，麻矢一直恍恍惚惚地看着他们头顶那个橱柜上摆着的热带植物，看植物的叶脉纹理，看植物映在墙上的影子，就仿佛在看什么不可思议的东西一样。

不大一会儿工夫，梶达郎趴着给香烟点火；他那白皙的手指平添了不可思议的力量，让麻矢垂下眼帘。最后，梶达郎俯视麻矢。

“新娘子，你累了？”

麻矢羞涩的脸上悄悄露出了隐秘的笑容。这是个深邃的笑容，梶达郎不由得感动了：麻矢已经是一个女人了。

梶达郎知道麻矢聪明，才把她带到了这一步。他谈恋爱总是像风儿一样来了又去，草草收场。他身边的女人大多是有夫之妇，还有与他处境相似的女人，这也是他爱情短暂的原因。那些与他有过一段情缘的女人是满足他需要的工具，而像麻矢这样的女人当然是不能马上放跑的小鸟，这就是他的浪子哲学。他一开始就知道，麻矢曾听她母亲、姐姐等人谈论过他，洞察了他的浪子哲学，不会走上那些女人的老路。麻矢是一个循规蹈矩的姑娘，同时也是一位魅力十足的小姐。

梶达郎后来又和麻矢幽会了四五次，每次都让她在欲海中漂游，令她疲累欲死，最终却与她分了手。最后见面那天，梶达郎发现自己竟然舍不得麻矢，觉得以后再也找不到她了。梶达郎给麻矢穿上薄大衣、戴上项链，让她回到了闹市中。其实梶达郎认为，娶麻矢并不坏，她是一个婚后多少年都不会令人生厌的女人。但对他来说，结婚是一件令他作呕的、温吞吞的、愚蠢的、令人不快的事。

麻矢确实变了，房客由里也看得出来，绘美矢夫人好像也感觉到了。她迷人的笑容愈发深邃，歌声也仿佛因为声带成熟而更加柔和，那微弱的、似乎沙哑的余音撩人酸楚、牵人愁肠。她确实有了一双女人腿，脚步让人感到一种无法形容的深深魅惑。有人用锐利的目光观察着她的那些变化，那人就是帕萨迪纳。帕萨迪纳照旧去朱莉那里，泛紫的可可色身躯仿佛罩上了一片愁云。

有一天，帕萨迪纳突然给绘美矢夫人送了一个装满美国货的纸板箱，令绘美矢夫人笑逐颜开。朱莉虽然困惑，却有一种报复绘美矢夫人的快感，心里怦怦直跳。朱莉得意扬扬地给她那起了皱纹的脸抹上美国水粉，涂上上等胭红；由里看在眼里，想起了一件事，觉得朱莉那时很可怜。那天由里碰巧和朱莉结伴走出院门，梶达郎从对面走来；似乎洞悉了一切，梶达郎看都不看朱莉，面无表情地擦身而过。擦身而过的梶达郎几乎没有脚步声，由里突然回头一看，梶达郎正要转过头来，由里立即转回身。梶达郎的背影看上去像精灵，让由里感觉有毒的白色花粉撒在他经过的路上。梶达郎穿着一件灰底素格子夏季西服，胸兜里放着一块白手帕，系着一条带深灰色小点的银灰色领带，那装束能让迦本[1]演的强盗显得正派，勾起了由里很大的兴趣。由里把可怜的朱莉之类的事抛到脑后，露出轻松的表情，心想：

他不像学者，却适合当个湖泊和沼泽方面的工作者。就在他回头看我的时候，他是一个在乎别人目光的日本浪子。不过，浪子并不坏，日本的浪子才坏。

朱莉冬天出去购物，回来时总是身穿黑色大衣，大衣下面露出双腿，脚上穿着红色短袜和木屐，像拄着魔杖似的拄着长扫帚。她是一个伺候美国兵的洋派“女源氏”，不会太在意麻矢和梶达郎之间的关系，也不会乱猜帕萨迪纳的心思。她只想

1　让·迦本（1904—1976）：法国电影演员。

着自己的脸，只忧心白头发超过了四五根，想着要把头发染成茶色，只想着钱，只想着逮住一个英俊的美国兵。那些念头轮流浮现在她的脑海，以致那时她平静地与梶达郎擦身而过。不管梶达郎有多庄重，他都是一个日本男人，而对她而言，日本男人一开始就让她不抱期望，如今更是完全像另一个国度的人。

无论在哪方面，麻矢确实都像一匹良种赛马在她宛如一朵香花的心灵深处，期望着以与梶达郎的爱情体验为养分，收获真正醉人的幸福果实。有一次，绘美矢夫人低声对麻矢说：

“你到梶先生屋里去了吧？”

麻矢像男孩子一样回答：

“我去了呀，怎么啦？但我不会再去了。这个月不会去，以后永远也不会再去。”

绘美矢夫人目瞪口呆，她没说话，但她把时刻在疑心自己受了骗的心灵触角伸展到趴着几缕花白头发的前额发际，“哦”了一声，偷眼观察麻矢的脸。

与梶达郎的那段风花雪月结束后，麻矢总觉得生活缺了点什么，而在一个月后的十一月初，第三个男人出现在麻矢面前，麻矢一眼就动心了。那人叫田宫亮太，是第一个用热情的眼神面对沼二凝视的目光的人。亮太与麻矢就像一对旧相识，很快就敞开心扉亲密交谈；麻矢经过与梶达郎的爱情体验，对亮太的男子汉气概也有一份亲切感与爱慕之心。二人亲密无间。

亮太是麻矢姐夫敬三的朋友田宫良吉的弟弟，有次亮太说他在电车上碰见了敬三，田宫良吉就带着亮太过来了。那天麻矢来到了敬三家，当她和亮太哥哥、姐夫他们一起交谈时，她感受到了命运的安排，亮太也有同感。谈笑的间歇，亮太忽然默默地看着自己的指尖；看了一会儿夹在指尖的烟灰条，他把香烟伸向烟灰缸，掸了掸烟灰。像讨厌麻矢的人一样，亮太很多时候都没有正视麻矢。当麻矢针对亮太的话提问时，亮太用发烫的目光看着麻矢；麻矢发表意见后，亮太又笑着露出洁白的牙齿。亮太声音粗哑，而他一碰到好笑的事就会笑着露出满口牙齿，显得非常愉快。亮太笑麻矢对自己一见钟情，他的眉眼间有几分近似悲伤的影子，而脸上却是露出满口白牙的愉快的笑容。原来，当同敬三一起进来的亮太从敬三身后露出脸来对惠麻微笑时，麻矢已经喜欢上亮太了。麻矢认为，亮太虽然不像父亲信吉那样英俊，却有信吉的气质。

那天晚上，亮太听麻矢说要回去，心里悄然萌生了欲念。他问了麻矢回家的路，说了句"我送你吧"。敬三和良吉都明白他们乐意一起回去，便成全了他们；他们一下子乐了，做好了回家准备。

外面风很大。十一月的冷风扫过日本桥的街道，商店红色、青色、桃色的装饰灯笼在风中摇晃，行道树的枯叶四处飞舞。亮太和麻矢竖着大衣领子顶风步行。在夹杂着风声的临近末班的都营电车忙乱的嘈杂声中，麻矢和亮太听着彼此的脚步声。一家书店的广告纸被吹破了，哗哗直响好像要裂开似的，麻矢见状缩起了肩膀。

"真像魔鬼的风。"

麻矢忽然感到不安，觉得需要再靠近亮太身边一些。

"冷吧？"亮太说。

麻矢恍惚地听着身边这男子的声音，抬头去看他的脸。身边是一个高个子男人，身上有种野兽般的粗犷，而粗犷中又透出一丝柔情。

“你的牙齿咯咯响呢。”

亮太俯视着麻矢，对她笑了。那是不单身体，连心也一并能够让她依靠的人的微笑。为什么我没能早点儿遇上她呢？亮太思索着。他的大衣里面露出一件黑色有领毛衣，好像是手工织的；铁丝般生硬的山羊胡看上去稀稀疏疏，似乎早上剃了傍晚就会长出来。亮太的那些特征无一不让麻矢感到亲切。

“你没戴手套吧？”亮太说。

走到大街的时候，亮太就发现麻矢没戴手套。原来，麻矢把手套落在姐姐家走廊的书架上了。对麻矢说那句话时，亮太觉得自己该说“你没落下手套吧”。

“这个女人有恋爱经验。”亮太想。虽然他认为自己也有恋爱经验，但以前和他谈恋爱的是个酒吧女，和她在一起总觉得不对劲。他很快就明白，酒吧女只会用甜言蜜语掩饰她的虚情假意。酒吧女故作文雅，又死缠烂打，亮太一直想分手。

亮太从兜里抽出双手，把手掌合拢一搓，脱下一副深蓝紫色的毛线手套，默默地递给麻矢。麻矢拿着手套，那时她就站在亮太身边。麻矢手上感受到亮太的体温，那种感觉如潮水般袭来，她感到回到童年一般的安心。麻矢戴上了手套，默默地低下头走路，心里却在想着把手伸到亮太身上，把头靠在亮太有皱纹的粗胳膊上。他们已经是一对恋人了。十一月的风将阵阵凉意吹进了他们的大衣里，他们却感觉如沐春风。想到刚才麻矢高兴地戴上了手套，亮太心里十分踏实。

“我要是再早一点告辞的话，就会去那里呢。”亮太说。

麻矢顺着他手指的方向看去，卖杂烩菜和酒的摊店闪烁着朦胧的红光。

“你去过那里吗？”亮太不由得说了这么一句。

“我去过一次，和除村姐夫、哥哥一起去的。我怕吃热的，被大家笑话了。”麻矢说话总是咬舌头，这次也不例外。

“我也一样。”亮太不由得像孩子一样急急地说。

“怕吃热食的人很少啊。”麻矢又笑着抬头看亮太。

麻矢和亮太乘上了都营电车，凑巧坐在了一起。两人感觉彼此以前就认识了，还多次在车上并肩而坐，觉得不可思议。

“我们好像以前就认识呢。”亮太小声说。

麻矢没有说话，微微转过身，把高而窄的白皙额头凑到亮太的肩膀上，随即离开他的肩膀，动作中有几分妩媚与幼稚。亮太当即心想：她有点不寻常嘛。

他们在涩谷换乘出租车，最后在水管路边停车下来，亮太把麻矢送到了家门前。风小了一些，寒星闪着光。

“下次再见。”

亮太说着，在黑暗中伸出手。麻矢的手被包在亮太那双戴着手套的温暖的大手中，亮太握着麻矢的手，就像捉住小鸟一般，过了一会儿才放开。

从那以后，麻矢和亮太一次次约会。有次坐车回来后，他们大声笑着，从院门外面走了进来。

“他们不对劲呐。”

绘美矢夫人戴着老花镜，抬眼注视正好在她家的敬三。敬三装作没听见，举起一杯威士忌。

“说起来，二十八岁结婚才不对劲嘛。”

惠麻也沉默不语。

有一天，麻矢正要出去，绘美矢夫人拦住了她。

“麻矢。”

“什么事？”

“听说你订婚了，是吗？这事你也不和妈妈商量。”

“那样的男孩世上不会有第二个。再说妈妈你肯定会反对。”

“你这么做好吗？我辛辛苦苦把你拉扯大……”

绘美矢夫人那花白头发紧贴的前额变红了。惠麻走了进来。

“你知道妈妈为了家究竟有多操心吗？你爸爸在世时是那个样子，家里现在又是这般光景。就连妈妈的衣服，妈妈以前都没穿过这样的衣服啊。叫你把钢琴卖了，你也不听……你到底像谁啊？你爸爸虽然争强好胜，但也不至于像麻矢你那么倔啊。真是的。一丁点儿也不体谅妈妈……”

绘美矢夫人干贝般的眼睛里渗出了泪水。惠麻叹了口气，说：

“妈妈的心情我可以理解，可田宫先生不是有法子吗？”

原来，惠麻的丈夫敬三对亮太有这样的评价：“他在动手方面一般，但在动脑方面是个天才。可以确定的是，他至少是个有才华的人。”

绘美矢夫人却说：

“什么有法子，他二十八岁也还只是个孩子。他和麻矢订婚，还不是因为他母亲快死了嘛。除村家的敬三也是那样啊。都说他是建筑师，有才华，可他给人盖房子，报酬还没拿到就先喝酒。那种人会有什么像样的朋友。真是的。”

迄今为止，绘美矢夫人靠麻矢得到了不少美国兵送来的物资，在滋润的小日子中对麻矢的婚事寄托着梦想。事到如今，梦想中未来的境况在她的脑海中浮现，让她加倍感到怀念。麻矢心里很清楚，但她依然感到不愉快。她用激越的目光注视母亲和姐姐，默默地呆立着，最后大叹一声，走到檐廊的藤椅前，“扑通”一声坐下。她的叹息是一朵硕大的花儿在夜晚的院子里、在没有人的隐秘时刻发出的叹息，是花儿带着芬芳的叹息。她在心里寻思：“不管妈妈说什么，我都要联合湖太郎哥哥和除村姐夫对付妈妈。”原来，湖太郎夫妇和敬三都对绘美矢夫人礼貌地敬而远之，绘美矢夫人便一直期待和麻矢未来的夫婿住在一起。

绘美矢夫人止不住地感到焦躁，灰色的头发在颤抖，还想激动地说几句，而她似乎这时才发现麻矢强硬的姿态，绝望地凝视麻矢健美的脸颊：这张蔷薇花一般的脸还有嘴唇本应给自己带来最后的幸福，却已经被那个蛮汉糟践了。绘美矢夫人感到怅然若失无力开口，她茫然地坐着，那双白多黑少的小眼睛直愣愣的。

绘美矢夫人一沉默，麻矢心头就涌上一股难以忍受的悲伤。麻矢把手放进大衣兜里，默默地看着院子。惠麻说：

“麻矢妹妹，你和他有约会吧，不会迟到吗？”

麻矢进屋揭开梳妆台罩，照了一下镜子，用手理了理头发，默默地走了出去。

后来，当麻矢和亮太一起回来的时候，帕萨迪纳的心情变得无法抑制了。与梶达郎交往后出落得像一朵饱含花蜜的花儿一样的麻矢，从那时起成了帕萨迪纳的心头刺。人们走路的声音在阴暗的房子里嘎吱嘎吱地响，帕萨迪纳从中听出了麻矢的脚步声，心情难以平静。在他浓密的鬈发下，可可色的额头上刻着悲哀。

帕萨迪纳敏锐地感受到麻矢的悲伤，这更令他对麻矢念念不忘。一天傍晚，帕萨迪纳在已经变暗的厨房碰到了麻矢，要把纸条似的东西递到她手里。麻矢拘谨地躲开帕萨迪纳，一言不发地进了饭厅。绘美矢夫人听麻矢说了那件事，叫来朱莉，委婉地命令她和帕萨迪纳以后要在外面见面。从那天起，帕萨迪纳不见踪影，而他充满深深的悲哀的身影留在了麻矢的脑海中。

麻矢在未来明亮的光芒中看到了悲哀与恐惧。帕萨迪纳在麻矢幸福的光芒中留下了一个黑影。而麻矢和亮太在一起时，所有让她讨厌的东西都会无影无踪，于是她和亮太的见面变得频繁了。

亮太的吻有一种激烈性，让麻矢隐约听见鹰鹫的振翅声，让她感觉鹰鹫进入了自己的身体；它会压倒麻矢，令她忘却现实中的点点滴滴。亮太是个缄默的人，唇边隐藏着对麻矢思念的心意。无论划火柴点炉子还是给麻矢递鞋子，亮太的大手看上去都像会从远方为麻矢带来某样东西的少年的手——比如麻矢发烧卧床说想吃东西时，他就会用双手稳稳地拿着一个水果走来。他经常在手里把玩摘下来的手表或核桃等东西。那时他的手会表现得很粗鲁，似乎会把麻矢像小鸟一样紧紧握住，直到她纤细的身子骨发出折断的声响。

亮太脸上的皮肤粗糙、凹凸不平，身上穿着暗色西服，粗壮的脖子和毛衣的衣领从西服领子里露出来；那件毛衣据说是他的姐姐民江织的，茶色底子上缀着黑色花纹。麻矢在一旁看着亮太的侧脸，一股不同于肉欲的强烈的亲近感就会涌上心头。那是一份沉甸甸的、仿佛散发出尘土气息的亲近感。

麻矢给亮太送了一份礼物，这是一个刻着希腊文“幸运”字样的玻璃球。看着麻矢说话做事时，亮太那厚厚的、胸毛丛生的胸膛里就会跳动着一颗少年般的心。摊开手掌接过玻璃球时，亮太看了看麻矢，双眸中仿佛点起小小的灯火。

“亮太像个孩子。”麻矢说。

“你也一样啊。”亮太笑了。

亮太一再克制着自己。了解麻矢身体的他，从认为麻矢是处女的时候起就感到肉体的冲动。麻矢也有几分肉体的冲动。

“梶先生家她也会去哩，下禁令不顶事啊。”绘美矢夫人公开认可了麻矢的行为，麻矢有时在约会回来的路上也会顺便去亮太家。不过，麻矢认为还是不常去亮太家为好。

梶达郎的事情发生后，麻矢和男人在屋里会向男人身边靠近，直至走到危险关头。而她平时只是和男人在外面见面，在夜总会的楼梯上、昏暗的小路上和男人接吻。在这两种情况下，她不再感到少女无意间设置的那道厚厚的无形屏障。这让亮太变得很急切。他们的手从突然相碰时起就会合在一起，麻矢的手被亮太的双手包住。他们的手看上去像一对要好的动物，让他们独立的两颗心连接彼此、碰触彼此。在亮太屋里，麻矢和亮太先是默默无言，然后突然习惯性地拉起手，那时麻矢感觉亮太有危险的念头，便又把手放开了。他们有时突然会产生一刻也不想分离的心情；坐在出租车上，他们想就这样远走高飞。那似乎是一种肉欲更强烈的感觉，麻矢已经感到自己永远在亮太心里了。当他们谈论住房布局时，亮太的脸颊泛起了红晕。而当亮太的大手掌笨拙地握着铅笔画那些梦幻般的设计图时，麻矢眼神热切，向亮太提问。亮太回头看了看麻矢的脸，又伏下脸继续画图。

令麻矢和亮太感到快乐的圣诞节快到了，那是他们宣布订婚的日子。结婚戒指是他们一起去订的，亮太送麻矢的戒指上刻着“我发现了”[1]的字样，麻矢送亮太的戒指上刻着“永远”[2]的字样。亮太还不忘向麻矢打听美国兵的礼物。

“他有点可怜啊。”

说着，亮太笑了。

“没有那回事。”

“有啊。”

“哪有啊，他现在已经有一大堆女朋友了。”

“可是他不会再有麻矢这样的女朋友了，麻矢会点燃一个人的心。”

“你坏。”

二人笑了起来。

麻矢是个不理会世俗之事的女人。尽管如此，她也知道亮太现在和自己结婚对他没有任何好处。姐夫敬三有意拉拢亮太，即使和亮太做不成亲戚也要这么做，原因只是亮太的父亲有些地位。亮太母亲这个单纯的好人接受这门亲事不存在问

1　原文为古希腊语。

2　原文为古希腊语。

题，亮太姐姐民江那儿也没什么障碍，只是民江在见到绘美矢夫人并看到她家的景况时感到不安，私下对丈夫真木山发牢骚。麻矢也知道那些事情，觉得对不住亮太，却一直保持沉默，好像对亮太说那些事情就会伤害亮太似的。亮太不会向麻矢表白爱意，却会清楚地对她说“我很幸福”。麻矢将心比心，感觉她同亮太完全心意相通。那一刻，麻矢抛却了世俗杂念。

亮太和麻矢各自准备了圣诞礼物。亮太在银座的八木本珠宝店买了一颗珍珠，虽是仿制品，却是那家最好的大珍珠；他本打算用夏天搞翻译挣的钱购买建筑书籍，却用那笔钱把它买下来了。麻矢织了一双与亮太的毛衣相配的深棕色手套，并在手套里分别放了一枚男式三叶草铁戒指和一个吐出红舌头的瑞典木雕狗熊。

圣诞夜，前一天开始下的雪停了，天边泛起了微光。亮太竖着大衣的灰色毛皮领子走进玄关，套鞋上沾着雪，那件厚大衣也被雪打湿了，散乱额发下的脸忍住了就要溢出的微笑。

“我是不是来迟了？”

“大家都在等你。团女士也在家里哟。”

亮太抱起麻矢脚边的卡梅。

“卡梅也有礼物。”

说罢，亮太解开大衣纽扣，从裤兜里摸出一个小纸袋。麻矢打开一看，里面是一条深桦木色格纹的丝带，底色是她以前说过的适合卡梅的金色眼睛的颜色。

“快点进来吧。”

话音刚落，绘美矢夫人走了过来。麻矢却也不理会，不慌不忙地把丝带系在卡梅的脖子上。

“妈妈，你怎么了？”

“哦，没什么。”

绘美矢夫人漫不经心地说，向亮太打了招呼，随即先到客厅去了。

麻矢把手搭在亮太穿着厚西服的肩膀处，背着绘美矢夫人用额头抵住亮太的肩膀。麻矢抬起眼睛，只见亮太紧抿的嘴唇就在上方；她感到他深情的目光一动不动地俯视着自己。那一刻，他们想逃开一起去一个地方，不时袭击他们心灵的苦楚又一次袭来，他们看出了彼此心中那份爱意的悸动。

客厅里弥漫着香烟的烟雾和洋酒的气味，旧的厚布窗帘半遮半掩，镶着白花花边的窗幔透出外面的黑暗。壁炉里烧着木柴，不大的屋子里热气腾腾。形如女孩褶裙的橄榄色灯罩完全褪了色，围在圆桌四周的雕花沙发、椅子也被照得发白，只在边缘处留下了一层橄榄色，而壁炉的火焰和人们的谈笑声让这间被深棕色花纹墙壁围住的屋子增添了生气。湖太郎夫妇、敬三夫妇和两三个男亲戚待在客厅里，男人们在谈笑的间歇伸出粗胳膊去抓三明治或奶酪吃。似内敲门进来，把一大桶什锦寿司饭放在小桌上。接着惠麻端来一个黑漆托盘，盘里放着一叠红紫色的花边西洋盘、两双公筷和一把一次性筷子。桌上一大瓶苏格兰威士忌还剩三分之二左右，男人们当中也有人一手夹菜一手端着酒杯。

“节子，你也喝红了脸啦。”绘美矢夫人对湖太郎的妻子节子说，脸上堆满了惯常的带皱纹的谄笑。

麻矢和亮太走进客厅，男人们“啊”“啊”的声音一齐响了起来。

“到这里来！”

坐在正中的敬三就要站起来，麻矢忙说了声“哎，请坐吧”，便和亮太走到屋角的灯光下坐了下来。

“今天是你们宣布订婚的日子，可别躲在那个旮旯里哟。你们在那里是不是要说悄悄话[1]？”

敬三话一出口，男人们就笑了。

“那种艺伎的行话今天禁止使用哟。”惠麻把什锦寿司饭盛在盘里，一边向亮太走来，一边说着，“我不是说麻矢妹妹啊，现在的年轻人对说悄悄话不见怪了，是吧。”

麻矢说：“意思我大致明白，可这词儿我还是第一次听到呢。”

绘美矢夫人对麻矢擅自和亮太订婚发尽了牢骚，不过那些话只是对亲戚、对男人们说的；她每天在家里的饭厅像没能发财的老板娘那样发泄愤懑的情绪，田窪家也因此笼罩在一片紧张的气氛中，这样死气沉沉的家里今天竟然也焕发了前所未有的生机。一阵闲谈过后，麻矢和亮太的婚约通过绘美矢夫人再次被宣布。随后绘美矢夫人补充说：

“这次我真的觉得，田窪的去世实在是一件憾事。而在没有自由的战争年代，我还常常认为他不在了反而幸运。田窪要是还活着，今天一定会……”

那些好像是田窪家亲戚代表的男人不比房客由里更了解这家里的气氛，他们只是狐疑地点了点头。湖太郎、敬三夫妇和麻矢洞悉了绘美矢夫人的愤懑情绪，亮太等人也了解大致情

1　悄悄话，原文此处使用甲州方言，是艺伎常用的一种表达。

况，他们把绘美矢夫人做作浮夸的演讲当成了从头顶上吹过的风。而在接下来的麻矢他们与家人分居的问题上，人们各有各的烦心事。麻矢和亮太决定熬过十二月二十四日这一晚，并约好此后过一个只属于他们俩的圣诞节。由里也被卷进了怪异的气氛中。麻矢和亮太像一对小鸟似的头挨头站在圣诞树旁，说着没头没脑的傻话一同笑着。两人的手挽在一起。在圣诞树下的一隅，就订婚而言过于激烈的某种情愫在燃烧，永恒的爱火，只在某个特定的时间段确确实实地被点燃。这两个人儿沉浸在恋爱的甜蜜时光中。

“晚些时候，唱诗班会来呢。电线杆子上贴着告示，你看了吗？”

“我看了。唱诗班什么时候来？”

“大概十一点。”

“很迟啊。”

敬三在给大家讲建筑，麻矢和亮太耳边却响起了他向亮太搭话的声音：

“田宫君，听说你在苏门答腊待过？”

“嗯。”亮太转过一张若有所思的脸。

“最近我看到报纸上面说，芋头虽然在其他地方也有，但苏门答腊才是芋头的原产地。是吗？”惠麻的这番话似乎是事先准备好的，在每个人的耳边响了起来。

“啊，芋头嘛……”敬三吃惊地说。

“田宫君，你在那里吃过芋头？”

“我没有吃过芋头。不过我听说在别的部队，有人生吃过田里的东西，嘴里有那股滑溜溜的味道，就认为它是芋头的一种。所以我认为，芋头的形状不一样吧。”

绘美矢夫人看了看惠麻，说了声“哦，是吗”，又睁大一双透着睡意的怪里怪气的小眼睛，钦佩地说：

“我们总以为那是日本的……”

敬三拿来一瓶外国葡萄酒后，麻矢站了起来，从惠麻手中接过放着葡萄酒杯子的盘子，给杯子斟上琥珀色的酒，把杯子递到每个人手里。亮太一边用嘴唇贴住杯子，一边看着麻矢，只见她上身穿着一件如牛奶般柔和的深蔷薇色圆领毛衣，下身穿着一条藏青色、绿色和暗蔷薇色相间的格子粗花呢裙子，腰间系着深棕色腰带。麻矢的脸颊滚烫火热，透着红晕；她热心地给客人斟酒，涂着珊瑚色口红的嘴唇微微张开，露出几分稚气。亮太看着麻矢，眼前浮现出大约一星期前他在夜总会跳舞的那天晚上亲吻麻矢的情景。亮太认为比起那天穿的深绯红色乔其纱晚装，今天的这身打扮更适合麻矢。麻矢的毛衣领子上松松垮垮地挂着两条银丝，银丝是亮太从圣诞树上摘下来给她戴上的。他们约定礼物要在他们俩单独在一起的时候打开，因为今晚麻矢要用敬三的吉普车送亮太回去。

麻矢看见由里后笑了，说：“团女士，你喝这个吧？据说这是格拉夫白葡萄酒。”

敬三说：“算啦，这酒没什么了不起。好酒都卖光了……”

“敬三，你是因为酒卖光了才唉声叹气吗？”

节子话一出口，大家都笑了。

由里对麻矢给自己敬酒感到非常高兴。“只会讨男人喜欢的女人不是真正的女人。”想到这里，由里看了亮太一眼。

“这位是……”

绘美矢夫人一开口，一个男亲戚就对由里说：

“噢，我知道令尊的大名，因为令尊在实业界是无人不知无人不晓啊。您是团精吉先生的长女吧……”

“是的。”

由里应了一声，觉得自己今晚又听到了一到人群中就会听到的这几句老套话，便暧昧地笑了笑。要知道，团精吉家放到现在也只是一个公司职员家庭。况且由里是团精吉和后妻生的孩子，由里每次对楼下的那些呆子说她是团精吉的女儿，他们都觉得奇怪。

一直看着麻矢的亮太垂下目光，脸上溢满了热情，那一贯像生气噘嘴的人那样抿住的嘴角让人感到痛苦。麻矢每次从自己身边离开，亮太都会感到空虚，如今他又有了那种空虚感。“麻矢只属于我，我们片刻也不能分离。”自从亮太拥抱了麻矢后，这种没来由又无理的念头经常袭扰他的心。

麻矢从敬三他们那里得到了一大盒巧克力和一条配上浮雕吊坠的金项链，从湖太郎夫妇那里得到了一条与她身上的裙子正相配的深红色腰带，节子补充说穿白罩衫时要系这条腰带。麻矢亲吻每个盒子，兴奋地像要飞起来。

“麻矢，你还是不懂事吗？”绘美矢夫人似乎在责备可爱的女儿，而由里看见她那双小眼睛里闪烁着几分敌意。

麻矢对亮太说：“等会儿我把妈妈的毛衣也给你看吧。”

惠麻说：“她已经穿上啦。”

“这丫头就这样，所以请多关照啊，田宫君。”

湖太郎话一出口，亮太说了一声“不”。他抬起裹在深棕色粗线毛衣里的胳膊，把头发往下捋了捋，看着麻矢，对她笑了笑。

“亮太也是孩子呢。”麻矢边说边回到亮太身边。

前一天的傍晚，沼二在楼下交给麻矢一个好像装着巧克力的小盒子和一枚R字胸针。麻矢把那两样东西藏在了手提包里，因为她知道只有亮太会高兴。

“亮太君靠得住，我放心了。”敬三似乎在说给母亲绘美矢夫人听。

绘美矢夫人暗含愤懑的款待无不让人感到如芒在背，大家也没多吃几碗什锦寿司饭，不到十点就开始陆续离席；麻矢和亮太一边互相给对方穿大衣，一边走到玄关处，那时是十点五十分。麻矢穿上香槟色的大衣，正要从兜里掏出手套，却停了一下，轻轻抱了抱绘美矢夫人，随即转过身，戴上手套，换上鞋子。麻矢敏感地觉察到惠麻用略含妒意的目光看着自己，她向惠麻挥挥手，然后和亮太一起出门；亮太默默地看了看绘美矢夫人，自语似的说了声“承蒙招待，再见”，然后把麻矢的鞋子摆好。最后，亮太低着头扭紧门把手，又向绘美矢夫人和惠麻以目致意。在高大的亮太的肩膀暗处，绘美矢夫人和惠麻最后一次看到麻矢的帽子。因为亮太和麻矢以后再也不能站在她们面前，不能站在湖太郎、敬三面前，不能站在他们亲近的人面前了。回去的路上，他们刚从水管路来到田间路就在事故中丧生，那是一场可怕的事故。

不知为什么，绘美矢夫人和惠麻感觉亮太和麻矢要一去不复返，便默默地站着看他们离去。她们最后一次看到的麻矢，是她们越过亮太的肩膀看到的那顶美丽的帽子。

那是美国兵彼得送来的一顶平顶长毛皮帽，帽子的暗蔷薇色与麻矢毛衣的颜色很相配，上面系着一条同色系的硬丝带。当麻矢从盒子里取出那顶帽子时，惠麻说帽子“像点心”。

惠麻还记得，帽子到家后过了四五天，麻矢得意扬扬地学着亮太的话说：

“听说它的颜色跟法国的覆盆子冰激凌的颜色一模一样呢。”

惠麻久久地回想着那件往事。

……

亮太和麻矢离开玄关来到暗处，随即抱在一起，享受短暂而激烈的亲吻，然后伸出胳膊紧紧相拥，走出了那天打开的院门。亮太放开麻矢，打开敬三留下的那辆吉普车的门锁，二人并排坐进驾驶室。亮太挂挡的时候，麻矢肩膀贴住他的肩膀，说：“一点都不冷嘛……”

“你醉啦……待会儿路上你别又冻得牙齿打架。回去的路上我们一起披着毯子吧。”

吉普车好不容易爬上因为融雪而容易打滑的坡道，开到水管路，从那里横穿过去，拐向田间路。

这是一条在白天也很荒凉的路，前方可以看见一片人烟聚集如同森林的地方。这条两辆车勉强可以交错驶过的小路笔直地通向前方，两侧有开垦的田地。不知为什么，路两侧的草丛里稀稀拉拉、歪歪斜斜地竖着烧过的木桩，木桩之间连着铁丝，犹如国境线的铁丝网。雪停了，远方是暗蓝灰色的天空；低低地缭绕在空中、像印上去一样的深蓝色的云朵流动着，仿佛要遮蔽天空似的。

麻矢和亮太想从这里立刻踏上迢迢旅途，心里又产生了那种难以抑制的冲动。他们肩靠肩，互相感受着体温，而不知为什么，他们心头有一种说不出的黯然。亮太透过大衣感到麻矢的肩膀很温暖，他感到一阵不安，只想紧紧抱住麻矢。刚才他们从远处看到的那辆吉普车的黑影徐徐靠近，瞬间突然加快了速度。当两辆车的距离缩短时，麻矢感觉心惊肉跳。从那辆应该与他们毫不相干的车上，她分明感觉到对方的歹意与恶念。最后她反倒从亮太身边离开，微微张开嘴唇倒吸了一口凉气。那辆车非但没有减速，反而向他们这边开来。亮太慌忙转动方向盘躲闪，而当他发现那辆车根本无意躲闪时已经晚了。尖利的刹车声划破了黑夜的宁静，两辆车一瞬间停了下来，车体扭曲得像融化的糖。

麻矢和亮太都当场身亡。麻矢受到反冲力而往后仰，她微微睁着眼睛，右手伸到亮太那边。在亮太松开方向盘的一瞬间，她正要搂住对方。亮太趴在方向盘上，双掌伸到方向盘前面，脸部和额头像被砸烂的石榴。

附近的一个男子恰巧路过，向警察报了案，并告诉了警察麻矢家的地址，随即以身体不适为由回去了。那人是附近一家公司的职员，以前经常看见麻矢。

接了警察打来的电话，绘美矢夫人身子发抖，刚起身就闪了腰，嘴唇直哆嗦。惠麻给湖太郎和敬三打电话，二人却都还没有回来。惠麻把一张纸条垫在冰箱上，颤抖着写下他们二人的电话号码，拿着纸条赶到了车祸现场。

惠麻远远地看见两辆车的残骸，当即跌坐在地，被警察发现了；两个警察跑过来，一个伸手扶住她的两腋，另一个拉她起来，一起把她带到车子旁边。惠麻看了一眼，勉强地说：

“她是我妹妹。”

“你妹妹的同伴呢？”

“他叫田宫，和我妹妹订婚了。”

“两辆车离得这么远，居然撞到一起了。对面的那辆车，车主是醉酒驾驶吧……”

神思恍惚的惠麻，耳朵听到了警察的那番话，接着又听警察吐出几个字：

“他是个黑人……”

话音未落，惠麻脑中仿佛有一股电流通过。她不敢看那具血肉模糊的躯体，没有看对面那辆车的车主，因为她在电话里听说那人也死得很惨。

“帕萨……”

惠麻正要喊出“帕萨迪纳”这个名字，却突然缄口不语，警察还在后面扶着她。

“你说什么？”

“没什么。”惠麻随即说，“刚才……我给丈夫和哥哥打电话，可他们还没有……他们刚从我家回去，还没有到家。这是他们的电话号码。”

惠麻把右手拿着的那张纸条递给警察，说她家里有电话。

“我还会打电话……”

惠麻说那句话的时候，尖锐的警笛声响了起来，远处可见救护车的白色车身。

“我得走了……”

“那好吧。那我给他们打电话。您辛苦了。”

惠麻默默地往回走，踉跄了一下。一个警察使了个眼色，一直在后面扶着惠麻的那个警察高高地挽着她的胳膊向前迈步。不料惠麻脚底发软，带她来的另一个警察走到她身边，像先前那样推着她走了。

麻矢和亮太的尸体一同被送进了白色救护车。路面在黑暗中也湿得发亮，地上有一摊血，点点血迹一直延伸到车门。麻矢是内脏破裂而死的。人们抬出亮太的尸体时，一个又圆又亮的东西滚到了车外地面上。一个警察看了看，面露不屑地一脚踢开。麻矢送给亮太的那个玩具玻璃球在地上滚了滚，在草丛边停了下来。

帕萨迪纳那天晚上从车站给朱莉打了两次电话。此前，他从她那里听说麻矢和亮太在圣诞节前夜宣布订婚。帕萨迪纳那天早上跟朱莉约好深夜偷偷去找她，他从车站打电话是为了确定客人回家和订婚男女出门。

帕萨迪纳全身骨折而死。

第二天早上八点，由里下了楼，双腿似乎有些发抖。她观察着混乱不堪的客厅门口，小心地溜了过去，幸好没撞见谁，只透过半开的客厅门看见了两个穿大衣的男人的背影，又在玄关处看见了可怜的卡梅。她拿着木屐从厨房门口走到外面，自己屋里的家具什物打算让弟弟家的人来搬。无论对绘美矢夫人、对惠麻，还是对敬三，她都感觉难以开口跟他们打招呼。她觉得警察会向自己打听什么事，也想躲开他们。她现在最讨厌待在这个家里，看什么都能感受到麻矢的惨死。昨晚是因为电车已经没有了，她才将就了一晚。

由里穿过后院时看见了沼二的房间，沼二正在房中。磨砂玻璃映着沼二长长的影子，沼二似乎用额头抵着玻璃朝她这边站着。由里跑着穿过后院，绕到玄关那边。通过玄关时，由里不由得回头看玄关里面。在那扇暗淡的玻璃门上，沼二贴的波提切利的《春》在朦胧中透着悲哀。

由里又把目光从那幅画上移开，跑出了田窪家的院门。

恋人们的森林

华丽的森林里没有日月，暗金色果实和浅红色花朵散发出光芒。

恋人们的爱火在那里燃烧，永不熄灭。

——义童

从涩谷乘巴士到若林的道路深处有一个叫北泽的城镇，巴士路后面有一条长长的小路。小路向右延伸，路边点缀着寺院院落和树丛。

涩谷与若林、新宿与三轩茶屋之间各有一段巴士路，两段巴士路之间有一条自来水管道相连。与自来水管道平行的有几条小路，其中就有那条小路。路的一头有一个小碎石场，碎石场旁边有一座经常停着粉红色汽车的神秘建筑。仔细一看，那是一家专门为银座的点心店提供点心的罗森斯坦点心坊，屋顶后面竖着一根生锈的浅绿色烟囱。那家点心坊好像是临时修建的，整体呈灰色，入口处的雨篷上也饰有锈绿色和淡灰色的粗条纹，别有一番雅致。

一天下午，一个年轻人从点心坊里走了出来，跳上一辆粉红色汽车。

年轻人身材纤细，肌肉紧绷，动作像鱼儿一样轻捷。他微微缩脖，一扭纤腰，闪入驾驶室。接着，他瞥了瞥前面，探出头来往后看，又缩回脑袋，忙着挂挡。随着一阵“咯嗒咯嗒”的声响，他一下子消失了。

年轻人还不到十九岁，十七八岁的样子。检视车前后时，他的眼睛美丽动人、如梦似幻，却闪烁着冷冷的眸光。他的鼻子娇巧、挺拔；眼睛嵌在鼻梁两边，宛如玉器上镶嵌的宝石；目光柔顺、冷淡，却精明、灵动。他看上去好像很软弱，却也有寻求自己欲望与快乐的心智。不过，他似乎不喜欢找与自己年纪相当的女人，而喜欢待在慵懒地躺在床上的大姐姐身边，或待在爱抚自己的男人身边。

年轻人确实是那样一个青年。

在一座木结构公寓里，年轻人正在自己的房间里熟睡。在此之前，他和一个比自己年长的情人见了面。那座公寓位于通往若林住宅街的巴士路的岔道上，离罗森斯坦点心坊不远。

天亮时，房间还很暗，沉重的空气弥漫四周。房间的墙壁和地板都是茶色的，垂下的窗帘上描着鸟儿和树木。一张木床占了大半个房间，年轻人就睡在这张床上。他面墙而卧，身上盖着亮丝镶边毛毯，头埋在白色大枕头里，一头闪亮的茶色头发如狗儿睡过的草丛。

那个年轻人叫保罗。他原名神谷敬里，“保罗”是情人义童对他的称呼。昨天，他很早就和义童在外面吃了晚饭，很快就饿了。上床后，他从冰箱里拿出火腿吃了，还吃了面包、喝了咖啡。此时此刻，床边的桌子上丢着一个不锈钢盘子，盘子里放着没吃完的火腿、留有咖啡渣的早餐杯、茶色牛奶瓶和面包块等。

陶瓷烟灰缸上粘着菲利普·莫里斯香烟的烟头，如同堵在排水管管口的落叶。保罗有用力摁灭烟头的习惯，这个习惯不是他原来就有的，而是他在模仿义童的习惯时无意间形成的。香烟全是吸到一半略多的地方就摁熄了，这也是他在与义童的爱情生活中养成的习惯。

义童的亡父吉什·德·安托万在巴黎郊外有一所大宅子，母亲珠里是一个日本外交官的女儿。出生在这样优渥的家庭，义童的一举一动都透着奢华。他给保罗钱花，在街上吃饭、去酒吧喝酒都由他掏腰包。他给保罗定做鞋子和西服，而之前他已经给保罗买了不少雨衣、皮带、背心和毛衣。他还给保罗买了香邂格蕾牌香皂、巴黎润发油、淡紫色雪花膏、4711古龙水等，那些东西都摆在了保罗的梳妆台上。有了那些东西，保罗便愈发容颜焕发、光彩照人了。

翻了两三次身后，保罗微微睁开了眼睛。他像怕晃眼似的忽闪了几下长长的睫毛，从毛毯里弯起一只胳膊，用手遮住眼睛。阳光透过指缝流泻下来，那双美丽的眼睛睁大了，唇上闪过一丝笑意。他扬起双臂枕在脑后，垂眼凝视片刻。那一会儿，他的眼神透出一份置身于幸福中的恬然，却也蕴含着一股激情，似乎并不冷淡。

保罗伸腿踢掉毛毯，解开淡蓝色睡衣的胸扣，露出微黑结实的胸膛。那一刻，他的胸前晃动着一条银色项链，脖子上的圆形照片吊坠的背面露了出来。那个吊坠本是义童弟弟路易的东西，义童把它抢下来后送给了保罗。吊坠古旧而美丽，上面并排刻着土耳其国旗那样的新月和五角星，凹槽镶着小钻石。

保罗望向窗边，眼神充满了纯真。他吹吹口哨，咧嘴一笑，懒懒地挺起半身，从口袋里摸出一支香烟，趴着点上。他吸了一口，随即捻灭烟头，慌忙下床点燃煤气炉，架起水壶，开始煮咖啡。这时时针已指向八点。保罗趴在床上，啃昨晚没吃完的面包和火腿，喝热咖啡。之后，他脱掉睡衣，挥了两三下胳膊。

保罗身上只穿着一件无袖圆领衫和一条过膝衬裤。他用手胡乱擦了一通梳妆台上的三面组合镜，又把脸凑过去。阳光照在他侧脸上，给他的面庞布下了深浅不一的影子。在他晦暗的面庞上，那对美丽的眉毛好像用眉黛描过一样，一双瞪得大大的眼睛仿佛幽暗的空洞。

有时候，保罗会和酒吧大姐或公寓女郎在一起纠缠不清。日子一长，他的瞳孔就会一动不动，撩人心弦。那时候，在他优美的鼻梁两边，那双稚嫩的眼睛里溢满了不安，却又满含着一股强烈的自信，还隐隐闪着罪恶的火苗。他烦恼的目光中隐藏着稚气与不安，更散发出迷人的光彩；稚气而不安的眼神微微透出一丝善良，又带着几分神秘色彩。

保罗似笑非笑地翘起嘴唇，神情中露出了对义童爱情的渴望与自信。他拿过发刷梳头发，打水洗脸，然后拿起义童给他的那瓶宛如淡紫色水晶的巴黎雪花膏，对着亮处看了看，用雪花膏搽脸，一直搽到下巴。搽完雪花膏后，他用手抹了两三下，双目灼灼地看着镜中的自己，然后穿上放在床上的那条深灰色牛仔裤，又穿上一件浅蓝色有领毛衣。自从义童说自己像一个巴黎青年之后，他就一直那样打扮。

……

"敬里好帅啊。"

"他最近可不得了哦。"

罗森斯坦点心坊里，身着工作服的姑娘们对保罗交口称赞。保罗扫了她们一眼，默默地把一个个又薄又平的铝质点心盒搬出来。

"他就是帅。"

"对呀。"

两个姑娘歪起嘴巴对视了一下，又把手揣进口袋来回摆动，脸上浮出嘲弄的表情。

"女人好烦呐。"聪明的保罗偶尔会插上一句。

"他的衣服在哪里买的？"

"肯定是人家送的嘛。"

"难道他有女朋友？"

保罗话里的厌烦，连感觉迟钝的坂井千佐子和金丸丰子都感觉到了。她们愣了一会儿，然后开始帮保罗搬点心盒。

不多时，保罗跳上粉红色汽车，动作依旧是那么轻捷。他驾车技术娴熟，汽车很快从寺院和房子中间穿过，驶向巴士路，像淡水鱼水槽一样透蓝的私人汽车、其貌不扬的出租车以及摩托车队相继被甩到后面。不一会儿，汽车开到了他和义童一起来过的那家小小的中国面馆附近，红色窗框和窗户上浓艳的牡丹图案映入了他的眼帘；一瞬之后，汽车又开出了一百多米，驶过了巴士路中段。

不料，汽车驶至尾张町的十字路口时遇到了红灯。保罗焦急地等待着，就像等不及和义童约好的一起坐车兜风的那一天一样。想起那件事，他的心又剧烈地跳了起来。要知道，义童开的是劳斯莱斯汽车。

保罗挑起漂亮的眉毛，斜眼注视旁边停着的一辆簇新的汽车。

是德国的施密特汽车……

保罗额上的竖纹消失了，眸子闪闪发亮，宛如女人的眼睛。汽车的驾驶室里坐着一个男子。他身上穿着黑色针织毛衣，肩膀很结实，一双眼睛正看着保罗。一瞬间，男子深邃的黑眼睛透出了一种与义童一样的眼神。男子的眼神落在保罗脸上，保罗吃了一惊，转过脸正面对着男子。那一刻，保罗明净的脸上带着怯意与羞涩，眼睛突然透出一股少年的稚气，困惑地眨了一下。男子比义童年长许多，四十三四岁的样子。

这时红灯换成了绿灯，保罗摆脱了尴尬。他猛然加速，把那辆车远远地甩在身后。就在那一瞬，保罗认为自己做错了一件事，心中暗自懊悔：我要是再等一会儿就好了！他感觉那双黑眼睛在追索着自己，便径直开车跑了。透过那双黑眼睛，保罗感到那个神似义童的男子比义童更耀眼、更残酷。男子或许有义童的刚强与睿智，而他的刚强与睿智都藏在那双暗淡的眼睛里，被眼睛深处的那道黑影遮没了。他真厉害！保罗暗暗嘀咕。

汽车开到了罗森斯坦点心坊附近，保罗慌忙在腰间摸索。他讨厌那件遮住蓝色毛衣和深灰色牛仔裤的白色工作服，平时都把它团成一团放在身边；快到点心坊时他才停下车，匆匆套上工作服。

保罗驾车离去前，黑脸男子看到对方的汽车后面有“Rosenstein”的字样。之后，他开车驶过十字路口，奔向筑地[1]。

罗森斯坦点心坊的店员推测保罗装作没有女朋友，黑脸男子却一眼看出保罗已经有了一个富有、漂亮的男性情人。如今有了男同性恋酒吧，男同性恋者不缺情人，但极品情人比鸽血红宝石更稀少珍贵。也不知从哪里打听来的消息，有钱的男人都知道男同性恋酒吧里有哪些年轻小伙，还知道他们都是谁的人。由于这个缘故，黑脸男子虽然一眼就迷上了保罗，却只有远观其变，而没有冒失动手。他深深地嫉妒那些有钱男人的少年情人，甚至嫉妒他们的稀少珍贵。

下北泽车站附近有一家茉莉酒吧，保罗在那里第一次见到了义童。

那天，保罗依旧坐在柜台右侧的高脚凳上，口袋里装了不少傍晚时在店里领的钱。他用纤细的右手轻轻摇动酒杯，对着暗淡的灯光看了看杯里兑了苏打水的冰威士忌，然后支起胳膊，挺起尖下巴，噘起嘴唇。他好像发觉有女人正在看自己，一双星眸静静地凝视着杯里的酒。随后，他用左手在腰兜里摸索，弄出钥匙的声音，却又抽回手来，拨弄仿佛刚洗过的飘逸闪亮的头发，一点都不安分。过了一会儿，他稳稳地放下酒杯，左手托腮，微微噘起嘴巴，随后眯起眼睛，意味深长地看着玻璃橱里的奶酪盘，又突然趴在桌子上，睥视四周。

一个男子坐在柜台正面的高脚凳上，与保罗面对面，一直凝视着保罗。那人就是义童。义童三十七八岁，脖颈结实，仪

1 地名，位于东京都中央区。

表堂堂。他分明像一个法国人，却是一个皮肤微黑、说一口地道日语的日本人。他那一看就很聪慧的额头并不宽阔，一头黑发很浓密；眼睛像许多法国人的眼睛一样又大又圆，看上去既有一种滑稽的味道，又有一种南洋岛毒蛇的感觉。

看着年轻的保罗，义童的脑海中出现了十八世纪七八十年代法国大革命的图景：鹅毛笔，羊皮卷轴，围在脖子上的白丝领带，巴士底狱的牢床，马拉被刺时的陶瓷浴缸，举着“平等、自由、博爱”标语牌的无套裤汉[1]。他发现，眼前这个有智慧、有远见的年轻人心里藏着一份法兰西的荣耀与风骚。

义童穿着一件黑色上衣和一条深灰底黑色细条纹的瘦腿裤子，围一条宽宽的格子围巾，围巾的两端垂在胸前。衬衫领子有点脏却还算整洁，好像是下午换的；上面套着一件灰色呢绒背心，系一条深蓝浅蓝条纹交织、夹杂血红细线条的领带。义童支着胳膊，左手托着下巴，右手依旧揣在口袋里。他好像喝了很多酒，却毫无醉态，只是脸色发青、眼睛发直，与平时不大一样。

当坐在他们中间的一个客人起身结账时，保罗看向义童，正好与他目光相碰。一瞬间，义童的眸子泛起了一丝笑意；保罗吃了一惊，心儿轻轻地跳动。那一刻，保罗恍然大悟：原来这个有神秘魅力的大男人老早就在观察自己的一举一动。他害羞起来，举止也变得生硬了。看着保罗害羞的样子，义童又微微笑了笑。

过了一会儿，保罗偷眼打量义童，又迅速移开目光。此时

1　法国大革命时期的城市平民。当时法国贵族男子盛行穿紧身短套裤，膝盖以下穿长筒袜；平民则穿长裤、无套裤，故而有此称。

此刻，他那双可怕的黑眼睛溢出了丝丝柔情，就像一个已经感受了女人甜美体香的男人想入非非地打量女人时一样。他的唇边绽出了微笑，又涂上了一道情欲的深影。

“来杯金菲士[1]。”

保罗应声看去，只见义童正在注视侍者的背影。保罗扬起美丽的双眸注视义童的侧脸，目光中含着一丝不安与恐惧。保罗的嘴唇紧紧绷着，上唇弯弯的，下唇勾出一道美丽的弧线，嘴角露出一对酒窝，透出一种冷艳。

片刻之后，保罗飞快地移开了视线。他有些不好意思，想起身离开，却有点舍不得。他频频拨弄头发、东张西望、摸摸钥匙，比先前更不安分了。保罗觉得很奇怪：那个男人会喝金菲士？蓦地，侍者伸手把一杯金菲士放到了他面前。保罗再次把目光投向义童，只听对方说：

“喝吧，这杯我请你。你不会不领情吧？”

义童看着保罗，一双炯炯有神的眼睛闪烁着诙谐风趣的光芒。

保罗不知不觉地露出了天真的微笑，美丽的双眸含着憧憬，而他也深知自己的笑容很可爱。他欲言又止，紧抿着嘴唇，嘴角露出一对羞涩的酒窝。最后，保罗小心翼翼地举起酒杯，对着灯光看了看，然后把酒杯往嘴边送。那一刻，他对义童羞涩地笑了笑。

领带、背心、围巾，义童穿的每件衣服都很昂贵，而他本人并不爱惜这些衣服。不知为什么，保罗觉得这家简陋的茉莉

1　一款金酒做基酒的鸡尾酒。

酒吧很高级，又觉得酒吧的角落因为义童的存在而显得神秘，醉意蒙眬的眼睛顿时闪出严肃的光芒。他像孩子一样抿起嘴唇，凝视着义童。那一刻，保罗被义童的气质深深地迷住了，一股羞愧却涌上心头。——他以前从大学中途退学，现在连书都不读了。

“你经常来这里吗？”义童问道。

“嗯。”保罗把手伸到鬓角，拢了拢亮闪闪的茶色头发。义童发青的脸紧紧绷着，紧绷的脸颊、唇边透出一股忍受寒战一般的苦涩，谈恋爱的人有时就会露出那种表情。他朝下看着保罗的鼻尖，忽然把目光转向墙边；一双鹰隼般的眼睛热热的，瞳孔里涂满了暗色。保罗心中激荡着一股莫名的憧憬。他陶醉地看着义童的侧脸，眼前却出现了暴风雨来临前昏暗的天空。他仿佛看到，张开利嘴的老鹰振翅划过天空，追赶在空中飞蹿的麻雀。

义童给自己和保罗各点了一杯冰苏打威士忌。喝完酒后，义童看了看手表和后面的挂钟，对了对时间。他忘了发票就在自己的胳膊下压着，先摸了摸上衣，又摸了摸裤子后口袋，还在桌子上和脚边找发票。

“发票在那里。”侍者把手放在脖子后，用眼睛示意胳膊肘处。

“哦。”义童站了起来，斜眼俯视保罗，“再见……”

义童微微抬起一只纤细白皙的手，向保罗挥手告别。保罗刚才就知道发票在什么地方，却一直看着侍者动作夸张地抬起手肘提醒义童。这时，他抬头眨了眨眼睛，又垂下眼帘。

义童离开酒吧后，保罗顿时觉得再待下去也没意思。他向侍者须山打听义童的情况，感到很意外："他以前来过？"

须山闭上一只眼睛："他这阵子经常来呢。他是个怪人，很厉害哩。"

"怪人？"

"你还没瞧见？他很有钱哩。你表现得很好啊，以后要常来哟，你们谁付账我都乐意。记得要常来哟。"

保罗默默起身，刚把手插进裤子后口袋，另一个侍者开玩笑似的说：

"您的酒钱刚付过了。"

我还什么都没说呢，可见他刚才一直在看我喝酒！保罗感觉被人看穿了，一股羞耻感突然袭上心头。

"那我下次再来。"

说罢，保罗拿起放在后面椅子上的上衣，迅速穿上。他一边用纤细的双手拢着衣领，一边迈着轻捷的脚步，很快就消失在门外。

保罗来到巷子里，那里只有几盏霓虹灯模糊地闪着光。义童在前方慢悠悠地走着，离保罗不到二十米。蓦地，义童转过身来，努嘴示意保罗和他一起走，然后转过身去，继续走路。保罗犹豫片刻，朝义童跑去。不知为什么，那时保罗首先感受到的是一种兄弟般的眷恋之情。

保罗追了上来。义童垂眼俯视保罗，脸上露出了亲切而隐秘的笑容。那一刻，保罗感到十分放心，又感觉一份情思将被唤醒。他扭扭腰，看了看义童，然后低头走路，手仍然放在裤子后口袋里。

"你家近吗？"义童问道。

“我家很远……在松延寺那边。”保罗低着头说。

脚下的路变得明亮了。保罗抬头一看，发现他们走到了街灯下。义童停下脚步，目光与保罗含羞的目光碰到了一起。保罗那双双眼皮眼睛如尖刀雕刻一般轮廓分明，眼里似乎要喷出淡紫色的火苗。义童把手搭在保罗肩上，动作像兄长或高级裁缝一样自然。

“明天你来我的住处吧。我用马提尼酒和奶酪招待你，再给你定做几套衣服。”

义童的手顺着保罗的身躯，从肩头抚向腰身。

保罗不知道马提尼酒是什么，只是懵懂地感到一场美梦降临了。

“记得来啊。”义童提醒了一句。

“嗯。”保罗的嗓音轻似少女。

自从在茉莉酒吧的那次邂逅后，保罗的生活忽然离不开义童了。

保罗是一个随遇而安的人。义童本人和义童的生活都有很大的魅力，保罗便顺着自己的心意与他交往，渐渐被他迷住了。他虽然在无意间有了功利的念头，却越来越爱慕义童。

父母在世时，保罗读了一年大学。他天生偷懒，什么事都不想做，只会由着性子来。保罗会开车，义童便在罗森斯坦点心坊给他找了一份司机的工作。

在此之前，保罗在一家洗衣店当送衣员，老板娘总是用含情的眼神打量他，结果他就被解雇了。洗衣店里有股怪味，又忙碌，保罗讨厌在那里干活。北泽一带有很多公寓，一些中年太太、酒吧小姐就住在那里。她们经常在门背后把一枚一百日元的硬币塞到保罗手里，有时还给他一张五百日元的钞票。于是，保罗有了一笔灰色的收入。被辞退的那天下午，保罗怀着一腔怒气，去找平日里对自己眉来眼去的老板娘。在隔帘后，保罗偷偷搂着胖老板娘，吻她。老板娘喘着粗气，丰满的胸脯上下起伏，外凸的眼睛茫然地睁着。保罗放开了那样的老板娘。他瞟了周围一眼便抓起挂在墙上的手巾，麻利地把藏在手巾里的钱揣进口袋，逃也似的走出洗衣店。

后来，保罗去找嫁到函馆的姐姐住子，死乞白赖地向她要钱，揣着要来的钱在北泽一带闲逛，差点混进流氓团伙。保罗对住子说，自己正在义童那里帮忙做翻译。从晓星高等学校毕业后，保罗进大学念了一年法文。他平时不怎么学习，按理说不可能帮义童翻译法文资料。不过，当保罗说义童是东京大学的讲师时，住子虽然半信半疑，却觉得弟弟获得了新生。

赏过了四月的暖风和月晕，看过了五月吐绿的树丛，保罗和义童迎来了六月。一天下午，义童在卧室里闲坐。保罗弓着身子、并拢双腿，温柔地依偎在义童身旁。保罗穿着一件奶咖色薄毛衣，眼里闪烁着暗淡的光芒；义童伸出左手，温柔地拨着保罗的茶色头发。

那间卧室是义童工作和休息的地方。义童的母亲珠里住在田园调布[1]的家里，而他给自己盖了一所豪华的房子，房子配有大厅、卧室、阳台和厨房等。除了偶尔回母亲家料理法事或其他杂事之外，义童平时都是一个人生活。他家在巴士路不远

1　东京有名的住宅区。

处的岔道后面四五百米的地方，保罗便在他家附近租了一间房子。

“蒙娜丽莎看着不舒服啊。”保罗轻轻晃开义童的手，斜眼仰视义童。

“是挂在楼梯间的那幅《蒙娜丽莎》吗？”义童的手滑到了保罗的小脸上。

他记得在田园调布的宅子里，通往书房的后楼梯尽头的墙上挂着一幅《蒙娜丽莎》复制画。有次他派保罗去母亲家，保罗看到了那幅画。

“蒙娜丽莎有魅力吗？她的微笑是一个永远的谜？”

“蒙娜丽莎很老了嘛，不过那才有趣呢。”

“哼……义童，你觉得她有魅力？”

保罗粗暴地甩开义童的手，从义童身边离开，走到窗边沙发前趴下。他身材柔美，嵌在俏丽鼻子两边的那双宝石般的眸子闪闪发亮。义童的手停在半空，手心还残留着保罗头发的触感。他放下左手，向保罗挥了挥右手。保罗立即拿起香烟盒和火柴，扔了过去。义童目不转睛地看着保罗，接住香烟盒和火柴，然后抽出一支香烟点上，眼望天花板，深深地吸了一口。

“前天我碰到一个厉害家伙，第二次了。”

义童的视线缓缓移到保罗脸上，道：“也许是我认识的人。”

“不会吧？人家一个字都还没说呢。你怎么知道的？”

“厉害家伙没几个嘛。那人长什么样儿？”

“哎，他像一头黑狮子呢。他的头发可茂密了，脸和额头肉乎乎的，肤色像印度人。他的嘴唇也很黑，脸和脖子油亮亮的，眼睛……”

“那人我见过。”义童苦涩地笑了。

保罗像灵敏的猫儿一样看了看义童的脸色，说：“那人可讨厌了，一看见我就感到厌恶。”他没提那辆簇新的施密特汽车。

一瞬间，保罗把汽车抛在了脑后。他托着腮帮扶着下巴，扭过脸去，懒懒地看着天花板，又噘着嘴唇，哼起跟义童学的歌来。

这天是星期二，明天就是保罗和义童见面的日子。

义童派保罗去神田的书店买书，保罗便把汽车停放在罗森斯坦点心坊，动身到了有乐町车站。保罗望向对面站台，看见了那个黑脸男子，而他似乎预感到会遇上对方。保罗迅速避开目光，装出一副若无其事的样子。

在那些讨厌的中年女人面前，保罗经常露出那种表情，而义童说他的表情很像漂亮艺伎。有一次，义童对保罗说：“现在的艺伎基本不会有那种表情，而巴黎的高级妓女才经常那样呢。”那时，保罗淡淡地说：“我真有那么厉害吗？”从那以后，保罗愈发自信了，一般不会露出甜甜的表情。

黑脸男子和以前有点不一样了。他略显消瘦，宽阔的额头下一双异常沉静的眼睛看着保罗。他的目光很老实，就像凶恶的囚犯无心反抗一样。保罗看着黑脸男子，脑海里浮出了第一次看见他时的情景：正午的阳光照在施密特汽车的后视镜上，他坐在驾驶室里，探出黝黑的肩膀，像猛兽一样盯着自己。保罗在心里嘀咕：

那样子可真厉害，地痞流氓可能都不是他的对手。可他没有魅力啊，义童要比他强百倍。

保罗成了黑脸男子视线的焦点，心中有一份跃跃欲试的感觉。然而好景不长，一辆黑色电车挡在了他们中间。等到电车开走后，黑脸男子的身影已经消失得干干净净了。电车是什么时候、从哪里来的？保罗正想着，忽然发现黑脸男子刚才站的位置后面有一根柱子，义童正靠在柱子上。保罗仿佛见鬼似的一脸惶惑，心里却很高兴，嘴唇一下子松开了。保罗打量义童，只见他穿着一件浅茶色的巴宝莉大衣，竖着的衣领下露出一条橄榄色的、配有意大利地图花纹的围巾，双手揣在口袋里。虽然离他很远，保罗还是清楚地看到了那张轮廓立体的脸。义童登上站台后，从后面看见黑脸男子站在那里，随即发现了保罗，便躲在柱子后面了。此时此刻，他那双黑眼睛正对着保罗，目光中隐约有一丝陶醉与炽情，唇边也透出几分恍惚。

义童朝保罗努努嘴，保罗便迈开细长的双腿跑下站台，又跳上对面的站台，和义童站在一起。

“你去神田吗？”

“嗯。义童呢？”

义童唇边掠过一丝苦笑：“我刚才看见那个黑脸家伙了……你显得若无其事呢。”

听到义童的前半句话，保罗一瞬间露出了孩子琢磨坏心思时的表情。而听了义童的后半句话，保罗显然放心了，脸上露出了笑容。

“他很快就走了，真是个怪人呢。”

“保罗，今天我没有时间。不过，我还是陪你逛逛吧。你饿了吗？想吃点什么？”

“我只吃过蒙娜西餐厅的三明治。义童，你随便点吧。”

“你今天蛮乖嘛。”

义童一边说一边往前走，保罗跟在他后面。

“通心粉怎么样？”

“好的。”

不一会儿，二人进了新桥附近一家做通心粉的意大利餐厅。保罗这天穿着白色丝绸衬衫和深灰色牛仔裤，外罩一件焦茶色雨衣。他脱下雨衣，把雨衣挂在椅背上，坐了下来。生动的茶色头发，紧绷的胸膛，渗入衬衫衣领的雨点……在七月的微风中，保罗宛如一棵清爽的小树。看着保罗茶色头发上闪亮的雨珠，义童想起刚才下了一场淅沥的小雨。

“你的吊坠项链呢？”

“我没戴。路易不是有可能住在这附近吗？”

“没事儿，他知道。”

“是吗？”

保罗微微抬起头，翻起眼白，注视义童。

“我们这么做对植田夫人不好吧？”

保罗所说的“植田夫人”是一个叫植田邦子的已婚女人。义童碰到保罗之前，植田夫人是义童的情人。这天义童抽出与她见面的时间和保罗一起去了车站，而他们对这件事都心照不宣。保罗还知道，义童已经玩过这个女人了。

“别说怪话了。你想喝什么？”

“老样子啦。”

义童的神态显得很沉稳。通心粉和基安蒂葡萄酒端上来后，保罗打开酒瓶盖，给义童和自己斟酒。

保罗喝酒时，义童一直在打量他的嘴唇。保罗的嘴唇在白天有点干，细小的唇纹间和上下唇之间都透着殷红；上唇正中微微鼓突，与下唇交合，下唇则让步似的往里凹。义童欣赏保罗那宛如厚花瓣的嘴唇，感受到的不仅仅是肉欲。保罗的嘴唇洁净无瑕，从来没有弄脏过。灰尘一沾上他的嘴唇，义童就立即浸湿手帕，擦去灰尘。义童还经常说他的嘴唇是“雅典娜的嘴唇”。

“这是基安蒂葡萄酒吧。”

“喝了它，你就来到罗马古城遗址，联想到类似的场景……保罗，我带你去一次罗马吧。”

“好的。”

保罗使劲地眨了眨眼睛，又垂下头，把盛着红色酒液的杯子端到唇边。

“罗马很好，威尼斯也不错。要知道，狂欢节是威尼斯的一大特色呢。在那天，人们包了大型游览船，在船边弹吉他；街上响起喧闹声，大街沸腾了……”

保罗微红着脸，陶醉地看着义童。蓦地，他低头问道：“什么时候带我去？”

……

义童掸了掸烟灰，沉默不语。

“保罗，今天晚上十点你在‘茉莉’等我吧。”

“也行吧。”

“什么叫也行？”

“怎么了？我只是觉得时间太晚了。”

“那就九点半吧。”

保罗从义童的语调中感受到一股炽烈的激情，心里顿时羞涩不安。

五六年前，义童从巴黎回国，在飞机上见过那个黑脸男子。义童最近才知道，黑脸男子名叫沼田礼门，是一个心理学教师，因为与人通奸而受到同事指责，结果从学校辞职了，之后一直赋闲。那天在飞机上，他们四目相对，看出了彼此的出身和品行。黑脸男子的母亲是法国人。在听保罗提起礼门之前，他已经知道礼门住在东京附近。义童曾在东京帝国饭店的休息厅看见过礼门，还在横滨的唐人街远远地见过他。

自从保罗说他看见礼门后，义童对礼门产生了戒心。要知道，在义童过去的人生中，偶然的机缘多次改变了他的命运。礼门站在站台上看着保罗时，义童看见了他那件法国渔夫款式的肥大的黑色雨衣和那条白色亚麻裤子。那一瞬，义童对保罗的热情中平添了一分嫉妒。仿佛舌头上含着热带风味的咖喱，一团火在他心里熊熊燃烧。

义童激昂的热情一直没有减退，三天后见到保罗时也是如此。那天晚上六点，义童推开茉莉酒吧的门，走了进来。他喝了一杯纯威士忌，随即带着保罗去自己在北泽的家。

暴风雨吹打着树丛，小树相互碰撞，纠缠成一团，像水蛇一样摆动着躯干，被雨洗过的枝丫闪闪发亮。一些树儿倒下了，静静地卧在路边，似乎永远也不会起来。在爱情风暴过后，夜晚义童的房间寂静无声。

义童敞着白丝衬衫，露着胸膛。他把胳膊肘支在写字桌上，目光炯炯地看着保罗，说："我有一个好消息。"

义童说的是保罗工作的事。

保罗跟着义童过上了奢侈的生活，而义童一直想培养他的生活能力。义童家和一些有钱人家有来往，而那些有钱人经常出席银座画廊、普利司通轮胎公司、百货商店等举办的展览会，并在展览会上买画。其中有些人讨厌画商插足，便拿着画互相转让。他们有时不认识对方，便想找一个合适的中间人，给他一笔合适的酬金，让他帮忙介绍。按照他们的标准，中间人必须是一个外行，还必须是一个爽快的年轻人，而他们又不愿眼睁睁地看着那些半行家靠卖画发大财，义童便向他们推荐保罗。也有些人看厌了两三年前买的画，便把画卖掉，用卖画的钱买别的东西。由于买画卖画的人不多，中间人也做不了什么事。但买画卖画的都是有钱人，给他们当一次中间人就能赚到不少零花钱。

听完义童的那番话，保罗两眼放光，心里却有几分不安。

“我行吗？”

保罗正躺在窗边的沙发上看《LIFE》杂志，忽然一跃而起，走到写字桌前，站在义童旁边。义童靠着转椅，胳膊肘搭在扶手上。义童面前是一张带书架的写字桌，书架与窗户成直角摆放，占满了整面墙壁。

“保罗，你应该适合这个工作。”

夜色透过提花厚窗帘洒落进来，给房间镀上一层静谧。保罗皱起额头，认真地沉思着。他显得十分感动，眼睛更幽暗了；嘴唇紧紧抿着，就像喝了药的孩子。

“可我没有威信啊。义童，你才能胜任呢，你知道乔治·鲁奥、亨利·卢梭，你还知道比他们更早的画家，什么都知道。”

义童笑着看着保罗的脸，说：“我那是大材小用了。保罗，他们都拿你当外行看，你只要多少懂一点画，给客人的感觉好就行了。”

“是吗？”

保罗从义童身边离开，抱腿坐在沙发上，脚上还穿着鞋子。

“他们都很有钱吧？真了不起啊。”

“那你就试试吧。保罗，你很机灵，他们会喜欢你的。要知道，有钱人一般都是急性子。你严肃认真点，态度再绷紧点就好，你天生已经够招人喜欢了。”

从保罗的神情中，义童难得看到了一个少年老实认真的一面，微微笑了笑。他的微笑就像中年男子窥视豆蔻少女时的笑容，又像大人哄娃娃时的笑容。保罗发现义童在朝自己微笑，便也露出了笑容。蓦地，义童脸上泛起了一抹苦涩，唇边晕染了一丝情愫，眼睛却依旧带着笑意。

“没准哪个有老婆的男人会引诱你呢。不过，你只要不见异思迁就没事。”

保罗凝视义童，一双炯炯有神的眼睛中湿湿的，可爱的嘴唇紧紧抿着。他往后捋着额发，默默地看着义童。

“你怎么啦？我在开玩笑呢。”

义童锐利的眼神中溢出了汩汩柔情，脸上绽开了笑容。——保罗爱上了他，像歇斯底里的女人一样深深地恋慕他。

“你真像一个女人……”

义童站了起来，从书架上抽出一本厚书，又坐回到椅子上，取出一个厚纸本。他把厚纸本放在膝盖上，开始写文章。

“冰箱里大概有马提尼酒，你去看一看。”

义童的心思已经放在工作上了，而那又刺激了保罗。

“义童，你做的事才怪呢。”

义童看了看保罗，说：“你是说我对植田吧？随你怎么想，我无所谓。保罗，你不也有女朋友吗？她是哪家的小姐？她不知道，我在巴士上见过她呢。”

保罗心里一惊。

“你知道了？……厉害。”

“她很可爱啊。”

义童笑了。保罗赌气似的仰面躺下，垂眼看着义童；义童打量保罗的脸，露出欣赏的目光。

“我脸上又没长东西。”

“你的脸很好看呢，每个地方都很端正。”

“哦，那就好……可我是个小混混呀。义童，你的情人是一位体面的太太吧？而我连本地人都不是。”

“我也不是啊。”

义童忽然皱起了眉头，似乎有些不耐烦。他刚刚三十八岁的两腮和下巴留着刮过胡茬后的青印。

保罗趴在沙发上，胳膊下压着一把剪刀。他拽出剪刀，对着剪刀自言自语：“不过，她很不错吧？”

“你想见她？”

“嗯。”

保罗转身对义童说。他看到了义童眉间的川字纹，心情已经好些了。

“那你明天到食品商场来吧。”

“是在那里买吃的东西吗？那我什么时候来？”

“你五点一刻左右来吧。”

“好的。”

保罗轻轻抛起手中的剪刀，又稳稳地接住。

“你安静一会儿吧。”

说罢，义童开始查资料。过了一会儿，他把穿着烟草色绒毛拖鞋的腿交叉放在桌子上，开始读摆在膝头上的那叠稿子。

保罗又读了读《LIFE》杂志，突然站了起来，先从写字桌下面的小柜子里拿出一只镶金边的橄榄色威尼斯玻璃杯，然后从冰箱里拿出一瓶马提尼酒。他倒了一杯酒，回到沙发上喝了一口，随后却来到了义童面前，把杯子递到义童嘴边。义童按住杯子和保罗的手，喝了一点。之后，保罗再次回到沙发上，支着胳膊肘趴着喝酒。

“你把电灯关了吧。”

“嗯，好的。”

“坐到这里来。”[1]

义童向保罗投来一道锐利的目光，然后仰靠在写字桌边，凝视保罗柔韧的身形，又微微举起右手。保罗看了看义童，转而注视桌上的铅笔。

保罗那份工作做得如鱼得水，有时还给义童送一份小礼

1　原文为法语。

物，二人过了一段平静快乐的日子。

到了八月，义童决定带保罗去九州奥白的别墅玩，而当地大学也将开设夏季班。

车站里挤满了旅客，人群中混杂着一些去登山的年轻人和避暑的客人。天鹅号普快火车将它长长的钢铁身躯横靠在东京站，将于九点四十五分发车开往奥白。一扇车窗里露出一张男子的脸，那人正是义童。他仰面朝天，鸭舌帽半遮着脸，却不像在睡觉，看上去似乎在用鸭舌帽挡住站台的喧嚣；一双脚旁若无人地伸到对面的座位下，膝上搁着一件缀着暗绿色大格子的土黄色雨衣。座位上放着文件夹和明治屋的购物包，文件夹里面好像还放着内衣。他穿着一件衬衫和一条优质的黑色哔叽呢裤子，胸前垂着一条灰色的宽结领带。八月三日这天天气热得像蒸笼，他穿的衬衫前胸后背都渗出了汗水。

保罗还没有来。义童等待着保罗敏捷地跳上火车的身姿，想起了不久前的一件事。

义童曾向保罗保证，要和他一起开车去九州奥白。可到了出发的时候，义童才想到自己的车子很惹眼。很多去湘南[1]的人都认识义童，他们都有车，都知道义童开一辆黑色的劳斯莱斯汽车。于是，义童改坐火车去奥白。

义童这次去九州，表面上是去找朋友佐山办点事，其实是为了向植田夫人传话。佐山从中学起就是义童的至交，义童对他没有什么好隐瞒的。那封要在旅途中通过存局候领方式寄给植田夫人的信也是如此；义童只要把信装在双层信封里送给佐

1　日本神奈川县相模湾沿岸一带。

山，佐山就会把信投进邮筒。

刚和义童分手的植田夫人肥胖又丑陋的身体充满了偏执，重重地压在义童心头。昔日的夫人趴在床上，一对紧实的乳房被压得膨胀，像在发烧似的微微发烫，山莓般的乳头和乳晕，布满整个胸膛的柔润山丘因从未生育而依旧坚挺，腿部的阴影显得沉甸甸的，富有弹性的小腹中隐藏着和义童两年来的私情……最近，植田夫人的身材急剧变胖，曲线变形。等到义童认识保罗后，她的身子更是魅力全无。那样的躯体在义童暗藏倦怠的目光下扭动，义童已经厌腻了。而保罗如今只有十八岁十个月，在保罗宛如一棵青翠小树的清爽身子背后，灯光下的这番场面渐渐散发出腐烂果实的气味，这样已经有四个月了。植田夫人是一枚渐渐腐烂的果实，果皮内侧藏着不断燃起猜疑与嫉妒火焰的疯狂。对此，义童只好用自己的神奇魅力来压制植田夫人的猜忌与嫉妒。

东上原有一所由没落大户的别宅改建成的旅馆。战争结束时，美国军官的车几乎夜夜停在那里。义童曾在那所旅馆与植田夫人幽会，二人在一个房间里住了三个晚上。义童不想让植田夫人看出自己厌倦她，表现得像他们已经是夫妻一样，借以暗示他有厌倦心理是理所当然的事。而那次差不多全是逢场作戏的幽会令他疲于应付。

保罗终于来了。

他穿着可可色短袖衬衫和灰白色牛仔裤，戴着一条细细的金项链，敞开的衣领中可以看见胸口。他踩着古旧发黑的台阶，登上了八号站台，步子像被豺狼追赶的母鹿一样轻捷。他的动作很敏捷，神情中却隐约透出反感。要知道，他讨厌今天早早来车站。看到义童用作标记的手帕，保罗迅速跑上火车。就在这时，发车的铃声响了起来。

“好险啊。”

义童从沉思中惊醒，目光射向站在身边的保罗。保罗避开义童的目光，看着自己的胸前，一头仿佛刚洗过的闪亮的头发轻拂着额头。保罗上车时很匆忙，耳朵、脸颊都红了。此时此刻，他那张淡黄色的脸在衬衫柔柔的可可色映衬下显得分外美丽，低垂的眼睛和翘起的鼻子却透着不满，浅红色的嘴唇微微噘着。他用手摸了摸脑后的头发，又抽回手在鼻子下面抹了一下。

义童曾经说过，保罗的眼睛是“花蛇的眼睛”。保罗如果做了错事，眼睛就会充满恐惧。虽说如此，他却无法抑制对义童不开车而改乘火车的不满，因此不想早点过来。保罗知道义童看穿了自己的心思，低垂的眼睛露出了沮丧的目光。义童知道保罗在演戏，心情随之舒缓了。

“你的雨衣呢？”

“我忘带了。”

保罗坐到义童前面的座位上，又用手摸了摸脑后的头发，望向窗外。

义童胸中的热流温暖了保罗冰凉的心。保罗说：

“我……”

话音未落，保罗脸上突然滚下了泪珠。

义童露出了笑脸。保罗发现义童在朝自己笑，泪光闪闪的眼睛溢出了笑意。看到那双似乎有些灰暗的黑眼睛笑了，蔷薇色的嘴唇露出一口白牙，义童心里涌起一阵喜悦。火车无声无息地奔驰着，耳畔似有风儿吹过。

“这个纸包是明治屋的吧？”

“是的。”

保罗打开纸包，拿出一盒杏仁巧克力。他往后靠着座位，把一块巧克力送进嘴里，又拿起一块巧克力递了过去，默默地看着义童。义童摇了摇头。

“义童，酒吧还没关门吧？”

“你想去？口渴了吧？”

“我还好。”

“你想喝威士忌？”

“嗯。”

义童从车窗抽回身，点燃香烟，往后靠在座位上注视着保罗，脸上的倦意一扫而空。保罗望着黑夜中依然闪烁的街灯，忽然想体验颠簸的乐趣，便脱掉鞋子踩在座位上，脚上穿着一双黑色薄袜。他双手并拢抱住膝盖，随即又伸出腿来，弯身靠在靠背上。义童在心里笑道：我带了一只猴子。

保罗活动了一下筋骨，这才规规矩矩地坐下，和义童面对面地坐着，眼睛却瞟向窗外。义童递过香烟，保罗叼在嘴里，双目含羞地注视义童。过了一会儿，保罗摘下香烟，把香烟放进义童嘴里。

“义童，东京车站有菲利普·莫里斯香烟卖吗？”

义童从裤袋里掏出一盒原封未动的菲利普·莫里斯香烟，扔到保罗膝上。

“植田家……见过吧？”

“嗯，很大啊。但好像有点可怜……义童，你真了不起。

那天夫人弯腰看箱子里的东西呢。”

“保罗，你挺会演的嘛。”

“当时我什么都不知道嘛。我在旁边看到了。你不是去看了后面的箱子吗？我看得很清楚，那时她看了我这边几眼，是故意的吧？……义童，她很爱你嘛。”

看着保罗眼里闪出一丝恶意的光芒，义童饶有兴致地笑了。保罗从义童嘴里揪出香烟，扔到车窗外。在火车的行驶声中，保罗和义童静静地沉浸在愉悦中，愈发感到幸福。

不久，火车驶进了奥白车站。车站很暗，空气里散发着灰泥般的气味；白色大钟盘清晰可见，时针已经指向了十一点五十分。

保罗飞快地跑下火车，走在漆黑的路上，却见一辆大型出租车开来，便敏捷地坐了上去。那时，义童抱着雨衣站在路边，灰色的宽结领带随风飞舞。出租车司机看到义童，眼中露出了亲切的目光。他坐在驾驶室里，缩着脖子向义童打招呼，义童便上了车。出租车在风中行驶，时间变得很漫长。过了许久，黑夜中传来了大海的呼啸声；片刻之后，出租车开始沿着沙丘缓缓攀行。看到一座如鸟翼般伸展的大别墅时，保罗坐不住了。他半蹲着身，两眼放光地凝视着别墅。

“你们在那里下车吗？”司机问道。

义童说：“哦……我们就在这里下车。”

司机停车后，义童抓出三四枚银币，递给司机。保罗跳下车，义童在他身后下了车，在沙地上站定。义童灵巧地扭动钥匙，一串清脆的钥匙声也让保罗心动不已。保罗把双手揣进口袋里，深吸了一口大海的气息，低声吹起了口哨。

二人穿过大厅，登上螺旋楼梯，来到了房门前。义童又用钥匙把门打开，走进房里打开空调，从椅子、脚凳和桌子中间轻盈地穿过，走到固定在墙角的皮质长沙发前坐下，伸展开双腿，伸手触摸旁边的墙壁。房间很暗，只有那个墙角闪烁着明亮的橙黄色灯光。保罗抬头看了看墙上暗淡的画，轻柔地绕过桌子，看热带鱼在大水槽里游来游去。

“保罗，你看沙子上是什么？”

“啊，是娃娃鱼……”

“冰箱在那里，给我拿瓶苏格兰威士忌。你自己就喝马提尼酒吧。”

“你在车上没喝酒呢。”

“杯子在那里的餐具柜里。”

保罗端来一个银盘，盘里放着酒杯、冰桶和瓶身上起了水雾的苏格兰威士忌。

“马提尼酒呢？”

“我也要喝苏格兰威士忌。”

义童和保罗各自斟酒，然后交换酒杯，喝了起来。

“义童，那扇门对面是阳台吧？我真想去看一看啊。”

“好好喝你的酒吧。”

义童盯着保罗的脖颈，目光深邃。保罗转过身去，义童却拽住他的肩膀，把他拉进怀里。阒寂的房间里响起了冰块融化、撞击的声音。

第二天早上起床后，保罗拿来了义童的钥匙。他穿过客厅，然后从那串钥匙中精心挑出一把，用那把钥匙把门打开，奔到阳台。

那露天阳台上只有几张简单朴素的法式铁桌椅。地面铺着高低不平的石板，石板缝里长出了杂草。百叶门敞开着，龙舌兰从门边的角落里探出了厚厚的叶子。

一望无际的沙丘向远处延伸，昨晚的风在沙丘表面留下了细小的波浪纹。沙丘尽头，白色的浪峰如平缓的叠句般涌动。保罗倚着栏杆，向大海眺望了一会，思绪回到了昨天晚上。

昨天晚上，保罗跟着义童进了卧室，义童忽然问保罗："娃娃鱼不会让你想到什么吗?"那时，义童脸上浮起了一抹揶揄的笑容，眼里闪烁着一道异样的光芒。保罗愣住了。他在观赏娃娃鱼时想起了那个黑脸男子，却一直没有说出来。——义童半带揶揄的口吻隐约透着一股执拗，而他觉得躲躲闪闪很累。

"你要是真的什么都没想，就大大方方地说好了。"义童话里有话，紧追不舍。

"义童，你不会真的生我的气吧?"

保罗的甜言蜜语出乎真情、天真自然，摧毁了义童的心理防线，点燃了他心中的激情。但义童明白，对他这种男人有了感觉的保罗对黑脸男子虽然没有兴趣，却有几分尊敬。保罗的心思刺激了义童，而他却只顾沉浸在重归于好的甜蜜倦意中，仿佛被一双大手捧在手心，被那种幸福感包裹着。

保罗正想着，义童来了，说了声"保罗，我们去海边玩吧"。

保罗开始洗淋浴。洗完淋浴后，保罗和义童来到楼下大厅，从敞开的大门跑了出去，直奔沙丘，身上只穿了条黑色泳裤。他们仰天大笑，奔向大海，每相距一两米就伸出胳膊想要牵手，刚一相碰手又分开。他们脖子上挂着毛巾，义童的毛巾是深黄色的，而保罗的毛巾是白色的，边上绣着深红色图案和黑色条纹。

在别墅住了三天后，义童带着保罗来到了海滨酒店。义童本来认为海滨酒店不安全，但他架不住保罗撒娇，便依了保罗，住进了海滨酒店。

酒店楼上有一个长长的阳台，前面五十多米处便是海湾。从阳台上望去，一把把蘑菇状的大遮阳伞在强烈的阳光下闪闪发光，波光粼粼的大海宛如平静的游泳池。

义童开始工作了，保罗便一个人去了海边。他先游了一会儿泳，然后躺在一把帆布躺椅上，像怕晃眼似的蹙起眉毛，骄傲地抿起可以看见风花雪月痕迹的嘴唇，望着大海。他身上那件焦茶色的丝质夏威夷衬衫敞开着，懒洋洋的双腿呈八字伸开，白金吊坠项链在微黑的胸膛上闪烁着暗淡的光泽。这时，保罗感觉有人在看他，便回头望了望酒店二楼，又飞快地看了看四周，却是一无所获。——阳台上空荡荡、白亮亮的，并没有义童的身影。他望向大海，右手抄起一把沙子，撒在地上。他沉浸在对义童的思念中，脸色因记忆中那些夜晚而变得苍白，眼睛翻出不少眼白，紧绷的嘴角几乎要凹陷在脸颊里，眼神不经意地凝望着远方。

不知过了多久，义童来了。

义童躺在椅子脚边，胳膊肘支在椅子上，厚实的黑发和后脑勺正对着保罗。保罗用女人般的纤手抚摸义童的脖子，义童轻轻推开保罗的手，仰面倒下，一双大眼睛充满了慵懒与色欲，直透保罗心底。保罗害羞地垂下眼帘，抄起沙子又把沙子撒在义童的胸膛上。

义童突然挺起身，猛地站了起来。

“我快写不下去了。天气好热啊，我们回去喝一杯吧。”

“嗯。”

保罗像蚂蚱一般一蹦而起，沙子溅到了细腿上。他想回去洗脸、添衣服，便跑了起来。义童一手撑住腰，慢慢地站了起来，跟在保罗后面。

混乱的人群中，一个男子转过一张黧黑的脸，看着保罗和义童离去。那人就是黑脸男子礼门。礼门就像是混有黑人血统，皮肤黑黝黝的。义童比礼门年轻近十岁，湿滑的胸膛露出一簇胸毛；保罗紧绷绷的身子没有一丝赘肉，又像鱼儿一样敏捷，礼门还是第一次看到。那一刻，礼门盯着义童的胸毛和保罗的身子，阴鸷的眼里闪过一丝憎恶。意识到义童的优势后，他原本倨傲的神气被苦涩的笑容吞没了。

晚上，保罗才在餐厅看见了礼门。他迅速移开目光，说：“义童，那个黑脸男子在瞧我呢。你以前认识他吗？”

“既然他想瞧你，你就让他瞧好了。保罗，明天我们回沙丘别墅吧。”

“唉，明天我要上课了，虽然只是下午上课……”

保罗用叉子挑起餐桌上的鱼子酱往嘴里送，不满地说。

保罗虽然嘴上抱怨，但他以义童为傲的情绪却在心中膨胀：义童风流俊俏，那个黑脸家伙身上肯定没有义童这么多优点……

“他长得不好看呐。”

说罢，保罗打量义童。义童放下叉子，右手摸着盛着白葡萄酒的酒杯，睥睨着礼门。自信的眼神中蕴含着无限风情；肉感的嘴唇紧紧抿着，仿佛在进行一场无声的决斗。保罗睁着一双星眸，微微扬起一边的秀眉，瘦削稚嫩的脸庞转向礼门，脸上夸张地透出一股傲气，宛如一位高傲美丽的艺伎。

看到黑脸男子被自己镇住了，义童和保罗对视一眼，开始亲密进餐。义童给保罗的面包涂上鱼子酱，保罗便给义童冰镇甜瓜吃，自己改吃冻葡萄。水果吃到一半时，一个姑娘走下楼来。她穿着浅蓝色罩衫和深蓝色裙裤，显得清爽聪慧。保罗回头看那个姑娘，义童也随他的目光看去。

“真是巧遇啊。”

“义童，我……”

“没事儿。”

义童认出来了，那个姑娘就是保罗在罗森斯坦点心坊旁边的蒙娜西餐厅认识的梨枝。梨枝下楼时发现保罗就在餐厅，小脸一动，露出一排皓齿。她朝楼上挥挥手，说了几句。看到义童也在那里，她有些犹豫，却还是冲到了餐桌前。两三个少女从楼上走了下来。她们的视线扫过义童，朝楼梯对面的座位走去。

保罗把他和义童之间的椅子拉出来让梨枝坐，然后看着义童，介绍他们相互认识。梨枝看着义童，脸红了。她在桌子下面寻摸保罗的手，掐了掐他的手背。

“保罗，你和朋友去了亲戚家吗？人家给你寄了明信片哩……”

“嗯，我很快找到了工作，在帮别人搞翻译嘛。对不起啊，我没想到你会给我寄明信片。”

义童叫来侍者，又问梨枝喜欢吃什么，然后叫侍者上菜。

梨枝和保罗已经在酒店见了两三次面，而梨枝是一个正经姑娘，认为自己不适合嫁给保罗，所以没有和保罗走到一起。保罗原本早熟，却巧妙地收敛起来，梨枝便愈发爱他，心里觉得一辈子都放不下他。保罗也是孩子心性，有些过意不去，而梨枝那小妈妈一般温柔的爱却渗进了他的心田。

菜端上来后，梨枝一边进餐，一边挑出保罗爱吃的菜。她把那些菜切成小块，然后用叉子叉起，喂到保罗嘴里。义童一点一点喝着威士忌，看着保罗进餐的样子，脸上不时浮出大人哄小孩的笑容。梨枝忽然将目光转向义童。

“保罗现在在上大学夏季班吧？”

“哦，夏季班明天开课。”义童回答。

“保罗亲戚家近吗？”

“嗯，就在延觉寺附近。”

梨枝的目光回到了保罗身上。那时，保罗正用餐巾擦嘴，眼睛却看着别处，冷淡的目光中透出一丝邪气。

电风扇嗡嗡作响，保罗杯中的冰块化成了平滑的水面。

梨枝忽然感到一种无形力量的重击，不知从何而来的、奇怪的寂寞感混进了她和保罗愉快的进餐时间，就像一股冷风吹来，裹住了餐桌和自己。就在那时，义童起身对保罗说：

“我去订房间了。晚上九点前回来。”

说罢，义童走出了饭厅。保罗看着梨枝。

“他说要单独为我订一个房间。梨枝，你来我的房间好不好？”保罗的眼神依旧那么温柔。

我做梦了吗？

梨枝晕晕乎乎、如痴如醉地看着保罗清澈迷人的眼眸，点了点头，柔嫩的下巴动了动。那一刻，保罗看到了梨枝下巴上的绒毛。梨枝呆呆地握着餐刀，保罗的手碰到了她的小手。

梨枝隐隐感到，自己茫然的心境来源于一直坐在保罗正对面的义童。梨枝一眼就对义童产生了崇拜之心，放不下这个好男人注视自己时谜一般的眼神。梨枝也没多看义童几眼，他的长相却不知怎么印在了她的眼底：如同恺撒头像一般的坚毅面孔，粗壮的脖子，乌黑的头发……梨枝和保罗在一起很快乐，义童却在这种快乐中注入了一股异样的力量。在电风扇低沉的轰响声中，梨枝感受着那股力量，心中升起了怯意。

此刻，保罗觉得眼前的餐桌宛如一面明镜，无情地照出了他以前和梨枝在一起时不曾想到的残酷处境。或许是不好意思就这样让梨枝走，或许是心思被察觉了感到为难，保罗心里产生了着实自私而又莫名其妙的念头，感觉那个念头与义童所想一致。他认为自己在伤害纯洁的心灵，为此还感到内疚。最后，他将混乱的思绪竭力藏在长长睫毛下梦幻般的眼睛里，轻轻握住了梨枝的手。

吃完晚饭后，梨枝去了保罗的房间。

梨枝进门后，保罗转过身来，手中的钥匙转动的声音轻轻地响了起来。

“敬里，别这样。”

“为什么？你在生我的气吗？”

“没有。”

“那为什么？”

保罗拉着梨枝倒在长椅上，梨枝便倒在了保罗身上。保罗拉扯梨枝，梨枝却轻轻挣开他的手，起身坐在椅子边上，依偎在他身边。保罗抓住梨枝的手，凝视着她的眼睛。

“敬里，义童先生知道什么吧。”

“知道什么？”

“你的事呀，比如你和女人……所以马上就给你订了。”

“放心吧，义童先生才不管咱俩之间的事呢……我的事呢，他大致知道。我是在帮他搞翻译，可我大学只读了一年，很多地方都要请教他。他要忙工作，没工夫和我见面，所以给我订了房间。好啦，咱们别废话了。梨枝，你有点怪。”

“可……”

梨枝任由保罗握着手，深情地注视着他。

“梨枝，我做错了什么吗？”

保罗眼底闪烁着一丝罪恶感，眼睛却更显迷人。看着保罗的眼睛，梨枝忽然陶醉了。保罗经常牵着梨枝的手漫步，温柔的手此时充满了力量。梨枝被那只手牵引着，软软地倒在了保罗怀里。看着保罗宝石般的黑灰色眼睛溢满了青色的光芒，梨枝失去了辨别力，失去了悲伤和快乐，心中一片空白。保罗露出壁画上的天使的面容。他解开那件白色麻纱内衣，抚弄二十岁的梨枝充满青春活力的胴体。在保罗的抚弄下，梨枝羞涩地挣扎，又像暴风雨中的蔷薇一样喘息。那一刻过后，梨枝把脸伏在长椅上，湿淋淋的头发贴着纤细的脖子，圆润的肩膀上沾着汗珠。保罗垂眼看着身下的梨枝，俨然一个心地纯洁的少年，只有微微翘起的嘴唇透出几分情欲的痕迹。梨枝忽然挺起上身，眼中露出一丝锐利，却又在保罗暗藏几分做戏意味的天真目光和温柔拥抱下瘫倒下去。保罗温柔地拥抱梨枝，梨枝又软软地倒在了保罗怀里。他们像保尔和维吉妮[1]一样诉说着山盟海誓，又像塑像一样相拥了好一会儿。

义童独自在房间里备课。过了一会儿，他起身按铃，侍者送来了威士忌和冰块。他把冰块放进一个印着白色“巴卡拉酒店”字样的酒杯里，然后倒上酒，端起杯子送到嘴边，眼中闪出了阴沉的光芒。保罗和梨枝亲热并不是义童目光暗淡的原因。义童不想再见到礼门，便没去地下室酒吧喝酒，而叫侍者送来了威士忌。义童还记得，在巴卡拉酒店的房间和地下室酒吧昏暗的角落里，他与礼门默默对峙，气氛十分凝重。那时的他像一只带深棕色斑点的浅茶色豹子，礼门则像一只黑豹。

义童不看也知道，保罗半边脸枕在少女水蜜桃般的肩膀上，贴着她纤细的脖子，眼睛正对着楼上的自己，目光中闪烁着天使般的纯真。义童的心分成了两半，一半归于保罗汗湿的、曲线柔和的身子，另一半归于礼门眼中蕴藏的火苗。

那天晚上，保罗与义童同床共枕。保罗用柔美的手臂勾住义童的脖子，又用一只纤柔的手遮住义童的脸庞，把脸贴在他的面颊上，显得楚楚动人。义童把手伸到保罗曲线柔和的后背，手中自然充满了山盟海誓的力量。

盛夏的夜晚，无花果浓厚的叶子背面，一条美丽的小蛇藏起了淡淡金光。

1　法国作家圣比埃尔的爱情小说《保尔与维吉妮》中的男女主人公。

保罗待在沙丘别墅，义童要去奥白车站附近的高中讲课，保罗便一个人待在别墅里。一个人在家很无聊，他心里不大舒服，有时甚至想把梨枝找来。由于那个黑脸男子的缘故，他不能到海边玩。最后，他不满地咂咂嘴，把义童心爱的德国裁纸刀藏在阳台石墙的凹处，把义童正写得起劲的随笔的部分稿子藏在被子里。

义童在别墅和高中之间往返，过了三天已婚副教授一般的日子。三天过后，他与保罗一起坐夜车回到东京，结束了这次九州之旅。和义童一起去九州前，保罗在罗森斯坦点心坊的咖啡间当侍者，一张俏脸很讨客人喜欢。由于他说过要在义童家里帮忙搞翻译，点心坊也允许他请假。

保罗用心感受义童的爱，深沉而平静地呼吸着爱情的芬芳。他尽管有点小小的不满，心中却仍鸣响着幸福的钟声。

在北泽町的那所公寓，早上、中午和晚上保罗的眸子映在那面模糊的镜子里，闪烁着深紫色的光泽，比以前更冷峻了。义童曾经买了热带植物送给保罗，两人在九州旅行的时候，那丛植物枯萎了。回到家后，保罗每天早晚给枯萎的植物浇水。那时候，他走到门外，身上只穿着一件薄衬衫和一条衬裤，显得楚楚动人。每隔两三天他就在午后的阳光与夜晚的灯光下与义童幽会。保罗就像缠绕在树干上的蔓草一样日益紧密地缠绕上义童的心。随着秋意渐浓，义童在这份爱中越陷越深。

植田夫人这年四十八岁，仿佛不断有人在后面追赶一般，她无时无刻不感到焦躁，日子一天比一天沉闷，她恨义童不知不觉地冷落了自己，又恨自己失去了女人的灵秀，那股焦躁情绪越发失衡了。那份失落感有一个准确的步调，每天每时每刻都实实在在地袭击她，宛如她喜欢的钢琴家科尔托弹奏的准确优美的音符，真实中透着凄美。时间一分一秒地流逝，日子在黑夜白天的交替中流淌，植田夫人的青春消逝了。站在那面雕刻着苹果树枝图案的锈金色大镜子前，她打量着自己日益苍老的容颜，只见一度引以为豪的如鞭子一般紧致有力的身子长满了赘肉，看上去就像一团恶心的腐肉。如今，她没有沐浴后照镜子的习惯了。

义童是植田夫人最后的情人，比她年轻十岁。为了保持年轻，植田夫人从早到晚不停地梳妆打扮，却还是变得又胖又丑，让比自己年轻很多的义童对自己的身子产生了小小的厌恶。义童的态度戳痛了她的心，逼得她使出许多性爱技巧，度过了一个个疯狂的下午和夜晚。那一刻，她的神经异常敏锐。看见她的胸脯后，义童的眼睛仿佛着了火，这还是一年前的事。她对义童激烈的爱抚记忆犹新，而她后来才明白，往日的风花雪月只是一场幻景。她不想接受义童厌倦自己的事实，却从他眼中看出了那份深深的厌倦。如今看到义童，看到他那曾令自己情欲高涨、心花怒放的脖子，看到他厚实油亮的胸膛，她只感到憎恶，嘴里蹦出一句句刻薄的话语。义童却根本听不进她的话，坚毅的面孔和粗壮的脖子非但不理会，似乎还要把话给顶回去。最近，植田夫人从义童巧妙掩饰着冷淡的眼神中读出了一个陌生的身影。义童完全否认他有新情人，言辞中有一种强烈的自信，而夫人对于新情人的猜测就像脱靶的箭，全射偏了。

植田夫人的嫉妒积压在体内，心中浮出假想的神秘女人的脸；有时候，她会突然想起那个在食品商场见到的俊美青年，脑海中不由浮现出保罗的俏脸。那天在食品商场，她扫了保罗一眼，感觉像在做梦。植田夫人年轻时脸儿瘦瘦的，有点像保罗。随着岁月的流逝，她步入了中年，纤瘦的瓜子脸变得松弛了，如今又变成了一张她最讨厌的中年女人的胖脸。她怀念自己年轻时的容颜，想象那个神秘女人的脸时就会想起保罗的脸。

不过，植田夫人已经懒得管义童的新情人了。青春的消逝与爱情的摧折占据了她的头脑，对义童的恨支配着她的心灵。她已经习惯了疯狂，习惯了用老猫般的牙齿疯狂地啃义童的手指。那一刻，她感受到的不是爱情，而是痛恨。她死死抱着义童，一双执着的眼睛因为发胖肿成单眼皮，眼中透出凄凉，这份执着却让义童感到一种用生肉逗病犬的残酷，义童一开始就有这种感觉。他虽然习惯了她残忍的爱情，却畏惧她执着的眼神。

义童每个时期都有一个温顺漂亮的少年相伴。在那些少年当中，保罗最为稚嫩、纤瘦、敏捷。他的容貌像英国男人和法国女人的混血儿一样俊美，让义童执着地爱他，一刻都不想离开他，而他的顽皮与狡黠又像柔软弯曲的玫瑰茎上的红刺一样轻轻刺痛义童的心。义童想：

保罗真坏，让人不知不觉沾上毒。他是一朵小小的罂粟花，把我害成了这样。对，他是大麻。我虽然没有查过他的家谱，可他好像有欧洲人的血统。那双甲虫般的黑眼瞳略带灰色，不像是日本人的眼睛。

义童想借去巴黎的机会与植田夫人断绝关系。不料大学里有活动，启程的日期推迟了。义童一个人待在房间里，心里烦躁不安。他想起了年轻俊俏的保罗，又感到执着的植田夫人很危险。

植田夫人隐约感受到了义童对保罗的迷恋，这令她被执拗纠缠的火焰炙烤，因妒恨而寝食难安。

此时此刻，保罗正在罗森斯坦点心坊附近漫步。

保罗本来就很懒散，义童的爱又在腐蚀他的心灵：奢侈的夏日假期，华丽的住所，精致的物品，精美的食物……保罗知道义童对自己很娇惯，这天又没去上班。他在街上闲逛，先去茉莉酒吧喝了酒，又到游戏厅玩了弹子球。他闲得发慌，最后跑到澡堂来了。洗完澡后，保罗穿上深灰色牛仔裤和白色丝质夏威夷衬衫，拿起一条与浴巾相配的淡青色湿毛巾，一边擦着脖颈，一边弄乱涂了润发油的头发，然后光着脚套上凉鞋，走了出去。想到今天义童会打电话过来，他就像少女一样开心起来。

保罗头发湿淋淋的，一双灰黑色的眼睛眨个不停。他一边从罗森斯坦点心坊门前经过，一边抬头看围墙里那棵眼熟的栎树。看着栎树枝头，保罗眼前浮现出一幅动人的图画：义童递过一瓶刚打开瓶盖的古龙水，古龙水在镜中闪耀着柠檬色的光芒。他快步向公寓走去，却感觉不对劲，转身一看，只见梨枝站在自己面前，仿佛是从地里冒出来似的。那一刻，保罗猝不及防，在梨枝面前露出了狼狈相。糟了，梨枝看见了我狼狈的样子！那个念头闪过后，保罗似乎有了胆量。他摆出一副若无其事的样子，正面注视梨枝的脸，只见梨枝板着脸孔，仿佛老了许多。

“梨枝，你吓了我一跳……你怎么了？”

梨枝第一次看到保罗沐浴后俊美的容颜，只觉得一阵清风飘过葱绿的树丛，脸上忽然露出陶醉的神情。听到保罗的话，她的脸又变得苍白了。她怯生生地看着保罗，好像有话要说。

“我家就在附近。屋里很乱，你来不来？”

梨枝像木偶一样点了点头，然后走到保罗面前。

“梨枝，你怎么了？上周的事情我很抱歉，义童说好要我帮他搞翻译的，可他突然改日期了。我后天要去……”

“你别说了。”

梨枝低声说罢，和保罗并肩前进。

保罗知道自己搬出义童来不会有什么好结果，只是想慢慢离开梨枝。他完全被义童迷住了，觉得和梨枝在一起很无聊，但又觉得带梨枝去自己的房间也没什么。他的房间里有很多义童的东西、义童给他的东西和属于他们两个人的东西，而他想让梨枝好好看一看义童对他的生活有多么照顾，虽然梨枝不会有什么感觉。他生气梨枝突然出现吓了自己一跳，却又觉得自己那样做有点残酷。

“咱们去别处吧。”保罗的声音变得柔和了。

“什么地方？”

二人在寺院和住宅街之间的小路上行走，小路通往巴士路。阳光透过树叶的缝隙，在碎石路上洒下最后的那片红色，勾画出细小的斑点。

“咱们不去义童先生家。我去把车取来，我们开车出去吧。”

梨枝并不认为义童是保罗的情人，只觉得他们二人的亲密，以及义童这人背后隐藏了一些事情。至于那是什么，梨枝昨天才想明白。

“这不是义童先生家吗？”

“嗯，就去车库取车。到了浮雕宝石酒吧，你就在那里等我吧，我马上开车出来。”

“一起走吧。”

青翠的树梢下，保罗把手从梨枝肩上拿开，又轻柔地托起她的下巴，俯下脸去。梨枝垂下长长的睫毛，窥视保罗的眼睛，一双敏慧的小蛇一般的眼睛闪出锐利的光芒。保罗看着梨枝，只见她迷蒙的双眸盛满了柔情，令他陶醉。他正要亲吻梨枝，却看见一辆汽车开了过来，便抬起头，说：

“义童先生说得一点没错，在东京街头接吻就这样。我就像一个小偷，在警察巡逻的地方偷东西呢。”

梨枝心里又涌起一股不悦，她一听保罗说义童的事就不高兴。自从那次在奥白相遇后，梨枝和保罗幽会了几次。那时保罗始终在迎合梨枝，却反而令梨枝感到不安，梨枝知道其中的缘由。

梨枝以前曾经路过保罗的公寓，还认识那条路。她和保罗一起走过公寓，又往前走了二百多米，最后来到一所豪华的木房前。木房配有车库，后面好像有院子或阳台。保罗掏出钥匙打开车库，把车倒出来，又跳进驾驶室，让梨枝坐在自己旁边，开始驾驶。汽车无声无息地穿过碎石路，开到巴士路，然后摆出斜睨其他车辆的架势，大摇大摆地驶过一条条街道，宛如一只黑亮亮的甲虫。

保罗上车前看了看梨枝，感到一阵不安，害怕与她面对面说话，上车后也不吭声。不知过了多久，梨枝忽然说酒吧到了，保罗只好在高蒙电影宫前大街的岔巷拐角处停了车。酒吧门前挂着一块仿照意大利浮雕宝石做成的大招牌，二人推门进去，保罗知道义童这时不会在酒吧，万一义童在里面，梨枝肯定会感到不安。

保罗挑了酒吧角落里的一张桌子，凑到桌边准备和梨枝并排坐；梨枝却在保罗对面坐下，注视着他的脸。保罗脸上有一种精心掩饰的紧张，像做了坏事后站在母亲面前的少年。母乳的味道与女人的恨意在梨枝的目光中争斗，让保罗畏缩。梨枝突然说："我见到那个奇怪的太太了。"

植田夫人什么时候看见我和义童在一起的？她又是什么时候看见我和梨枝在一起的？保罗不停地眨着眼睛，又将暗淡的目光转向梨枝。

"敬里，你给我说实话……你和那个了不起的太太认识吧。"

植田夫人如果看到我和义童、梨枝在一起……是的，她那双火眼金睛已经看穿真相了吧……保罗为义童感到担心，一团乌云漫过心头。

"太太？什么太太？"

"别装了，你明明知道。"

"我不明白你在说什么……"

"敬里，那位太太认识你啊。她经常往义童先生家里跑。"

保罗听着梨枝的话，脑瓜飞快地转动。

"嗯，也许是出入义童先生妈妈家的人……没准是看上我了，追我追到了义童先生家。可我怎么会喜欢那种大妈呢？……是吧？"

“骗人。”

“梨枝，你怎么就不信我的话呢？我可从不骗人啊。你不知道，我求义童先生不要让她到家里来呢。梨枝，你又在说怪话。”

“骗人，我只要看那个太太的脸，就知道你和她有多熟了。敬里，你真拿我当傻瓜吗？”

好一个植田夫人！保罗眼睛发白，脸色发青，心里只想早一秒见到义童。就在那时，酒吧圆桌边上的听筒发出一阵刺耳的响声，保罗的心顿时咚咚直跳。侍者递过一个眼神，保罗便跑向圆桌。那一刻，他感到梨枝悲伤的目光正盯着自己的后背。

“义童？……你有事？嗯，我把车开走了。嗯，再见。”

“保罗，你要去哪里？”

“义童先生要见出版社的人，我得把车开回去。梨枝，你等我吧，我马上回来，真的马上回来。”

保罗焦急地看着梨枝，梨枝默默地站了起来。

“算了，我回去了。”

梨枝跑向出口。保罗对侍者说了句“我下次再来”，朝梨枝追去。

坐上车后，保罗双手搭在方向盘上，头一动不动地伏在方向盘上。保罗凝视着，心中充满了愤怒与悲伤，踩住油门，像叩拜一样把脸伏在合拢在方向盘上的双臂上，慢慢地大幅转动方向盘。不一会儿，那辆黑亮亮的汽车离开了绿意盎然的大街，梨枝低弱的叫声被甩在了车后。

植田夫人有些精神恍惚。她放下汽车窗帘，驾车行驶，从义童时常经过的驹场附近出发，一路经过北泽町的义童家和银座。

保罗和义童像两条鱼一般灵巧地躲着植田夫人的罗网，从来没有让她碰见。而在梨枝见到保罗的十天前，植田夫人依旧从驹场附近出发，开车驶往银座。车子经过涩谷葵坂时，她那双锐利的眼睛看见保罗和义童从大街对面迎面走来，二人似乎要拐到高蒙电影宫那个方向。那一瞬，植田夫人才明白以前在食品商场见到的那个青年就是保罗，又知道自己掉进了陷阱，却没看出保罗有什么异样。三天后，植田夫人去银座和光买礼物。买完东西出来后，她看见了保罗和梨枝的背影。那时，二人正站在离她一百多米远的路边。

那一刻，植田夫人第一次看清了保罗的模样，看清了他阴柔的气质与游鱼般轻灵的身躯。她又清楚地看到，和梨枝在一起的保罗有点提不起兴致，像画中的恋人一样不解风情，看清了他那缺乏依恋的玻璃般的内心。和姑娘共处时的保罗，植田夫人几乎感受不到情欲的味道。

保罗把手搭在梨枝肩上，挥手叫车，目光忽然滑向植田夫人那边。看到保罗那双紫宝石般美丽的眼睛，植田夫人感到一阵晕眩，全身的血液涌上头顶，耳根先像火烧一样热，又像水浇一样凉。

保罗和梨枝上车的一幕进入了植田夫人的视野。植田夫人额上刻着皱纹，挽起的鬟发由于烫染失去了光泽，透出几分苍老。她拖着病人般的双腿，一步一步地朝路边停车场走去。

“保罗，你担心又有什么用？放心吧，我会妥善处理的，你就别为我操心了。明白吗？”

“嗯。”

义童常住的酒店里，保罗躺在床上，回味刚才自己和义童亲热的情景，满足地感受着义童的疯狂和藏在他厚胸膛里的爱的暖流。他一双嫩葡萄般的眼睛睁得大大的，眼底却透着不安与苦涩；稚嫩的嘴角由于光线的缘故显得有些浮肿，稚气的脸庞上留着烦恼的痕迹。他凝视着义童，娇媚的眼神中带着不安。过了一会儿，他垂下眼帘，长长的睫毛后面是思索的目光。蓦地，他睁大眼睛看着义童，眼角泛起微红，仿佛醉酒一般。

“义童，我讨厌变老。与其变老，还不如杀了我……”

“别胡说！”

义童挺起上身，拉下台灯。

“好晃眼……义童，你把台灯关了吧。”

保罗用赤裸的手臂遮住眼睛，翻了个身。义童用手勾住保罗纤细的脖子。

“义童，你杀了我好了……你很危险。”

“你又发瘾症了，张口就是杀杀杀，没有人能决定你的生死，我们的社会总算有一点可取之处……保罗，你别说了。后天记得来啊。”

“好的，我一定来。”

保罗扭过身来，双手抓住义童的手，把嘴唇贴了上去。

这天晚上，义童在椿山庄举行随笔集《葡萄节》的出版纪念会。

弯弯的小桥和假山笼罩在薄暮中，宴会厅被荧光灯照得透亮。十分钟过去了，香烟的烟雾和人们的谈笑声弥漫了整个候客室。保罗孤零零地坐在屋角的长椅上，俊美的面容招引了众人的目光。

保罗偷偷看了看手表，又看着天花板，思绪回到了早上。

这天早上，保罗来到了义童家，之前他们约好了一起赴会。那时，九月的阳光在淋过雨的后阳台上洒下一片金黄，似乎要尽快抹掉石板凹处和绿篱旁灌木丛背面被雨水打湿的痕迹。几丝风儿吹过，半湿的石楠花、瑞香和三叶草的叶子微微曳动，阳台和义童的起居室充满了清爽的气息。三把白色铁椅和一张桌面厚厚的玻璃桌闪耀着炫目的光芒，桌上放着两个喝过咖啡的早餐杯、一个装鲜奶油的瓶子和义童爱用的巴黎蓝瓷杯。

保罗从后院的栅栏门翻上阳台，双手捧着白色鸭舌帽，笔直地站着，冲义童笑。那一刻，他的脸上绽出一丝笑纹，美丽的眼睛透着一股娇媚，淡红色的嘴唇向上翘着，弯弯的上唇和薄薄的下唇之间露出一排皓齿，唇边溢满甜蜜，就像花儿在蝴蝶的亲吻下一次次洒出花蜜一样。一瞬间，义童被保罗的嘴唇迷住了，眼里溢出了法国人特有的甜美笑意。蓦地，义童意味深长地盯着保罗。

“你不发癔症了吧？”

保罗没有回答，双目含羞地看着义童。昨夜义童给他打电话，他才知道义童和植田夫人过了一晚。此时此刻，义童愉快的笑容中藏着什么。

看着义童刮胡子，保罗把古龙水洒在毛巾上，一边擦手一边说：

“今天有点热啊。”

“嗯。”

义童站在组合梳妆镜前，打量镜中那张如同阿尔萨斯人一般坚毅的脸，又睁大眼睛，用力擦着鼻子两侧。

“口红？”

“嗯。”

“我看看，可以……”

义童脱下便服，换上一件黑色长上衣、一件灰色西装背心和一条深灰色底配黑色细条纹的裤子，系上一条黑色的锯齿条纹塔夫绸领带。他看了看布谷鸟挂钟，然后接过保罗递过来的手表，一边皱着眉头看手表，一边戴在手上。义童那身一成不变的打扮有些土气，却也透着一股学者的稳重。保罗被他的打扮吸引了，眼里充满了憧憬。

“义童，你还没穿戴好吗？”

“嗯。”

“啊……”

一阵“啪嗒”的振翅声响起，一只白尾鸟掠过明亮的后院，划过长长的绿篱，从那里直穿而过。保罗撒腿跑了出去，轻巧的身姿活像一只小鸟，两只细腿迈出的步子却像小青蛙跳过水面一样，赏心悦目。

过了一会儿，义童走到门口，双手插在裤子后口袋里。看到义童出来了，保罗扫兴地转过身，看着天空。

“我们快走吧！”

义童不愿听到保罗说“幸福溜走了”，抢先说了一句。就在那时，植田夫人打来了电话，义童便向保罗递来一个默契的眼神，仿佛在说“我会处理好的”。上车后，保罗担心义童迟到，心里惴惴不安。

……

“那人是谁啊？”

坐在窗边的几个客人议论了起来。文学家八津把一张红红的胖脸转向保罗的侧脸。这时，他转了回来，说：“那人是义童先生的相好呢。”

“嘿，那件事我以前听说过，看来还真是那么回事啊。”出版社的男职员卷田看着八津，与他聊了起来。

“八津先生，您觉得义童先生怎么样？”

“他还算有点文学天分吧。”

“哦……哎，菊井君你别挤我呀。”

“不过，他可是鹤立鸡群呢。如果把他比作马，那他就是‘红宝石女王’[1]。我真想让让·谷克多[2]见见他。”

“可我听说，有些大作家也像他那样搞同性恋，是吗？”

“对，文坛和戏剧界好像都有他那样的人。依我看，那人其实是萨德[3]和马索克[4]的伙伴呢。”

保罗知道众人的目光集中在他身上，却若无其事地摸摸口袋，掏出一支万宝路香烟点上。看到侍者在找人，保罗站了起

---

1 原文为英语。

2 法国著名作家、艺术家。

3 法国色情文学作家。

4 有受虐倾向的奥地利作家。

来，随即又坐了下来。侍者走到保罗身旁，说：

“神谷敬里先生，义童先生找您。”

保罗向侍者做了个手势，大步流星地往前走。他身穿白丝方领衬衫和深青色条纹西服，脖子上系着淡青色领结，像一条小香鱼似的从众人中间穿过。

“八津先生，义童先生已经和‘麻雀’那小子断了吗？”

“嗯，我早就见不着那小子了。”

“我还听说，一位夫人也被义童先生玩弄于股掌。”

“是有那么一位。”

“哦，您认识？”

“不算认识。”

“真没看出来。”

“人家是高手，不愧是法国文学副教授。本来义童先生就是日法混血儿嘛，这位的私生活写出来的话简直就是一本禁书啊。”

“是啊，他的文章里也有悖德的气味。”

其他人也在窃窃私语，羡慕和嫉妒的声音就像风儿吹过草丛一般。

义童的电话让保罗脸色明亮起来。那是植田夫人从驹入站打来的电话，电话里说好了两人的关系到此为止。但保罗不会想到，植田夫人打电话其实是让他们放松警惕。

不一会儿，义童出现了。他笑盈盈地走到候客室正中，冲保罗笑了笑，又挥了挥手，保罗便大大方方地来到他身边。众人看着保罗，表情各异。

“诸位，这位是神谷敬里。他一直帮我搞翻译，下个月的后天就十九岁了。”

保罗耳边泛起血色。他没有说话，一只脚往后退了一步，然后转到一边，把手放进口袋里。那一刻，保罗出众的仪态宛如习习凉风，从人们眼前拂过。

“义童先生，你和保罗度了几个月的假？在轻井泽[1]没少登山吧？”

八津一边说着，一边打量保罗。他先看保罗身上的衣服，又看保罗脚上那双崭新的黑色漆皮皮鞋，目光中充满了好奇与猜测。

“我们今年没去登山，每天在屋里消暑呢。”

“那你们去奥白了？”

“是啊。”义童眉间掠过一丝阴影。

这时，义童的密友山田曾根彦、泷达郎、山木信雄、野方己四雄等人也过来凑热闹。他们围着义童，风趣地点评法国小说，随后发出一阵哄笑，笑声镇住了全场。保罗回到椅子上，看着义童他们。他感觉大家都在看自己，模样更显俊美；义童又不时从黑压压的人堆里露出笑脸，令他焦躁不安。

不一会儿，义童走到长椅前坐下，那些重要嘉宾或坐或站都围在他身边。义童张开双腿，左手放在膝盖上，左手大拇指和食指之间夹着香烟，他用另一只手打着手势，扬起微微上翘的下巴，好像在说什么风趣话。右手的无名指上戴着一枚深蓝色玻璃戒面的意大利纯金戒指，戒面刻着白色的“A”字，是他父亲安托万的遗物。保罗第一次看见义童与朋友们谈天说

1 日本著名的避暑胜地。

地，凝视的目光中闪烁着少女般的憧憬。保罗心想：在日本长大也会有法国人的风范啊。他在心里呐喊：义童，你不能死！

那一刻，保罗眼前浮现出了义童家的阳台和那只白尾鸟。他仿佛看到，白尾鸟在他够不着的高处飞翔，振翅声变弱，眨眼间变成了一个灰点，消失在天边。

只有义童和我真心相爱……

义童额前搭着几缕自然拳曲的黑发，眼睛和唇边透着深深的情欲，吸引了保罗的目光。保罗又想：

义童是地地道道的美男子，难怪大家嫉妒他。他很了不起，大家却很俗气。对，像义童那样的人世上只有一个。

保罗被华丽的宴会厅迷住了。四处都有餐桌隐没在人群中，白色的桌布散发出洁净闪亮的光彩，按照义童的要求，花篮里放上了一束温室培育的紫罗兰，餐具周围也撒上了小花茎。透明的酒杯摆得如密林一般，银色的叉子、餐刀散发着暗淡的光芒。保罗心情激动，时而在主宾席正前方那张餐桌角落的座位上笑着看对面的义童，时而翻翻白眼、绷紧嘴角。义童旁边坐着出版社的熟人三谷幸子，对面坐的是保罗和甍书房的职员鲇泽二郎。义童时而追逐他们的神情，时而盯着露出皓齿像少年那样欢笑的保罗。义童做了简短致辞后，客人们纷纷献上祝词。他们的祝词很风趣，有些却也让义童感到厌倦，脸上露出了苦笑。

渐渐地，饭后的冰激凌也吃得差不多了。看着白亮亮的桌布上鲜艳的图案，听着餐具相碰的轻轻声响，保罗突然感到一阵意料不到、不可思议的凄冷，一股寂寥随之渗入心田。保罗求救似的看向义童，同一时刻义童却也有一种不安的预感。那一刻，义童的身子轻飘飘的。他感到自己与白色的餐桌、深紫色的花儿和亮闪闪的餐具一同被带到一个遥远的地方，一个什么都看不到、听不见的静谧的所在。义童只觉得自己做了一场噩梦，睁大眼睛看清现实的世界，却碰上了保罗的目光。义童凝视着保罗的眼睛，心里被什么给触动了；保罗半张着玫瑰色的嘴唇，好像有话要说。

保罗！

义童凝视着保罗，眼睛似乎都不舍得眨一下。客人们此起彼伏的谈笑声激荡着他们寂寥的心湖，餐具、餐刀的相碰声犹如一曲哀乐。一个声音钻进了他们的耳朵：

“我们为吉什·德·义童先生干杯！”

二人站了起来。义童凝视着保罗的眼睛，把酒杯端到眼前；保罗不安地眨着眼睛，白皙的手轻轻摇着酒杯。

晚些时候，话剧团赶了过来。他们按照义童翻译的剧本表演戏剧，然后向保罗赠送鲜花。当保罗手捧鲜花时，闪光灯亮成了一片。客人们看到从保罗手中接过鲜花的义童和低头拉着袖口的保罗，里面尽管有讨厌义童的人，却也不得不承认那里的一对璧人儿就像古希腊的迷恋男色的英俊贵族和美少年那喀索斯[1]一样迷人。

在爱妒交织的目光和雷鸣般的掌声中，保罗羞红着脸，快步回到自己的席位。

这天夜里，义童走进院门，把汽车停进车库，然后绕到旁

1　希腊神话中的美少年，由于爱恋自己在水中的倒影而憔悴致死。

边的玻璃门前，开门走了进去，却似乎看到对面门前有一团朦胧的黑影。一瞬间，他的下腹部发出一声重响，一阵灼烧般的疼痛。义童伸手去摸，膝盖却向前倾，脸朝下栽倒在柚木地板上。随着一阵微弱的呻吟，一把手枪砰然落地。植田夫人倚靠在起居室门前，月光下她的黑影似乎被什么东西吊起来一样。过了一会儿，植田夫人像断了线的木偶一样，膝盖突然弯了起来，双手摸着地板。那一刻，她连动一动的力气都没有了。

可怜的植田夫人打算陪伴在义童身边，却没有勇气朝自己的喉咙开枪。她不停地抽烟喝酒，凌晨两点才踉踉跄跄地离开了义童家，烟蒂和酒杯都没有收拾。

这天，植田夫人从门前的巷子出发，慢慢走出两百多米远，然后坐上停在那里的汽车，开车来到义童家。义童平时不走玄关这边，只从旁边那扇由四块耐火玻璃组成的玻璃门进出，植田夫人便打开玻璃门，走了进去。她又从玄关走到外面，锁上玻璃门，然后从玄关进去走到玻璃门对面的门前，靠在门上等义童。

植田夫人以前只在外面的酒店或旅馆与义童见面，每次见面都要换地方。她求义童给她配了一把玻璃门钥匙，发誓，只在紧急时刻用那把钥匙，比如丈夫发现自己与义童幽会的时候。植田夫人去和光买礼物的那一天，义童从保罗话里得知，植田夫人看见了保罗和梨枝在一起。一瞬间，义童想起了玻璃门钥匙。义童不用保罗说也知道，自己和保罗一定也被植田夫人看见了。有一天，义童懒得去幽会，跑到茉莉酒吧喝酒，路上却发现植田夫人跟在自己后面。义童还知道，植田夫人看见自己和保罗、保罗和梨枝在一起就会明白一切。

义童认为梨枝运气不好才被植田夫人撞见，而那其实并非偶然。那天，植田夫人开车驶过和光，来到了尾张町的十字路口。汽车正要向右拐时，红灯亮起来了。那一刻，植田夫人看见保罗和梨枝乘坐的那辆深红色的车子停在了和光的斜对角。后来，植田夫人拼命追踪，一路追到涩谷后面的深见町，最后发现梨枝家就在出租车公司旁边的小巷里。一个流里流气的年轻男子站在出租车公司门前，似乎有很强的好奇心。植田夫人逮住那个男子，花钱打听二人的情况，才得知梨枝在葵坂街上的一家西式裁缝店工作，那个经常来找她的青年在罗森斯坦点心坊做侍者。

……

第二天早上，保罗来到了义童家门前。像往常一样，他翻过院门的栅栏，跳进了院子。院子里静得可怕，保罗跑进玄关旁边的玻璃门，却看见义童趴倒在地。那时，义童身体僵硬，已经断气了。保罗抓住玻璃门，瘫软的双腿瑟瑟抖动。听到玻璃门剧烈的晃动声，他屏住呼吸，随后发出一阵急促的喘息。早晨的阳光将玻璃门照得透明，凉爽的微风送来秋日的气息，义童家却显得阴暗阒寂。

义童头戴黑帽，坚毅的脸庞苍白如纸，右胳膊弯曲着压在身下，左手手心向上摊开，手腕上的瑞士手表的表面在阳光下闪闪发亮。

变成了尸体的义童很可怕，保罗准备逃离这里。他咬紧颤抖的嘴唇，迈开瘫软的双腿，一步步朝玄关走去。当他走了五六步时，义童的躯体和义童家揪动了他的心，止住了他的脚步。

我不能再来义童家了！

想到这里，保罗拼尽全力转过身，回到了义童家，在义童的房间和厨房里走动。

固定在墙上的桃花心木书柜里摆满了没有了主人的书，上面摆着慕尼黑啤酒杯和自己送的玻璃猫，旁边的墙上挂着一幅描绘孤岛和大海的画，屋角放着一个暗绿色的大玻璃瓶，墙上挂着义童母亲珠里和叔母克莉丝汀的肖像画以及义童给他拍的照片。照片上的自己低头噘嘴，是义童从下往上照的杰作。诸多物件如走马灯般从保罗那双瞳孔偏移不定的眼睛前晃过。最让保罗痛心的是起居室书桌上义童写的法语纸条。纸条上写得密密麻麻，到处都是红铅笔画的线，有些地方还圈了起来；清晰的字迹就像修女写的，据说义童在教会学校读书时学习过书法。厨房橱柜里放着一个厚厚的明蓝色瓷杯、一个厚厚的牛奶杯和一把又圆又厚的汤勺。那个瓷杯是义童非常喜欢的东西，每天早上都用它喝咖啡。那一刻，保罗仿佛停止了呼吸。他用手摸了摸汤勺，随即缩回手。

义童！

仿佛听到了义童洪亮的笑声，保罗脚底一滑，手碰到了橱柜角，橱柜角发出一声巨响。保罗跳了起来，逃也似的跑出厨房，穿过起居室，来到了义童的尸体旁。他看也不看义童，却模仿义童在胸前画了个十字，然后溜了过去，连滚带爬地跑出了玻璃门，手里攥着义童的纸条和那张揭下来的自己的照片。

看到绿篱附近没有行人，保罗又迈着颤抖的步子，心急火燎地走到对面的岔道上，一步步往前走。保罗这天担心义童出事，便穿着以前出门穿的旧外衣过来了。此时此刻，他一下子变成了遇到义童之前的保罗，那个我见犹怜的美少年。他用颤抖的手紧紧抓住竖起的衣领，胆战心惊地走在路上，似乎感觉后面有人追来。保罗沿岔道走了很远，来到巴士路，跳上一辆巴士。那时，他已经没有回家的心情了。

到了涩谷，保罗又乘都营电车来到日比谷。下车后，他看见了那个露天音乐厅，想起了自己路过音乐厅的那一天。他还记得那天，义童第一次给自己定做西服，第一次给自己买衬衫、风衣。

保罗正要走出车站，却看见都营电车迎面而来，惊讶地收回脚步。就在那时，东京帝国饭店那边走来一群人，两个男子交头接耳：

“喂，昨晚从椿山庄出来的那个人就在我们对面哩。瞧他那副没精打采的样子，一定出了什么事。”

“嗯，他的脸色也很奇怪哩。”

二人脸上浮起了诡异的笑容。

那一刻，保罗看不见周围的所有人，没有注意到那对陌生男子；黑脸男子礼门走在他们身后一两米的地方，保罗也没有注意到他。在礼门注视的目光和陌生男子回望的目光中，保罗穿过马路，走进公园。

公园里有几把椅子，椅子上的油漆已经剥落了。保罗走到与义童同坐过的椅子前，轻轻坐下，下意识地去摸香烟，却碰到了义童的纸条，慌忙缩回手来，把手放进上衣内兜。过了一会儿，保罗掏出一支被压弯压扁的香烟，又拿出随身携带的法国打火机，准备点火，却觉得喉咙渴得厉害。在遇到义童之前，保罗一直抽那种香烟。此时此刻，他拿着香烟和打火机，第一次觉得义童的死造成了自己现在的不幸境遇。他的嘴唇有了一丝血色，脸色依旧很苍白；一双美丽的眼睛看着脚下，虚弱的眼神透出几分暗淡。

保罗终于坐不住了。他丢掉香烟，把打火机放进口袋，然后软绵绵地站起来。

如果义童从对面走来，我会扑过去抱住他；无论什么时候，不管发生什么事，我都会紧紧地抱住他……

保罗眼里第一次溢出了泪水。他慌忙拽出手帕，那是昨晚分别时义童换给他的。昨晚义童不肯和自己一起回家，硬要一个人回去。

义童是为了让我放心……

保罗收起手帕，竭力忍住呜咽，用手背擦了擦眼睛，朝公园后门走去。他走着走着，忽然听见了一阵脚步声。义童！保罗抬头一看，站在自己面前的却是那个黑脸男子。男子一直在打量保罗，却显得若无其事。他慢悠悠地从保罗身边走过，然后回头看向保罗。男子宽厚的额头上搭着几缕拿破仑一样的头发，眼里透着柔柔的笑意，令保罗出乎意料。

黑脸男子正是沼田礼门。刚才在十字路口，礼门从看见保罗起就推测到保罗的境遇发生了剧变，义童遭遇情变礼门也能推测出来，如今，保罗分明是一个孤独的孩子。就像老鹰发现了垂着翅膀低飞的麻雀，礼门知道自己占有保罗的机会来了。保罗在公园椅子上静坐的那一会儿，礼门正坐在公园后门附近的凳子上，远远地看着保罗，心里有了主意：万一是保罗杀了义童，自己要拉保罗一把。看着俨然女人身的保罗心慌意乱的样子，礼门心底燃起了难以抑制的爱火。他知道保罗在得到义童的宠爱后，再回到只凭一份侍者的收入生活是多么残酷；他经常遇见保罗，知道保罗固然怕自己，却也不太讨厌自己。礼门的微笑中蕴含着对保罗的眷恋和对新猎物的兴趣。

保罗早上只喝了一杯牛奶，却不觉得肚子饿。他拖着无力的脚步，穿过人行道和车道，走过人群，不知不觉来到了新桥附近的河岸。

保罗走上桥，倚在栏杆上，看着灰蒙蒙的河水和系在岸边的脏兮兮的船，心底突然冒出一种感情，宛如一盏小小的明灯，照亮了他的内心。那是什么，他不敢去想。

保罗虽然没有什么道德观念，却知道那样很对不起义童。义童已经死了，他却依然惧怕义童，感觉义童的尸体随时会站在自己面前，但他的心里仍有一份期待与向往。就在刚才，保罗那没有悲伤也没有其他感情的麻木的心里隐约感到悲伤的分量；此时此刻，那股悲伤与小小的现实联结，破壳而出，随即被别的东西侵入，很快化作了甜蜜的被宠爱着的感觉。此时，保罗回归了自我，恢复了天性。与义童相爱时，他变得多愁善感、歇斯底里的心性如今又恢复了宁静。

保罗不知道要不要现在马上进入那个天地，因为他手里还有一些从义童那里得到的零花钱，而义童原本是想留给自己一大笔钱的。不过，绝望的死水已经退去，保罗开始沉浸在甜蜜的哀伤中，品味着那份蕴含着甜蜜疼痛的悔恨。

保罗忽然抬起脸，看着前方。那一刻，他的嘴唇恢复了美丽的淡红色，脸庞宛如根茎浸在水里的花儿有了几分生气。在昨晚的宴会上，他一直跟着义童骄傲得像义童的宠姬；此时此刻，他已然找回了那种骄傲的美。

保罗双手插进裤兜，离开了栏杆。他迈着有力的步伐走到桥对面，朝新桥走去，嘴里忽然吹出了低沉又轻快的口哨声。

这是义童教给他的歌。轻快的歌声余音袅袅，流淌在清朗的金色空气中。仿佛从远方活着归来的人，他环视四周，又仰望天空，用一双暗淡的受罚的孩子的眼睛。

枯叶寝床

来吧，来唱葬歌吧。

——爱伦·坡

远离薮内郡厚木街道的住宅群，有一所孤零零的宅子。沿着街道往下走，再拐上两段蜿蜒曲折的小路，就来到一片荒芜的旱田的中间。再往前走，旱田很快消失了，迎面便是那栋大灶台似的建筑物。

栎树林遮住了那所住宅，它环绕着房屋，右边留有一条车行道，房屋右边的院子通往夏天也布满枯叶的森林。铺满黄砖的车行道边镶着一排白色的石头，以便在深夜开车时辨别方向。那所房屋似乎有大农户住过，左后面有一间好像养过鸡或兔子的小屋，需要用矮梯子爬进去，屋里堆放着生壁炉用的木柴。

比起一片破败的外围，房屋里面暗藏豪华，窗户仿照西班牙城堡的样式，铁格子镶着厚玻璃严丝合缝地拼出圆圆的鱼鳞纹样。整所房屋朝向森林，分前后两进，前面是卧室和浴室，后面是书房、书库和套间，前后以圆拱顶相连，中间的空地显得有些暗；从后面看去，阳光照进右边的院子里，洒在空荡荡的花坛、铁椅和种在葡萄酒桶里的月桂树上，对面是一片黑压压的森林。一百多米长的屋顶两端锁着半圆形的两扇铁门。铁门上端，比人稍高的地方开着细格子窗。白天，铁门从内侧用石头抵住，屋顶的天花板上粗铁管杂乱分布，那当中挂着光溜溜的电灯泡，因为经常忘了关而整日亮着。

此时此刻，在一间被石窗围住的屋子的正中，一个男子躺在沉甸甸的栎木床上，在枕头上支起胳膊肘；屋里弥漫着PALL MALL香烟的烟雾，男子眉间现出竖纹，眉眼挤成一团，脸颊、嘴唇歪扭着像在笑一样。

那个男子名叫义兰·德·罗什福柯，年纪三十八岁零三个月，是一位仪表堂堂的美男子；父亲是法国南部贵族的后裔，母亲是一个聪颖健康的日本侍女，父母都已经不在了。义兰留下菲利普在法国管理父亲的巨额遗产，让对方给自己汇款。义兰是法国文学副教授，又是成名的中坚作家，却因为有钱又有时间，躺在床上写小说，引起了一部分人的反感。他的双眼皮大眼睛蕴含着坚毅的气质，与生俱来的唯美主义者厌倦世事的阴暗面却遮住了他眼中的光彩。

街道上似乎响起了大型车辆驶过的声音，义兰收回望向街道的目光，又把枕头深深地压下去，半裸的身子隐没在被单下。

仿佛从天而降，一个青年的背影出现在小路上，来到了那片朦胧地透出整个住宅的栎树林。青年走路像少女一样腰肢微摆，身材瘦而紧，体态敏捷。

一路上，青年脚上那双黑色的、鞋头尖尖的意大利鞋子踏着枯叶，在树林里穿行自如。那条路似有似无，是青年和义兰发现的。青年名叫山川京次，就读于成城学园，上学经常逃课，专门给义兰做伴，在床上、在夜总会、在开车兜风和打猎中度日。义兰给他起名叫列奥。

列奥走路时随手折下树枝，在他的背后，树枝稀疏。义兰听到了那阵脚步声，他眼睛朝上看着床背，一双大眼睛露出白眼珠，瞳孔挨到上眼皮。那双有血丝的眼睛就像刺激物进入眼睛一样，一瞬间睁得大大的几乎要裂开，眼神热热的。

天色似亮非亮，林子一片幽暗；树梢像一张影影绰绰的网，一下子遮住了青年穿着皮夹克的背影。

当列奥来到那个横钉着旧木板的灶口似的入口前，远方的森林响起了小鸟的声音。

列奥扬起下巴，小小的乳白色的侧脸在微光中鲜明地浮现出来。这是一个十七八岁的少年——少年比青年更贴切——的面容：白嫩的皮肤，眨动的、灰黑色的眼睛，有点上翘的小鼻子，像刚剥了皮的果实一样湿润的脸颊，仿佛被人狠狠地咬过而微微鼓起的嘴唇。列奥的嘴唇宛如因为亲吻而成熟的果实，唇上泛起了一丝笑影。

列奥忽然一转身，蹑手蹑脚地走到堆放木柴的小屋门前，拿起竖在那里的分成三段的矮梯，绕到右边的那扇窗户前。他把梯子竖起来靠在窗框上，穿着深灰色牛仔裤的双腿像猴子一样往上爬。

义兰坐起身，列奥半弯着腰把手掌贴在窗户上的身姿透过玻璃映入眼帘；列奥随即又像滑下来一样，只露出一张笑脸，小鼻子周围都是笑纹。

义兰的眼睛最大限度地睁着望向窗户，笑意在目光深处闪烁。列奥知道窗户没上栓，他爬上窗户跳进屋里。随着鞋子在石地板上发出摩擦的声音，列奥一只手高高地撑住墙，另一只手脱鞋。

义兰坐起身，又把胳膊肘支在枕头上。

“你来得好早啊。”

“你说过要我换车子，对吧？”列奥那少年的青葱树木般的稚嫩气息，与早晨森林的空气一同被裹挟在牛仔布的气味中。

列奥软软地依偎在义兰的肚子旁边，把半边脸颊温柔地贴在他的胳膊上，抬头一笑，又把另半边脸贴上去，凉凉的小指勾紧他的小指。

“车子锁了吗？”

“你放心吧。”

被淡蓝色夹克和牛仔裤包住的列奥坐在义兰身上，义兰的手抱起列奥的上身，列奥的脸移到义兰的脸的正上方。义兰眼睛朝下看，热烈的目光集中在列奥的嘴唇上；扬起的下巴上方，轻轻噘起来的嘴唇催促列奥去亲吻。

列奥的手从义兰的脸颊移到下巴，淡红色的嘴唇略微笨拙地吸住义兰的嘴唇。松开嘴唇的声音轻轻响了起来，列奥把泛起红晕的脸颊贴在义兰的脸颊上，抬起一双陶醉的眼睛，又垂下眼帘，纤细的食指沿着义兰鼻子的线条落在上下唇的交合处。义兰的嘴唇飞快地含住列奥的手指，轻咬上去的牙齿变得有劲。

“不要，不要啊……我都亲了你了，你就放开我吧。”

义兰用粗手指捏住列奥柔软的手指，用牙齿咬了两三下，最后用手抵住青年的下巴，说：

“让我再抱抱你。[1]”

1　原文为法语。

二人的脑袋又像楔子一样紧挨在一起，列奥的身子渐渐没有了力气；义兰的胳膊绕到列奥的背部凹处，灵巧地把他揽在身下。——斑翅秃鹰把那只从窗户飞进来的小鸟按在了情欲的爪子下。

过了许久，义兰坐起身来；列奥眼睛往上翻，软绵绵地躺在义兰身下。义兰把胳膊垫在列奥背下，扶他起来。列奥身体后仰成弓形，嘴唇半张半合，眼睛朝下看，目不转睛地凝视义兰的脸。片刻间，义兰全身就像一团火在燃烧；他的嘴唇凑过去勾出平缓的椭圆，追着列奥躲闪的嘴唇不放，手开始慢慢脱列奥的衣服。

屋外渐渐亮了，森林和街道都从睡梦中苏醒了，太阳淡淡的金黄色包围了那所炉灶似的房子，此时二人正并排靠在床背上。

列奥面带羞涩，一只胳膊贴住赤裸的胸膛，眼睛朝上窥视着义兰。义兰把一只结实的胳膊垫在脑后，露出天神般的侧脸，一双充血的眼睛注视着列奥的胸膛。

列奥的眼睛垂下来，又朝上看义兰。

“不要啊，别啊，不要……”

列奥用像翅膀一样交叉在一起的胳膊抱紧胸，看了看义兰，又把胳膊松开交叉抱在脑后，露出腋窝，用调皮的目光看着义兰，对他笑了笑。义兰的手突然伸过来，列奥被拉过去，二人的身子像蛇一样缠在一起，最后又倒在床上。

一对活塑像上下交缠，左右翻滚。在义兰的爱抚下，年幼的列奥——米开朗琪罗的奴隶雕像——痛苦地挣扎、微弱地呻吟；小鸟在剧烈的振翅声中折断翅膀、身子发抖，尖利的啄啃声中混进了列奥短促的呼吸声。

浴室门旁有个壁炉，壁炉上方的挂钟指针划过十二点时，义兰和列奥进入浴室；浴室里边的那扇帘子里，他们在一对并排安装的喷头下洗淋浴。

“我今天想早点坐车出门呢。”

列奥一边抬眼看着嵌在天花板上的镜子，一边拨弄起了泡沫的头发，这时他用发亮的眼睛看身边的义兰。

“时间还早呢。都怪你。”

“你说这话就像个老头子啊。”

“讨厌。”

列奥开始洗胸膛。义兰顺着肩膀擦胳膊，目光落在列奥的腰上：那里有一颗涂满了科蒂铃兰香水泡沫的坚硬稚嫩的果实。义兰回味刚刚结束的那场风花雪月，眼睛动了动，心想：他还没有秘密吧。

列奥正在洗后背，他从腋窝处偷看了义兰一眼，目光中透着诧异。

“你怎么啦？……我泡完澡后去吃饭啦。”

列奥披上一条柠檬色的浴巾，跑了出去。洗澡水飞溅的声音中混杂着列奥的口哨声，接着响起了一阵歌声：

它是一只小船／从来没有出过海／从来没有出过海[1]

1　原文为法语。

义兰走进来，肩上垂下一条深蓝色的浴巾，他捏住少年列奥的细脖子。

“快点洗完澡出来，开饭不等人哦。”

说着，义兰走了出去。

列奥缩起脖子看着义兰的背影，身子缓缓沉进淡青色的浴缸，一边随手擦着肩膀、脖子、胸膛，一边噘起嘴吹浮在水面上的肥皂泡。

义兰在皮质长沙发上抬起一条腿，胳膊肘支在那条腿的膝盖上，手掌托着扬起的下巴。

义兰穿着黑色有领毛衣和家常的土黄色棉裤，眼睛朝下冷冷地注视着对方。坐在他前面椅子上的那个人是宝石商陈裳云。

二人见面的地方是义兰东京家中玄关旁边的大厅。

“也不至于吧。”

“不，那位现在完全依靠药……”陈裳云说着朝上看义兰，眼里透出奇异的光芒。原来，陈裳云听一个姓刘的朋友说了在圣地酒吧看到义兰和列奥在一起的事。

“我可以进来吗？”

陈裳云回过头来，背着手关上有光泽的褐色房门的列奥映入了他的眼帘。列奥出浴后皮肤湿润，濡湿的褐色头发被汗珠粘在额头上、耳朵边上，从耳朵到脸颊泛着红晕。

列奥扫了陈裳云一眼，胳膊撑着义兰膝头，一条腿屈膝立起，一条腿伸展，就那么枕着义兰的腿躺了下来。义兰的手抚摸着列奥的下巴。列奥则双手抓住他的手，仰着脸用下巴指了指陈裳云。

“谁啊?”

“你猜猜看。”

“是珠宝商吧?”

“你怎么知道?”

“我以前对你说过吧?小时候我和爸爸在伦敦，爸爸在酒店宴请过珠宝商。他的皮包也是那样的。”

义兰的手又绕到列奥的下巴，列奥用下巴压住义兰的手，把脸转向陈裳云。

“给我看一看。”

陈裳云无神的眼睛里仿佛别无他物，目光一直追随着列奥，而这时他终于低下了头。列奥用小指勾住义兰的手指，拉了一下。

咽唾沫的声音响起后，陈裳云低着头站起来，拿起身后小桌上那个磨破的皮包，弯腰坐回到椅子上，拉开皮包拉链。

宝石露了出来。列奥眼里闪耀出异样的光芒，他推开义兰的手，坐起来探出身子。一个坚实、低沉的声音响了起来，一颗一克拉多的钻石被放在桌上，将房间的光亮汇聚成一点。这是一颗带着橄榄色的冷色调钻石。

列奥把宝石拿在手里，又把头靠在膝上，对着窗户看了看宝石，然后把宝石戴在手指上，半张开嘴唇，出神地凝视着宝石。

过了一会儿，列奥像梦醒了似的站起来，将深邃的目光集中在双手拿住的宝石上，把宝石捧到唇边亲了亲。义兰伸头看列奥，目光里藏着猛禽锐利辛辣的锋芒，与唇边的笑意很不协调。这是一个难以忍受心中欲火的男人的笑容。

列奥微微一笑，一只手拿着宝石举在义兰眼前。义兰夺过宝石，看着列奥的嘴唇，亲了亲落在左手掌心里的宝石。列奥试图掰开义兰的手掌，不让义兰如意。义兰把宝石移到右手掌心，躲开列奥，把嘴唇凑过去，那时一只敏捷的白皙的手夺走了宝石。义兰放下停在半空的手，笑着往后一靠。列奥绽开淡珊瑚色果实似的嘴唇露出洁白的牙齿，这副孩子式的调皮笑容几乎要让他发出温和、高亢的声音；他把宝石藏在拳头里，背着手跳着退到沙发一边。

“义兰笨蛋，没看见有人在看我们吗？”

“谁在看我们？”

“他呀。”

“陈裳云？”

“陈？”

“裳、云。”

“哦。这个钻石是拿来做项链吊坠的吧？”

“嗯，我明天去托人做吧。比起美津野，酒店里那家意大利人开的店比较好。”

“你明天去？项链什么时候能做好？一星期行吗？”

“差不多吧。”

“那我先告辞了。”陈裳云声音沙哑地说。

“麻烦你了。请你等一下。”

“我去拿东西。”

列奥把宝石放在桌上，像只燕子似的跑过去，拿来了支票本和义兰的钢笔。义兰一边签字一边说：

“你手上没有鸽血红宝石吗？”

“嗯，鸽血红宝石应该过几天就有了，到时候我给您送来。”

“没有赚头哪成啊，价钱贵一点也行的。”

“哈，那哪儿成啊。屡蒙关照，多谢了。”

陈裳云把支票折成四折放进内襟口袋，抱着皮包站了起来。

列奥耳朵像火烧一样，一边用手指拢鬓角，一边从沙发上站了起来。他温柔地松开义兰伸到腰间的胳膊，走到壁炉镜子前，拿起壁炉台上的一把小梳子梳头发，仿佛透出暗淡的火焰的眼睛盯住镜子，脸颊在一瞬间凹下去，手指贴住绷紧的嘴唇横着抹了抹。

义兰站到列奥身后，把手搭在他的肩膀上。

“那就六点半，行了吧。”

“嗯。”

列奥转过身来点点头，义兰用一只轻轻握拳的手的手背托起列奥的下巴，依依不舍地凝视列奥的脸。

列奥低下头，下巴抵住义兰的手，抬起眼睛，目光一动不动，用双手把义兰的手拿开，捧住手指亲了亲、笑了笑。义兰脸上掠过一阵透出甜蜜的陶醉的痛苦神色。

列奥松开手，走出房门。义兰追到列奥前面，把他摁在房门背面的墙上，双手抵住墙，把嘴唇凑过去，勾着平缓的弧线追赶他左右躲闪的嘴唇；二人的嘴唇重合在一起，随即分开了。

玄关的电铃响了，二人对视一眼，义兰大步走过去开门。

原来，岩渊夫人这天故意提前来了。

岩渊夫人名叫岩渊佐喜江，是贸易商岩渊义逸的妻子。她想忘掉义兰于是去了香港，却在一星期前又回来了，对义兰死缠烂打。她进门的时候，列奥躲在客厅里，为了避让夫人准备转身离去。而眼尖的夫人仍然越过义兰的肩膀看到了屋内身穿黑色女式窄西服、露出红色衬衫领子的列奥的背影。

“那是谁？”

听到岩渊夫人尖细的声音，列奥瞬间在关起来的门后屏住了呼吸。

“他是谁都无所谓吧。”

伴随着义兰的声音，岩渊夫人和义兰的脚步声由远及近，停在了门前。列奥听得清楚，美丽的眼睛翻了个白眼，突然把门打开，像鱼儿一样从他们眼皮下侧肩而过，从对面的衣架取下黑色大衣披在身上，麻利地把暗红藏蓝条纹的围巾绕在脖子上，白皙的手指伸到下巴下松了松围巾。岩渊夫人被义兰挽着胳膊呆呆地站着，惊疑地扭歪了脸。列奥用梦幻般的媚眼盯住岩渊夫人的脸，从裤兜里摸出PALL MALL香烟和打火机，慢悠悠地点上，转身抽了一口走下玄关，反手关门走了，只留下一股烟雾。

列奥走下通到铁栅门的楼梯，一边从车库里取车，一边想到义兰是故意错开会客时间，嘴角扬起一丝笑意。

他刚才的眼神真怪，过分啊！

列奥在心里嘀咕了一句，跳上那辆灰色的劳斯莱斯汽车。红砖房突出的一端歪扭着映在汽车中央亮得如镜子一样的引擎盖上，汽车一启动，那团暗红色就晃了起来。列奥故意弄大引擎声，挂好挡位，手握方向盘，探出那张俏脸仰望砖房二楼的窗户，向窗户投去冷淡的目光。

列奥的车跑掉了，巨大的灰色云朵逼近着车后方；天空中，灰云从上面、从旁边包围了夕阳残照淡黄色的光芒。天空有些可怕，红房子烟囱突起的样子鲜明地浮现出来，那个红色的影子在列奥后面渐渐变小。

岩渊夫人应该已经回去了，义兰一直站在砖房卧室和书房交界的地方。那里没有门扇，只有一个挖出来的门洞。坚固的栎木材，把屋子隔成两个长方形。义兰靠在栎木板上，叼着PALL MALL香烟，把脸凑近打火机的火苗，点燃香烟吸了一口，然后叼着香烟走进书房。他从入口旁边角落里的木桶种的高良姜前走过，来到窗边的书架前，右手抵住书架，看了看书架上那只怀表的链子，左手把香烟拿下来，在香烟的烟雾中微微皱起眉头。他的眼睛朝下，不经意地望着书架上的书，最后松开右手，拉过那根银链来看时间。链子底端坠着的骷髅嘴巴打开，里面镶嵌着表盘，那是一只旧式怀表。

昨天，义兰在麻布街头遇见了宝石商陈裳云，站着交谈一番后决定让陈裳云把钻石带来。如今义兰想起了陈裳云说的那个贸易商，那人用钻石换了五颗翡翠，觉得那人的容貌举止像两个月前，也就是九月份在圣地酒吧死死盯着列奥不放的那个戴墨镜的男子，一阵无法抑制的不安突然由远及近袭来。列奥最近开始褪去幼稚，一下子成熟了许多，他那柔韧的身子的诱惑让义兰仿佛变成了一团火。

义兰像扭住胳膊按倒似的用力把香烟按在烟灰缸里，抬起头来；苦涩的情欲给他的嘴唇涂上了暗色，他的嘴唇又突然像舔了蜜一样松弛了下来。列奥的媚态在他的嘴唇上点燃虚幻的火焰，他的眼神像秃鹰的嘴一样锐利，脸颊多了一份粗糙的感觉，松弛的嘴唇像被涂上了列奥伤口的血。

义兰回过神来，绕过工作桌打开抽屉，拽出一捆稿纸，然后大步走进卧室，仰面倒在床上。坐起身后，他拿起小桌上的铅笔，低头看稿子。不一会儿他开始修改稿子，或删掉一些文字，或在栏外画线把别的文字添进去，目光却又透着一股刀锋般的锐利停在半空。

最后，义兰站了起来，又走到书架前，拿起搁书板上的那瓶白兰地，倒了满满一小杯。

列奥用一只白皙的手擦过铁栏杆，磕着鞋后跟下了石阶，把大衣和围巾挂在角落里的挂钉上，穿过舞台，走到里边的长椅子前，双腿伸成八字形坐下。他正在阿尔及尔夜总会里面。

夜总会里面很暗，周围一时模糊不清；整个夜总会只在天花板和柱子上安装了荧光灯，桃花心木地板在灯光中首先亮起来，人影渐渐显现出来：四周长椅上那些或起身离开或聚在一起的人，站在一边和长椅上坐着的人说话的男子，驼着背横穿舞台的男子……年底圣诞节快到了，夜总会算是一个安静的所在。

阿尔及尔夜总会由会田经营，会田在巴黎待过好些年，他好像不在乎赚钱，给人感觉是在做赔本生意。阿尔及尔夜总会自开办以来，已经走过了六七个年头。就像狐狸找到洞穴一样，很快就有人呼朋引伴聚集而来，其中以欧洲人居多，也有少数日本人；闻风而来的老富翁，中年男子，落魄潦倒的男子，穷得没饭吃却摆阔的男子，涉及毒品走私的男子，球童，有钱人的司机，陪客人去之后也会独自前来的生意人，他们是阿尔及尔夜总会的常客。阿尔及尔夜总会通常人不多，只在圣诞节那两天有点拥挤。夜总会里备有六七份日文报纸、一份英文报纸、两三份巴黎报纸和各个国家的周刊杂志，角落有一个酒吧，酒吧对角处放着一架钢琴，一个似乎来自非洲的黑人在那里演奏难听的爵士乐。据说那个黑人曾率领盲人乐队去了上海，却因为迷恋赌博而掉了队，最后流落到了阿尔及尔夜总会。夜总会的主人会田也加入到客人当中，同客人打成一片。有人问他是不是沾白粉，他只是露出不置可否的笑容。

义兰去参加九州的学会，列奥发誓在他不在家的时候安分一点，他或去学校上课，或在酒吧消磨时间；或者带咖啡店的女孩去散步，给她看义兰的照片，对她说自己在给这个法国人打工。而在十二月四日——后天义兰回来——这一天，他来到了阿尔及尔夜总会，这个他最初被义兰看上的地方。

不知是谁向那个黑人示意，钢琴声变得高亢了，两对男女走到正中央跳起了贴身舞，然后又有两对男子登台亮相。这里的人都知道阿尔及尔夜总会是有许多男同性恋者聚集的特殊夜总会，夜总会的主人会田本人与酒吧侍者有染也是众所周知的事；带女伴来的客人大多是好奇心重的中年男子，他们过来的时候也知道那个情况。不知情就过来的一对客人，在这里会被视作不合时宜的人。

三年前的同一天，列奥穿着父亲那件改过的橄榄色短外套，一只手放在外套兜里，迈着穿着牛仔裤的双腿，穿过阿尔及尔夜总会的舞台；义兰看见了列奥，列奥眼睛向上看着，义兰被他那那喀索斯般的侧脸勾住了视线。后来，义兰把逃课加入流氓团伙的列奥送进了杉并区的公寓，不让他和同伙见面。列奥知道义兰与自己的同伙进行了交涉，却简单地认为义兰是用钱收买了他们。不久，列奥又在街上会见同伙，向他们敲竹杠，结果被关进了杉并区警察局。看到前来要人的义兰与警察交涉，列奥才知道义兰是个了不起的人，对他产生了畏惧。列奥当时十四岁。他不知不觉地沾上了海洛因，又在不知情的情况下来到阿尔及尔夜总会，在那里引来人们好色的目光；他心存不良而又幼稚的样子缚住了义兰的心，令义兰无力摆脱。义兰还让列奥接受洗礼，洗礼名是泽罗特。

那天上车后，义兰第一次在亮处看见了列奥的脸，随即发现列奥的眼睛像玻璃一样冰凉不只是性格的缘故。列奥由于以前与少年同伴抽海洛因香烟玩，茶色的眼睛里黑褐色的瞳孔像做梦似的闪烁不定。义兰发现列奥巴掌大的俏脸上那双不知不觉闪着冷光的漂亮眼睛不正常，便立即送他住院，后来还暗中监视他一段时间，罚他不吃饭，这才治好了他的眼睛。

那件事过后，列奥对义兰一下子亲近起来，对他稍稍释放了一下自己天生的像闭合的贝壳一样的冷淡性格，但表现出来的却只是孩子气。不过，不加修饰的冷淡让列奥变成了维纳斯与魔鬼的宠儿。列奥下意识的诱惑如黏丝般缠住义兰的心，让他陷入无底洞。列奥好像相当有教养，义兰起初怀疑他会因为境遇恶劣而沾上偷东西之类的坏习惯，可他却一个坏习惯都没有。然而，列奥对义兰而言是一个可怕的诱惑物；义兰见到列奥时已经注意到，列奥会将自己带到毁灭的彼岸。最初的一段日子里，列奥住在义兰家，让义兰带他去玩乐的地方。有一天，列奥说了句“还没有哪个成年人不拿我当傻瓜呢”，并用陶醉的目光凝视义兰，让义兰露出了苦笑。

列奥很快意识到自己完全熔化了义兰的灵与肉，却仍然有因为最初的遭遇而产生的恐惧。列奥不知道，他第一次产生了尊敬之情。

十六岁那年夏天，列奥随义兰去穗高登山，在山中小屋里和义兰一起品尝秘密的爱情果实。从那以后，列奥虽然是个孩子却早熟起来，变成了撒下白色的毒粉诱惑义兰的邪恶天使。义兰知道自己真的迷上了列奥，让列奥成熟到极致，自己则一点点地接近毁灭。列奥不愿谈论过去却偶尔也会说走嘴，义兰把列奥说的话综合起来，了解了一些情况：列奥的父亲是外交官，母亲是一个水性杨花的女人；列奥的母亲好像不知所终，列奥本人好像也不是父亲亲生的。列奥平时都不提他母亲的名字，而义兰从列奥的眼睛、肤色中清楚地看到，他母亲的情人是混血儿。义兰还知道，山川京次不是列奥的真名，而是流氓头儿早庭把自己以前的恋人的名字改成男人的名字来称呼列奥的。

无休无止的欢乐的日子让列奥堕落，列奥每天硬着头皮把落下的功课补上；义兰做担保人把列奥送进了成城学园，最近却对列奥放任起来，列奥便堕落成一个只管让义兰为自己花钱的床上伙伴和玩伴，学习成绩差点挂红灯。列奥虽然不笨，却一直心不在焉，每门功课都是三分钟热度，没有一点毅力。义兰的生活状况和他讲述的法国小说、法国电影影响着列奥，列奥对此反应异常灵敏，如今仍每天心甘情愿地学法语，表现出不像自己的那份积极性。有时被义兰盯上，列奥就缩起脖子，说“我当翻译好吗”，把胳膊肘抵在义兰膝上，靠在他身边；看到义兰的嘴唇透出溺爱的影子，列奥就把脸伏在他的膝上或抱住他的膝盖嬉闹。有一次，义兰问列奥：

“你能当个翻译吗？”

“嗯，我在外国人开的店里当店员总行吧？”列奥抓住义兰的手，在他的手指上落下小鸟羽毛般的吻。

“你每天能上班不迟到吗？”

于是，列奥小声说：

“可我上学的时候，义兰你也不是不放我走吗？”

列奥两眼放光地仰视义兰，让他对自己迷恋不已。最后，二人开始商量去哪里玩。

……

列奥把目光从报纸上移开，看了看跳舞的人群，正要收回视线，那时他感到一道强烈的目光烙在自己的右边脸颊上。列奥回过头来，只见一个大个子男子直勾勾地注视着自己，那黝黑的皮肤好像是在阿尔及尔或别的地方待久了晒黑的；男子分明与义兰性格相同，而且好像见过自己。

一阵莫名的战栗穿透列奥的身躯，一股无端的恐惧在他的脑海中升起。

列奥还记得，自从那次义兰约他并带他一起去阿尔及尔夜总会之后，义兰就不再带他来这里了，列奥也不愿意独自来这里。列奥为自己是一个着装讲究的十七岁青年而骄傲，他认为阿尔及尔夜总会是成年年轻男子来的地方，突然就想来看看。——义兰没有告诉他这里是特殊人群聚集的地方。

义兰没有来。我只爱义兰。可那家伙是谁呢？

为人瞩目的感觉突然引起了一股快感，令列奥无法抗拒。列奥认识义兰后就让这个了不起的男人成为自己魔力的俘虏，对此一直乐得肚子疼，这时他想起义兰还在九州才感到放心。

以后遇到那家伙，我装作没看见就行了。光看他的脸就……和他接吻该多可怕啊。

在一张羞涩的白皙的脸上，在淡褐色的长睫毛后面，那双明澈的眼睛透着列奥狡黠而幼稚的心思，而那个黑脸男子正目不转睛地凝视着列奥。

黑脸男子的眼睛一动不动，透过那张如同雕琢过的宝石一般的面孔，他能看见列奥冷淡而幼稚的内心的波动；看着列奥唇纹细小的淡红色嘴唇透着清亮的光泽，他的眼中流露出无法抑制的邪念。列奥冷漠无情的眼神和与眼神不协调的少女一样柔软的嘴唇无止境地诱惑着他，美少年轻浮的内心的波动又让他明显感到对方身后有一个强有力的守护神，残酷地搅乱了这个名叫陶田奥利弗的放荡子的心。

列奥忽然回头看了看男子，感到危险便站了起来。

我讨厌那家伙，况且义兰很可怕。要是义兰恨我，我就活不成了。我一定要进入义兰的心……

与和义兰约会时不同，列奥逃也似的穿过舞台，却意识到那个男子垂涎的目光注视着自己的脚步；列奥耳根泛起了红潮，快步来到挂大衣的地方，围围巾时往上斜起瞳孔试探性地瞥了眼男子，随即慌张地垂下眼帘，把大衣夹在腋下，跑上了台阶。四五个男子都目睹了那一幕。

男子拿起墨镜戴上，欠身坐在长椅上，看上去像在玩味、反刍少年列奥内心可爱的波动。

列奥再过几天就要迎来自己的生日了，那天也是圣诞节。一天傍晚，列奥驾驶的那辆灰色的劳斯莱斯汽车斜穿过伊势崎市的车站，停靠在宾果餐厅门前。

列奥在宾果买了义兰要买的食品，把食品袋装进后备厢，又跳进驾驶室，似握非握地把戴着羊皮手套的手搭在方向盘上，一瞬间呆呆地凝视前方。不知为什么，他竖起了栗褐色大衣的领子。

原来，义兰说要在列奥的生日十二月二十五日那天去阿尔及尔夜总会跳舞。列奥则在意义兰后面说的话："然后我们在宾果吃饭吧。浪子专情三年的庆祝宴会，你觉得怎么样？"

列奥渴望义兰的爱，那天在东京站迎接义兰，他站在站台上，举手投足间都在向义兰撒娇。义兰则把正式恋人冴子安置在另一辆车上带来了，并向冴子介绍说列奥是他的堂弟，坐上了列奥开来的劳斯莱斯汽车；在车上，义兰靠在车座上，没怎么开口说话。车子驶近森林住宅时，义兰正皱着眉头出神地看着窗外：去森林的路边，竖立的丝柏树投下黑色的剪影，上方天空闪耀着一片琉璃色；蓝灰色的低云下端镶着一道映出落日余晖的红边，乌云低垂几乎要触到森林，沉甸甸的似乎要压下来。

义兰不会放过一丝负心的影子，列奥在东京站时第一次露出那种孩子从恐惧中得救般的表情，义兰看在眼里，认为事情背后肯定有那个黑脸男子的影子。那天晚上，义兰一吃完饭就把列奥拖到床上；列奥被义兰的激情烧灼，身上紫色的咬痕就像紫红色的乳晕跑到了肩上、腿上一样；列奥伤口疼得直打滚，几乎昏死过去。从那以后，或许是心理作用，义兰对列奥的爱越发执着了。黑脸男子的影子映现在他们中间，像掉在果汁里的苍蝇一样让他们不快。

仿佛黑翅膀的影子闪过，一辆黑色的凯迪拉克汽车掉头驶来；那辆车刚挨到列奥车前，一个低沉的声音响了起来，就像在耳边说话一样：

“你今天又是一个人出门？你好像车开得不错。这次你要不要坐我的车远行？我带你去一个好玩的地方吧。”

男子低沉的嗓音犹如魔鬼的私语，蕴藏着激发列奥情欲与恐惧的力量。

“可我……还……”列奥脸颊发红，垂下眼帘，又抬起眼睛，“请走开吧，别难为我了。”

“那我今天就放你一马吧。”

男子莞尔一笑，凯迪拉克汽车掉头，最后紧贴着列奥的车停下来。

正如列奥所料，男子把手伸进列奥车内要求握手。列奥凝视着前方，身子一动不动，耳根火辣辣的。

他是怎么找到我的？

列奥心里怦怦直跳，双眼皮深深皱起，眼睛睁大盯住男子。那是以某个男人的溺爱为食，任性饕餮的女子或少年才有的那么一种，隐藏着无限自信，不知感动为何物的、发烧的孩子的眼神。

列奥的车发出引擎声，驶过黄昏的街道；黑脸男子把口袋里的眼镜拿出来戴上，也朝东京方向驶去。

三天后，列奥出门刚好赶上信号灯亮起来，他从东日报社前面经过，准备穿过人行横道去食品商场。那时信号灯颜色变了，右侧的一排车一齐动起来了。在引擎声和两三个司机的尖叫声中，那个男子的声音响了起来：

“上车，快点。”

男子打开了车门，已经走到人行横道三分之二处的列奥稀里糊涂地跳了上去。当男子的车将后面的车甩开几十米左右时，男子说了声“你刚才去哪了”，却也不像要听对方回答。他默默地看着车前方，显然是“胆汁质”[1]人格的刚毅侧脸仿佛涂了一层厚厚的油，自然拳曲的头发犹如列奥在画中见到的拿破仑的头发；硕大的身躯显得有些难看，身上穿着一件针织毛衣；粗胳膊像摇动极轻极小的东西一样操控着方向盘，胳膊上牢牢地戴着一块配着黑皮带的浪琴表。

车内开了暖气，热烘烘的。男子头也不回地说：“把上衣脱了。”

男子的额头、鼻子、脸颊又黑又厚，浑浊的眼睛下还有一圈黑眼圈，列奥看得心里发毛。他默默地把头扭到一边，男子的黑脸、身体散发出的性感的热流却压迫着他。

列奥偶尔看向男子黑中带紫的胳膊，心想他的胳膊缠上、缠紧自己的脖子，脖子大概会连同骨头一起折断。列奥又想，对方如果用胳膊抱紧自己，自己也许会把持不住。列奥感到一种可怕的诱惑，那种已经开始在他体内乱窜的可怕的诱惑。

他怎么不吭声呢？

蓦地，列奥本能地意识到自己只是一个小小的牺牲品。就

1　希波克拉底提出的人的四种性格类型之一。胆汁质人格的特点是易兴奋，情绪反应强烈。

像秃鹰朝兔子径直飞下来时兔子已经动弹不得、半死不活一样，在如同稳重的黑色魔物一般的凯迪拉克汽车里，在弥漫在汽车周围的夕阳残照的微光中，列奥是一只已经动弹不得的野兔。

列奥感到害怕，拼命寻思：

我今天实在不行了，这不是我的错。要是再见到义兰，我就告诉他实情然后紧紧抱住他，无论如何也要让他忍住不发火。可也许这也无济于事……

列奥像孩子一样认真，嘴唇紧紧地抿成一条线，偷偷看了看男子的侧脸。

黑脸男子知道列奥害怕了，看着前方说：

“你怎么了？我不是妖怪啊。你只要乖乖听我的话，我就马上放你回去哦。”

列奥逃跑的力量出于恐惧反弹回来，他扑到了男子身上。

男子的左臂松开方向盘，温柔地抱住列奥的肩膀。穿着蓝色衬衫的列奥温暖的肩膀仿佛让男子变成了一团火，男子的手落到列奥的上臂，指尖触到列奥的腋窝。过了一会儿，列奥说：

“下次怎么都行，这次请你放过我一次。”

列奥像女人一样温柔地把可爱的侧脸伏在男子胸前，微温的眼泪渗入了他的胸膛。紧紧抓住列奥腋窝的男子松开胳膊，他的手绕到列奥的下巴，列奥的下巴被托了起来。车子停了下来，顶灯亮了。男子手指用力托着列奥的小下巴，列奥嘴唇上一阵灼痛。接着男子像要咬住他嘴唇一般，一次次地袭击列奥，列奥拼命扒着男子的手，左躲右闪，徒劳地挣扎。

不大工夫，车子驶上一条陌生的小路，驶过人家和森林，开进一条很像义兰家附近的森林小路，最后在男子的住所前停了下来。

在一扇灰色的拱形砖门旁边，粗粗的铁皮雨水管旁留着雨水渗进砖里的痕迹。高过人头的地方有扇隔成六格的长方形窗户，透出室内阴暗的光景，闪着黑色的光。窗下，铁信箱闪着光。屋门分成左右两扇，左侧的似乎是锁死的，外边有一层铁门。男子和列奥从右侧进去，里面是石墙、石楼梯，楼梯如蛇般蜿蜒而上，上面的铁扶手又黑又圆。二人沿着楼梯而上，楼上走廊左边有一扇浮雕门，门上雕刻着天使，蔓草花纹将天使围在正中，走廊尽头的方形玻璃窗映着一棵弯曲的大树的梢头，一条如紫薇树的枝条般光溜的木长椅紧挨着墙放在窗下。楼上安装了暖气，一股冷飕飕的感觉却笼罩四周；列奥跟在男子后面，含着胸把双手插在后裤兜里，低垂的俏脸上露出一副接近隐秘场所的幼稚的紧张表情。走廊石墙上挂着旧式煤气灯形状的荧光灯，灯光映着列奥的脸，那双已经发现了隐秘的气息的眼睛却暗淡地垂下来，微微翘起的鼻子和嘴唇在一团柔和的影子中浮现。

男子扭动钥匙后，房门自动往两边打开，又像要叼住列奥的身子似的关上了。

男子家从门口到楼梯一尘不染，像寺院一样干净，相形之下屋里却是另一番景象。四处都是长短不一的书架，上面杂乱地放着书、杂志、洋酒瓶子、调酒器、杯子、玻璃壶、手提式收音机等；屋子左边的角落里有一张铺了毛毯的双人床，皱巴巴的被单掀开了一半。双人床旁边的桌子、茶几上，罐头、巴黎自行车比赛奖品烟灰缸、酒瓶、未烧完的火柴放得乱七八糟；烟灰凌乱地散落在桌上和地板上，一片狼藉。相比义兰的书房凌乱中有知性的统一感，这间屋子凌乱中固然有知性，但那份理性精神似乎有点零散、凌乱，给人马虎、懒惰的感觉。

男子回过头来。

"你别怕，我马上放你回去哩……我也不好让你久留的。"男子露出了苦笑，"你吃点东西吧。"

说罢，男子消失在右边门口。不一会儿，男子送来了东西：一个盛有红甜菜汤的小钵般大的绿色陶瓷杯，一把大银匙，一块夹着厚片火腿和莴苣的燕麦面包三明治，一个装满了橙子、荔枝、水越橘的篮子，一瓶牛奶。男子把桌上的东西弄到一边，铺上白色餐巾，摆上送来的那些东西，用下巴向列奥示意，自己把书架上的那瓶威士忌拿下来，在红茶杯里倒满酒。

"你吃吧，我已经在街上吃过了。"

列奥顿时觉得肚子饿了，他坐到男子对面的长椅上，拿起了汤匙。列奥垂下暗淡的目光，又微微抬起眼睛，看了看那个一边往杯里倒酒一边注视自己的男子，喝了半碗汤，用洁白的牙齿咬三明治，把三明治也吃了一半。最后，列奥喝光牛奶，吃了五六个水越橘，用餐巾擦拭嘴唇。

列奥发现，看自己进食的那个男子表情冷漠，没有义兰那种父兄般的温情。陶田奥利弗眼中只看见一个充满诱惑的牺牲品，列奥则不由陷入了对义兰的怀念之中。

男子放下了盛着威士忌的红茶杯，眼里透出异样的光芒，理性的光芒几乎褪尽。

男子仍然目不转睛地看着列奥，起身从一个好像是衣柜的柜子里抽出一套稍微浆了一下的白色睡衣，催列奥过来，自己先把里边那扇大门打开。列奥过来了，男子把睡衣递给他，用下巴示意他进去；列奥一进去，男子就把门关上了。

那套睡衣上衣袖口处只有一道栗褐色的线，做工倒不错。褶边裤子和上衣的纽扣都是用贝壳做的，而裤子前裆也有两枚比上衣纽扣小的贝壳纽扣。列奥站在仿佛会埋住脚的地毯上，看向一张陈旧却豪华的床。暗红色的绣花帐用相同颜色的带子系着，一边扎成一团，另一边重重地垂下一半；里面那张大床比双人床还宽，列奥略略一看，床顶上亮着小灯泡，暗淡的灯光照在白色的床单、灰色的褶皱上。

列奥朝左边看去，一个似乎从未见过的美人儿站在镜子里，朝自己瞪着眼睛。看着自己的美貌，平时的自信与快乐压倒了他。他凑近镜子，与镜中的自己对视，微微翘起嘴角，瞪起眼睛，胡乱地扯掉黑色细领带，脱下蓝色衬衫，把水蓝色的瘦腿裤子脱下来扔到长椅上，脱下红紫色的袜子，全身只剩下一条泳裤款式的黑色棉短裤。他对着镜子把双手交叉放在脑后，又松开手臂，用巴掌拍打挺直的胸膛，扭腰并让向前伸出的腿映入镜中，又用双手捧住脸，一双陶醉的媚眼盯住镜子。最后，他回过神来，从床上拿起那条睡裤，背对镜子脱掉短裤穿上睡裤，在肚脐眼下系上那对贝壳纽扣，呆呆地看着自己的乳房，红紫色乳晕的中心有母猫乳头似的淡红色乳头，他抬起一只手，让手臂映入镜中，微微转过上身，从腋窝处凝视镜子，一双黑灰色的眼睛似乎要喷出火来。一个结着深红色橘子的小灌木花盆映入镜中，橘子好像是西班牙品种，他便凑近花盆，偷偷朝门边看了看，然后摘下一个橘子啃了一口。橘子甘甜无比的味道让他双目生辉，他细心地剥掉橘皮吃橘子，虽然贪吃，却不忘对着镜子照了照嘴形，向镜子投去白眼。

我是义兰说的“易怒的人”[1]吗？

列奥暗自嘀咕。他拿起上衣披在身上，在床上坐下，忽然看到枕边有一盏台灯，便把台灯拧了一下，那时身后的门开了。或许是又被吓着了，他像在鱼篮里蹦跳的虾一样跳起来，又躺下去，像遮挡胸膛似的一只手拉着那件还没扣上纽扣的上衣的前襟；上衣向后卷起，他便把手放进怀里，仍然用手遮着胸，瞪大双眼看向陶田。那双嵌着黑色瞳孔的黑灰色眼睛，像被追逼的猫儿的眼睛一样发亮。

男子背着手关上门，他充满活力的样子令列奥怀疑自己的眼睛；那双紧绷绷的眼睛像另一个人，目光如刀锋般锐利地射在列奥身上。男子穿着一条像海盗穿的青色半长裤，光着黝黑的上身，胸毛浓密，胳膊上的毛也很多。

列奥把膝盖往后挪，没有把目光从男子身上移开。先前他移开目光，一瞬间男子全身有一股要猛扑过去的劲头。他那像活虾一样紧绷绷的裸露的小腹潜藏着定住男子目光的魔力，恐惧则让他的身子像用醋腌渍了的鱼肉一样紧绷，以至几乎要反卷起来了。

那扇厚厚的雕有魔鬼面孔的桃花心木门紧紧关闭，五小时内没有开过，男子和列奥杀气腾腾地对峙着。

不知是谁招架不住了，过了一会儿屋里传来了列奥轻微的

1　原文为法语。

尖叫声，接着又间断地响起低沉的、拉长的鞭子声。原来，橘皮和橘核散乱一地，奥利弗从中找到了鞭打列奥的巧妙契机。

奥利弗经常吸毒，在白天大大地睁着一双浑浊的眼睛。他会在“猎物”面前注射强烈的海洛因，而列奥是第一次见到他的真面目。海洛因侵蚀了他的大脑，他只能靠对付成为自己“猎物”的少年燃起生命的火焰。他不能让少年在家里久留，因为注射强烈的海洛因和春药后，他会变得精神恍惚；七小时一过，他的毒瘾就会强烈发作；毒瘾发作起来，他会锁上卧室门，发出野兽般的声音，像被打得半死的蛇一样满屋打滚，咬破身上的衣服，用双手撕碎。他的这个秘密，以前只有宝石商陈裳云知道。

鞭子声继续鸣响，间或响起列奥低哑的哀求声；不一会儿鞭子声停了，在一阵类似鸟儿摇落枯叶啄啃果实的亲吻声中，列奥细若游丝的呻吟声持续了很久。最后，沉默的时刻来临了。

当红色的夕阳随着奥利弗的疯狂燃尽、夜色随之开始浸染灰色的砖房时，那扇拱门开了，列奥出来了。接着奥利弗出来将列奥送上车，车子缓缓穿过幽暗的林荫道，在厚木街道前面的地方停下；列奥穿着短靴，水蓝色裤子里的一条腿露出来，肩膀斜着穿过车门，全身闪到车外。列奥正要抽回左手，奥利弗黑乎乎的手像缠在枝头的蛇一样伸到车外，一把抓住列奥的手。列奥右肩用力要把手抽回来，奥利弗的手紧紧地捏着他白皙的手。列奥额头上冒冷汗，发出了低低的叫声。

像蛇断气了一样，那只黑乎乎的手忽然离开了。列奥透过黑暗看去，前面二十米左右的地方开来一辆熄了灯的车。他吸了口气，确定那是自己有一次在路上从后面看到的半新的雷诺汽车。那辆雷诺汽车是陈裳云的。

列奥从雷诺汽车跟前跑过，跑向厚木街道对面的田间路。奥利弗的车错开陈裳云的车，沿原路行驶。陈裳云的车也向东京方向驶去。

“……”

“我出去一下。”

义兰站了起来，陈裳云便也笨拙地挪开椅子站起来。出于习惯，陈裳云微微支开两边的胳膊肘，把朝上的手掌合在一起呈合十状，不自然地把头侧过去。

陈裳云一动不动，眼睛朝下凝视着一点。他歪扭着嘴唇，困惑的眼神反而有点滑稽，脸色苍白。

义兰没有看陈裳云。怒气深深地沉入义兰的内心，发出寒意。义兰把胳膊轻轻地交抱在一起，微微探出左臂，眉头现出深深的竖纹，看了看手表。他似乎正要外出，衬衫领子略硬，系着灰色领带，穿着黑色上衣和条纹裤，上衣兜里那块崭新的白手帕露出随便折叠后的边角。陈裳云瞟了一眼义兰，看到他十分苦闷又像动怒似的皱眉的表情，随即垂下目光。

义兰抬起头看陈裳云，嘴角扬起，刀刃般的目光像看到什么惊人的场面一样锐利冷峻。陈裳云瞟了一眼义兰，又垂下目光，双手握在一起。

“我说的事儿……您就当没有，睁一只眼闭一只眼吧……”

“如果是你，你会怎么办？”义兰的声音很平静。

"……"

"你不至于没遇上过那方面的烦心事吧？算了，你回去吧。"

陈裳云鞠了好几个躬，拿起身后的皮包，走到门边，战战兢兢地回头看了看。义兰似乎若无其事，但睁得大大的眼睛却泄露出他内心的苦恼。他锐利的目光无意识地停在陈裳云那边，嘴角依然向上扬着；那张散发着情欲光彩的面容，令陈裳云慌了神，他结结巴巴地说：

"以后您需要宝石，还请联系……"

义兰猛然回过神来，将目光聚焦在陈裳云脸上。

"再说吧。"

"哦，那好。那我先告辞了。"

陈裳云走后，义兰下意识地瞥了房门一眼，独自站了一会儿。听到楼上卧室的电话响了，义兰看了看手表，跑上楼梯。

最后，义兰上床躺下，拿起听筒，耳边传来了列奥轻轻的声音：

"义兰？我是列奥。"

"嗯。"

"我身体不舒服，正躺着呢。"

"你在哪？项链送过来了哟。"

如果陈裳云不告诉义兰，义兰就不会知道他从奥利弗车上下来。列奥犹豫了几秒说：

"是吗，那你把项链带来吧，开车来不是挺快吗？我现在在家。"

"我要去开会了。你九点左右去'阿尔及尔'等我，可以吗？"

义兰才知道那个黑脸男子名叫奥利弗，认为列奥邂逅那个男子的地方应该就是阿尔及尔夜总会。

列奥又微微犹豫了一下，说：

“……嗯。那我去。”

“穿白色衬衫和栗褐色大衣来。”

“好。”

列奥的声音里有一丝抑制不住的跃动，被义兰的耳朵捕捉到了。

正如义兰所料，列奥没有被那人迷住。

列奥狡黠的、低微的声音中透出的那份犹疑，还有最后那个声音中透出的小小的跃动，唤起义兰沸腾的爱，同时也反而激起了义兰愤怒的火焰。义兰放下听筒，从额头到耳朵后面涨得发青，眼睛透出丑陋而歪斜的光芒，嘴角似笑非笑地向上翘。

义兰胳膊交叉放在脑后，仰面倒在床上，想起了列奥：列奥那隆起得恰到好处的肩头，列奥紧绷绷的胸膛，列奥抬起胳膊时的媚态；列奥已经有了跟青年差不多的力气，控制住他很是费力；他挣扎的姿态，变粗的上肢；但列奥还没有褪去少年气息，残留着稚气的举动，最近还有意那样；唯独脸没有发育的列奥，高高地仰起脸时略尖的小下巴，女人般的嗓音、喘息。列奥身体所有部位的幻影活灵活现地向他袭来，一道无形的火焰穿透他的身躯，他握紧拳头，在床上辗转反侧。他想驱散列奥的幻影，列奥的幻影却愈发真实地向他逼来：他让列奥坐在椅子上并给列奥洗澡时，列奥摆出毫无遮掩的姿态；列奥还只是个少年，但不可思议的是，那散发着酒精似的汗味的身子发育起来了；他给列奥的耳朵后面、腋窝抹上少许铃兰香料或紫罗兰香料，香料散发出一股羞涩的芳香。

仰起下巴，歪着上身的义兰忽然定住了。他像咬到苦东西的人一样深深地皱起眉头，眼周一带歪扭着，嘴唇也失去了原有的形状，流露出一种啃咬着甜果并把蜜一般的汁水沾染得周围都是的，内心柔情蜜意满溢的陶醉样子，双眼望向虚空。突然，列奥那双穿着紧得快要裂开的牛仔裤的腿在他眼前浮现。列奥说了声“今天一定会打到兔子吧”，起身跑了起来，裹在牛仔裤里的纤腰从他面前穿过。

是的，就是在打猎的时候……

可怕的扭曲又爬上义兰的脸，义兰忘我地狠狠咬着嘴唇。铁锈味的血触到舌尖，他感到一股平缓的热流涌上头顶，理智一时间荡然无存。

大约一小时后，义兰有些不悦却恢复了义兰・德・罗什福柯副教授的形象，他驾驶的劳斯莱斯汽车离开了淡黄色的砖房住宅。

夕阳闪烁着金色的余晖，映得天空一片炫亮。乌云形如抬起头来的鸵鸟、恶灵的侧脸和瘦小的骷髅浮在空中，成群袭来，乌云就像一幅狰狞的黑地图。

列奥坐在阿尔及尔夜总会的高脚凳上，右边坐着义兰。这时奥利弗从后面过来，坐在列奥左边，点了一瓶伏特加，一边从后裤兜里掏出香烟盒，一边捅列奥的腰。

列奥眼睛微微一动窥视义兰，目光垂落下来。奥利弗佯装不知，用侍者手里的火柴点燃香烟，拿住香烟的那只手横着抹嘴唇，面朝前方，瞟了一下列奥。

时间在沉默中流逝，列奥额头冒出了冷汗，身子发僵，下巴贴着喉咙。义兰皱起眉头，绷紧嘴角，把胳膊轻轻交叉伸到前面，看了看左手腕上的手表，装作没注意到奥利弗，把手指搭在列奥的下巴上，把他的脸扳向自己，说：

“你今天在哪里吃饭的？”

列奥发白的脸上渗出了汗珠，睁大一双严肃的眼睛凝视义兰，最后露出了一抹笑容。

“今天是圣诞节，也是你的生日，对吧？所以这里要比宾果好呢。”

列奥想挪开下巴。义兰抓着列奥的下巴不放，说：

“列奥你信奉基督教吗？不对吧，你信奉阿多尼斯[1]教吧？”

侍者看了看义兰和列奥，又看向远远地站在对面墙下的会田。

“我不知道什么阿多尼斯教。你松手吧。”

义兰使劲把列奥的下巴推过去，放开了他的下巴。

奥利弗把胳膊伸到列奥面前，把烟灰缸拉过来，捻灭香烟，跳下椅子结了账，大步穿过舞台，取来大衣披在身上，把黑色的绉纱围巾绕在脖子上，一边在大衣兜里摸眼镜，一边注视列奥和义兰这边，暗蔷薇色的厚嘴唇露出一丝笑意。最后，奥利弗走了。

列奥承受着精神打击，紧紧地握着一杯威士忌，把下巴深深地埋进脖子处。当他抬手去擦额上的汗珠时，义兰从后裤兜

1　希腊神话中受女性崇拜的神。

里掏出一块白手帕，递到他面前。

列奥抢过手帕，用手帕按住脸；喉结发出一声很大的响动，又在手帕里发出一阵短促的抽泣般的声音。他拿开手帕，眼皮湿红，目不斜视地凝视着杯中的酒。

列奥飞快地偷看了义兰一眼。义兰的侧脸上，从脸颊到嘴角像鼓起来一样难看，在仿佛肿了的眼皮里湿润的眼睛带着血丝。这是义兰吃醋的表情。

列奥慌忙移开目光，准备把手帕放进义兰的裤兜；义兰抓住列奥的手，使劲拉到自己面前，按住他的手，划燃火柴，另一只手点燃叼在嘴里的香烟，然后试图掰开他的手掌。慌了神的列奥扭动身体，一边试图把手挪开，一边用哀求的目光死死地看义兰。

“这样做不对啊……”

义兰推开列奥的手，喝干剩下的金酒，结了账，跳下凳子，捡起手帕，扬了扬下巴催促列奥。

列奥跳下凳子，瞥了眼义兰的脸，跟在义兰后面离开了阿尔及尔夜总会。义兰先坐上车，然后让列奥坐进驾驶室，以一百公里以上的时速开车驶往森林住宅。在车上，列奥说呼吸困难，靠在义兰身上。义兰认为列奥是由于受惊而神经紧张，就让列奥靠在自己胸前，然后停下车，用一刻钟左右的时间观察列奥的情况，最后开车回到了森林住宅。

那天晚上，列奥一直站在义兰面前。义兰深深地坐在床上，出门时穿的那身衣服还没有脱。

列奥解下领带的时候，义兰抓住他的手，他便不得不站在义兰面前。此刻他紧抿嘴唇，不平整的脸颊变得苍白，失去了光彩。他似乎洗了澡，被玷污的罪恶的气味，就像蒸马铃薯似的少年气味和科蒂紫罗兰香水味混杂在一起，飘在空气里几乎令人窒息。

义兰看着失去了一些清洁感的列奥，被一份难以抑制的诱惑攫住了，那份诱惑又撩起义兰的愤怒。义兰说：

“你以为你脱光衣服就会让我心软吗？”

列奥被义兰看穿了心思，吓得缩起了身子。列奥头脑幼稚，左思右想下定必死的决心，想脱光衣服向义兰讨饶。

“我错啦。”

“你不是说你累了吗？哪儿累了？”

一阵战栗穿透列奥的身躯。

列奥失去讨饶的勇气，混乱中不知所措的样子显而易见：紧张的、不像他本人的深邃眼神中，犹豫、恐惧、幼稚却狡黠的心思在争斗；他认为没有理由受到责备的虚弱的自信心和对义兰的爱慕，像可爱的小虫一样在心底蠕动。

义兰沉默不语。列奥被义兰的沉默所压倒，恐惧在心里膨胀起来。义兰说：

“昨天夜里，列奥你在哪里睡的？”

列奥屏息低头，把脸贴在脖子处，痛苦地上下摇动肩膀，发出急促的呼吸声。

列奥前所未有的诱惑令义兰发狂，义兰扑上前双手抓住列奥的脖子，把他硬拉过去推倒在床上，用手使劲按住他的脖子。

列奥一边掰义兰的手试图让他松开，一边拼命蹬腿要跳起来。列奥短促的气息突然像堵住了一样停下来，腿动起来慢得像虫子，指尖向下按着义兰手腕的那只手没了力气。

义兰的手松开了，列奥跳起来想逃跑，结果又被义兰用手按住了肩膀。

列奥那双像受惊的小鸟一样的眼睛仰视义兰。义兰的脸在列奥眼前变大了，距离之近令他惊讶。

这不是义兰原来的脸。他的脸上有像笑靥一样深的凹处，看上去好像在笑，而他的脸歪得厉害，双眼似乎与眉毛连成一体，瞳孔则像吊起来一样挨到上眼皮，眼里透着笑意。整张脸歪得怪异，是列奥未曾见过的吃醋的模样；列奥一瞬间明白了这一点，恐惧如电流般穿透全身。

列奥左右转脸要把脸移开，肩膀在义兰的手掌中转动。不知不觉中，列奥的腿在义兰的膝盖下一动不动了。列奥没有出声，继续挣扎。

义兰剧烈、痛苦的呼吸声吓住了列奥。列奥睁着一双像生病的小鸟一样暗淡无光的眼睛，下意识地看了看义兰，又开始左右摆头；被摁着转动的温暖厚实的肩膀，出卖了如小鸟般可爱的面容，无止境地激发了义兰无理智的憎恶。

不知过了多久，义兰的一只手忽然松劲；他按着列奥的左肩，右手温柔地缠住列奥的脖子，那只手似乎随时都会捏紧。

“你第一次见到那家伙是在哪里？你给我一五一十地交代，你不说我就让你说。”

义兰的手用力按住列奥的肩膀，膝盖用力压在他的腿上。列奥的腿好像要断了，他只顾着挣扎。

“你要是不说，我就不让你活着回去。明白吗？”

列奥拼命蹬腿，能够自由活动的右肩和胳膊肘用力往上顶。

“你给我老实点。你要是交代，我就饶了你。陈裳云那天看见你了，他和那家伙关系密切。你不要对我有所隐瞒，我会知道的。明白吗?”

列奥两眼发直，能够自由活动的手无力地搭在义兰的右手腕上。

“你放手吧，我……我很害怕，一直在逃跑，逃跑了两次……我要是不上他的车，他就要开车来撞我了。”

说到这里，列奥发出了短促、痛苦的呼吸声。

“……当我被他带走时……”

列奥似乎因为义兰表情稍显舒缓而来了劲，结结巴巴地讲述了事情的全部经过。讲到可怕的场面时，列奥流下眼泪，拼命拿开又抓住义兰那动辄紧紧缠上自己脖子的可怕的手，硬是在手上落下微温的眼泪和一个吻。列奥向义兰笨拙地描述那个黑脸男子的性格，添油加醋地讲了一番当时的情景：男子伸到自己后背的那只手拿着鞭子时的可怕情形，鞭打的疼痛，他对像黑蛇一样缠住他的那只手的恐惧。列奥还自作聪明地补充说，他认为那个男子是因为看见了陈裳云的车才按住他的手的。

列奥说话的时候，义兰一直忍而不发；他感到可爱的列奥犯下的过错反而令他欲火中烧，妒意则像又硬又热又难受的疙瘩一样堵在他的心头。列奥说完话，轻轻舒了口气，战战兢兢地窥视义兰的眼睛，把一只白皙的手贴在他的脸颊上。一瞬间，义兰的妒意达到了极点。

“让我看看。”义兰猛地撕扯列奥的衣服。

列奥本能地感到害怕，竭力抵抗，力气却比不过义兰。于是，义兰扒掉了列奥的衣服。列奥的肩膀、胸膛、乳头上能看见伤痕，那些留下伤痕的地方似乎都被打过，微微渗出的血珠凝固起来变成了细细的紫色瘀痕；列奥说他弯着腰左躲右闪时被反绑住了手，他的一条腿也被抓住，就这样挨了一顿打，而他的下身也有多处伤痕，这似乎可以证实他的说辞。在义兰看来，列奥一定会像其他美少年一样有受虐癖的倾向。列奥的伤并不严重。不用列奥自作聪明地说那句话义兰也知道，奥利弗一定是看见陈裳云的车后按住少年列奥的手的，陈裳云的车出现的时机则不无可疑。至于列奥为什么没有时间给义兰打电话，列奥解释说那是因为奥利弗注射海洛因的时间太长了。

必须清除列奥身上的伤痕的念头转瞬即逝，义兰为穿透体内的那道无形的火焰而疯狂。他按住一丝不挂的列奥的喉咙，用膝盖压住列奥不让他跳起来，全神贯注地亲吻列奥，长长的吻似乎会持续到生命的尽头。在义兰的疯狂中，漫长的时间过去了。

列奥呆呆地听着雨滴敲打百叶门的声音，心中的恐惧渐渐变成陶醉。义兰的嘴唇触碰列奥身上的伤痕，列奥因疼痛而发出的低低的叫声变成了暗藏喜悦的微弱呻吟。列奥的陶醉激发出义兰内心疯狂的火焰，却也让义兰的心灵受到了难以愈合的创伤。义兰头脑冷静下来，深深地吐了口气，双手抱住闭着眼睛像死了一样的列奥的脸，落下轻轻一吻，犹如小鸟胸部的羽毛触碰。义兰细心地给列奥身上的一处处伤痕消毒，缠上绷带。义兰把他抱到胸前，和他一起躺下来，把手放在他的背上，久久地保持那种姿势。列奥把小脑袋靠在义兰胸前，义兰把鼻子、嘴唇埋在列奥柔软的头发里，二人的身体一动不动。列奥做了一个美梦，梦见自己得到了原谅；义兰抑制内心的不安，却发现那是徒劳。

雨悄悄地停了，零星雨滴偶尔想起来似的敲打在百叶门上，发出犹如风儿吹拂沙子的声音，每次都撩起义兰那份如同压抑不住的振翅声一般的不安。

那一天，一整天的时间就在义兰痛苦的看护中过去了。在慵懒困倦的午后阳光中，在夜晚的灯光下，列奥会撒娇的眼睛、嘴唇渗入义兰心里的伤痕，时而无情地触动着伤痕；义兰忍受内心的伤痕，忍受那赤裸裸地悬浮在空中被风吹痛的伤痕。

列奥有了受虐癖……义兰想。

列奥想要陶醉，义兰就要满足不了他那份高涨的情绪了。

列奥像女人一样只想有肌肤之亲，我就要被他吸引了，我在不知不觉中已经被他吸引了……

义兰弄清了列奥陶醉的所在并忍住痛苦的冲动，贴住列奥后背的那只手像慢慢爬行的蛇一样下意识地绕到列奥腋下，列奥撒娇似的微微扭动身子。义兰微微张开嘴巴，像鱼儿一样喘气。

第二天早上雨过天晴，映在窗户上的森林里的树木闪闪发亮，窗外可以听见小鸟振翅抖落身上雨滴的声音，列奥在早上醒来后的爱抚中露出了淡淡的笑容。列奥还没有意识到自己的变化。

列奥一直没有工夫细细欣赏吊坠，这时吊坠浮上脑海，他便推开义兰的怀抱，说了声“吊坠在哪里”，迈着绷带脱落的双腿，飞跑到义兰用下巴示意的壁炉那里。列奥打开盒子，眼睛闪闪发光，握着吊坠麻利地穿上蓝色的睡衣裤子，一边单手扣裤子纽扣，一边拿着吊坠回到床上，把吊坠戴在脖子上，转身背对义兰。义兰坐起来了，他扣上吊坠扣子，去吻列奥的脖子根；列奥感到厌恶，扭开脖子和肩膀，起身站在义兰面前。

“不行啊，我身上有伤。”

“在巴黎，伤痕对少年来说是种时尚呢。”

“啊？”列奥毫不厌倦地用指尖玩弄那个比朝露更美妙的发着橄榄色和金色光泽的吊坠，在床边坐下来，靠在义兰的肚子上说。

“那是战前的事了。在巴黎，有个女人手背上有一块吻出来的伤痕，走路时也不戴手套。女人们都说她有瘀血的素手好看，便故意在手上弄出伤痕来，以此作为装饰，这个风气很流行。”

“嗯，我不行啊。我的伤都露不出来嘛，再解开一颗衬衫扣子也不行。”

“你不如光着身子上街。”

“夏天倒可以去海边。”

“你是为了给外人看的吗？”

列奥终于发现义兰的不悦，便把脸伏在义兰胸前，落下一个个又轻又短的吻。吊坠随着柔软的嘴唇凉凉地触到义兰的胸膛，义兰深深地吐了口气，把手放在列奥腋下，抱起他的上身；列奥下巴贴着喉咙，眼睛眨个不停，义兰出神地看他的脸。

“你这人就是毫不设防，这就是你被人盯上的原因。当初和我，也是一勾就跟着走。你的脊梁骨在哪里？”义兰眼里含着苦涩的笑意，“你是一条没骨头的鱼啊。”

列奥扭动脖子摇晃吊坠，赌气似的噘起嘴唇。

“义兰你嘴巴毒，我怕啊。”

列奥敏感地发现义兰对他更痴心了，深深的惧意却没有消失。他在义兰身边躺下讨好对方，把义兰的胳膊从肩上拿下来，抓住义兰的手，轻轻吻住义兰的指尖，像吃奶一样吮吸，又瞪大那双美丽的眼睛，从腋窝处窥视义兰。

义兰笔直地躺在床上，闭眼对着天花板，嘴唇现出了深沉、甜蜜却又有些丑陋的陶醉的歪斜样。列奥嘴唇扬起一抹几乎看不见的笑意，忽然凑过身子，把脸伏在义兰的胸膛边，用脸蹭他的胸膛，手像探摸母亲乳房的婴儿的手一样在他的胸膛上移动。义兰的手抓住列奥的手，把他的几根手指捏成一束，几乎要捏断捏碎。

“列奥！”义兰用低沉的、吼叫似的声音说。

一天过去了，两天过去了，一星期过去了。

日子一天天过去，义兰的爱抚多了几分施虐的疯狂，列奥隐约有了清醒的认识。惊讶与恐惧的遮蔽物没有了，被鞭打的那份陶醉悄然而生。奥利弗鞭子的记忆从他身上的一处处伤痕燃起，在他的恐惧中沉睡：他被奥利弗抓着左腿在厚厚的地毯上拖曳，腿、腰、小腹都挨了鞭子。如今那段记忆在他心头浮现出来的不再是一幅可怕的景象，他会产生一种想再来一次的不可思议的欲望。触碰他伤痕的义兰的嘴唇在一处处伤痕上唤起激情，他在陶醉的彼岸想起了奥利弗的鞭子。

在义兰的爱抚下，列奥发出以前没有的野兽般的呻吟声，像无法忍受似的打滚，讨饶似的眼神闪出异样的光芒。幼稚的列奥只不过是在性方面变得老成了，他也隐约感觉自己身上的一处处伤痕发生了不可思议的变化，并懂得自己的变化与时而注视自己的侧脸、后背的义兰那张可怕的歪脸有关，他那得到了原谅的美梦开始被不安的迷雾包围。

爱抚与陶醉的时刻伴随着残酷的影子反复出现，义兰感到痛苦，列奥感到害怕。残酷的陶醉不分昼夜，其间义兰去上课。义兰肿着眼睛、一脸疲态地开车出去，一上完课就回来。自从那晚被义兰看见身上的伤痕后，列奥处于没有枷锁的软禁状态。义兰目不转睛地追寻列奥的动向，疲倦的脸上一双白眼珠里布满网眼般的血丝；列奥像一头被监视的野兽，在义兰家里走动，走到院子又回头看书房的窗户。义兰白天盯着列奥，晚上禁不住情欲的煎熬，在嫉妒的痛苦中执着地爱抚列奥；义兰的目光和执着的爱抚日夜纠缠着列奥，列奥可爱的冷冰冰的俏脸也露出了淡淡的倦容。

被奥利弗鞭打后，列奥的身子开始觉醒。义兰对列奥的肉体无限痴迷，同时感到一股不妙的憎恶令他心烦意乱。义兰预感自己疯狂的、难以抑制的情愫最后会被逼到无法抑制的地步，感觉体内有一种尽享列奥的肉体诱惑的可怕欲望。义兰每次敏锐地感受到自己残酷的内心，都会温柔地抱住列奥，心疼地把他抱紧；列奥则沉浸在自己得到了原谅这一转瞬即逝的美梦中，亲吻义兰的手，像婴儿吃奶一样吮吸义兰的胸膛。

列奥读不懂义兰的心却本能地有一份朦胧的不安，他把感受义兰的疯狂当作唯一的乐趣，而义兰的疯狂一加剧，他就会丢掉媚态，像野兽一般本能地挣扎。列奥发自内心的恐惧愈发助长义兰的疯狂，恐惧与疯狂像蛇一样交缠在一起陷入无止境的陶醉。第二天天亮了，列奥和义兰会坐在早餐桌前。

义兰勉强去上课，没有缺课，并勉强一点点地做翻译工作。在创作方面，中篇小说《干草》已经好几天都没有动笔了，稿纸上堆了一层灰；开头处的一个标点因墨水溅出而成了难看的污点，旁边画了一条歪歪扭扭的斜线，好像是他胡思乱想的时候下意识地放下钢笔留下的。

有时列奥睡着后，义兰独自坐在书房里，抿着看上去像肿了一样的嘴唇，一双眼皮肿胀的眼睛盯着空中。他的左手像在慰藉变成可怜的魔鬼门徒的自己一样贴住脸颊，托腮支在椅子扶手上；眼睛睁得大大的，就像看见过无人知晓的、人间罕有的污秽或可怕的东西的人，如今又面对着那可怕的东西定睛注视一样。在他这个气宇轩昂的大男人紧绷绷的脸上，眉头、鼻子、脸颊、嘴角边流露着哭泣般的神色。

义兰继承了果断、美貌的父亲的衣钵，有放在哪里都不逊色的法国精神和优雅的温柔性情；他带列奥去登山、去打猎、去剧场、去夜总会，以惊人的速度发表作品，备课和翻译也做得很轻松。橄榄色西服、水蓝色软领衬衫、黑色领带，那些让他充满生气的样子平添光彩的装束，如今塌在身上，显得寒碜。

以前列奥与义兰幽会，一周三天幽会的情形最多；列奥星期六在森林住宅过夜，第二天一整天和义兰在一起，第三天早上一般坐车去学校。中间夹着星期天的那三天是一周内最长的一段幽会时间，与列奥的风花雪月是义兰适当的消遣，而义兰从奥利弗惹事后的第二天晚上起就没让列奥出门，他对列奥的痴心变成一份执着；在那份执着的空隙中，列奥对受虐癖的朦胧意识和义兰对列奥充满诱惑的肉体的苦恼像甩不掉的水藻，它们缠住义兰，必然会让义兰从苦恼变得有杀意。列奥害怕去学校，因为他像怕死那样害怕又见到奥利弗，又挨鞭子。

阴暗的日子在持续，义兰只在去大学上课时外出，回来后就有他的痴心和列奥本人无法理解的本能的恐惧等着他。

列奥在挨着床的那张桌子前与义兰相对而坐，面前是义兰做的那道沙丁鱼，上面放着洋葱片和土豆丝，淋了调味汁。列奥看向义兰，玻璃似的黑灰色眼睛里有受罚的孩子悲哀的阴影。

“我不想吃。”

“不吃会瘦的。”

“……义兰你如果早点放我走，我会胖的。”

义兰的目光变得严肃起来。

“列奥，你有权说那种话吗？”

“……饶了我吧。”

“是谁让我变成这样的？”

“……”

列奥垂下眼帘，拿起叉子，无精打采地叉起一块沙丁鱼。他把拿着叉子的那只手放在桌上，窥视义兰的脸，却吓得猛眨眼睛，泪水淌过脸颊停在嘴角凹处。

“义兰，你不爱我了吗？”

列奥丢掉叉子，像要抓住眼周一带似的双手捂脸，露出半边眉毛，痛苦地抽泣起来。

列奥的手指像孩子那沾着泥沙、笨拙地握着铅笔写字的手，拼命遮着脸，沾上了泪水的咸味；被魔鬼勾了魂的义兰隔着桌子半站起身，把列奥的手指慢慢从脸上拿开。列奥前额发际上粘着头发，耳朵发白，一张脸因泪水而扭曲、因悲哀而歪斜；义兰目光严厉地注视列奥的面容，抓住起身逃跑的列奥的胳膊，把他拉到床前，像对待奴隶一样推倒他。列奥一动不动，下巴贴住肩膀，凝然不动的、悲哀的目光中流露出一丝挑逗的韵味，在义兰的袭击下把自己这个牺牲品的身子放倒。

义兰和列奥也有重温他们的快乐时光的一天——义兰的精神状态有些平静的一天。那天是一月一日，义兰在休假。

“你今天不怎么累吧，是吗?”

“嗯。”

列奥一直对着浴缸边上那面暗淡的镜子。他用一双因为憔悴而显得更大更可爱的眸子一动不动地盯住镜中的人儿，从浴缸里起来，那时壁炉里的火熄了，浴室里温度降了，他便把披在身上的亚麻布内衣往上裹，抬眼看着义兰。

“我今天也很乖吧?”

说罢，列奥脱下衣服，把瓶里的科隆淡香水倒在手掌上。

义兰苦涩地笑了。

列奥发现拼命逃跑会让义兰变得更残忍，便来了个顺水推舟。然而，对义兰而言，这绝对不是平息妒意与恨意的做法；列奥这样做，并不会避免义兰在风花雪月中成为圣安东尼。列奥这种耍小聪明的可爱做法是在告诉义兰，自己多么害怕他看出自己开始被他疯狂的鞭子所吸引，自己又多么想不知不觉地逃脱他执着的爱抚。

义兰出神地看着列奥那双可爱的眼睛，贴在他身后，双手搭在他腰上，侧脸映在镜中。他垂着眼帘的笑容如微风般拂过列奥。列奥一边抓住义兰的胳膊掰开，一边笑着凝视镜中的恋人。

“今天我带你去水车小屋吧。那一带的酒吧不错，回来的路上一起去。”

列奥又把科隆淡香水倒在手里从后颈往下拍打，这时他停下手转过身来，把半裸的还有一道淡紫色伤痕的双臂搭在义兰肩上，脸伏在手上。义兰歪着脑袋，把脸颊埋进列奥刚洗过的头发里，用手贴住列奥背部的凹处。列奥那仿佛会吸住手的细腻的皮肤牵动义兰按捺不住的情愫，义兰的另一只手贴住列奥的腰上部；义兰在嫉妒的痛苦中陶醉，意识到深深迷恋列奥的自己是那么无力。在科隆淡香水的熏香中，“小蛇”列奥和义兰站在一起的姿势持续了好一会儿。

义兰所说的“水车小屋”是由一个七十多岁的荷兰女人集资筹办的糕点店，那里有列奥爱吃的糕点。

列奥已经半个月没有和义兰一起坐着劳斯莱斯汽车兜风了，这天他恢复了几分活泼好动的天性。他先是乖乖地端坐在车厢左边，不一会儿又把腿张成八字形，胳膊交叉抱在脑后，仰靠在座位上，随即用手抓着右腿放在膝上，抚摸义兰在从大学回家的路上给他买的那双闪闪发亮的新黑色漆皮便鞋，动作像女孩摸偶人一样可爱。他时而掀开灰色棉布窗帘，从车窗悄悄地看车后方，然后躺卧在座位上，轮流抬腿，鞋后跟却碰到了后玻璃，惹得义兰生气；时而端坐在义兰的另一侧，掀开窗帘的一角，缩着脖子看交错而过的车辆里的那些人。原来，驾驶室容易被人从外面看到，他便被安排坐在后面的车厢里。

水车小屋位于银座五丁目的背街巷。

列奥对动来动去也厌倦了，他在义兰后面的座位上支起胳膊肘坐定，探头窥视外边；义兰抽的PALL MALL的烟雾罩在他脸上，他时而皱起眉头。

"义兰，你快看啊。"

说时迟那时快，义兰扯下鸭舌帽的帽檐，列奥身子因惯性作用后仰，车子冒着危险加速，在前面八九米处向左拐进一条小巷，又倒出那条背街巷，穿过大街，转进另一侧的背街巷，朝银座五丁目驶去。

"是凯迪拉克汽车吗？那辆黑色的车。"

"嗯。"列奥声音低哑，恐惧似乎在束紧他的身体。

义兰心想，这说明列奥还不要紧。不过，如果列奥遇上突发事件，恐惧就会增加好几倍。刚才他们都迅速看出奥利弗不在那辆车上，他们只是不希望看到：奥利弗从El Dorado珠宝店里出来，或奥利弗从橱窗里边看见他们。

义兰回头去看列奥。似乎是先前的恐惧暂时复苏，列奥那最近内侧变得更红的淡红色嘴唇褪色了，藏在座位的角落里，一双睁大的像受惊的鸽子一样的眼睛察觉到义兰的目光后，微微露出不安的神色，眼珠动了动。

这是义兰害怕出现的征兆。列奥不会倾吐衷肠，只好用细小的动作传递无声的语言：动眼睛，缩短呼吸，动嘴唇，开口前稍加犹豫，把手放在耳朵后面，用手背擦腰际，等等。列奥眼睛的动作非常微妙，有时他甚至会毫不犹豫地睁大眼睛，凝视义兰要把对方迷倒。列奥自以为瞒过了义兰，孩子心性的他内心的波动却在义兰眼前暴露无遗。

最近，义兰有时会想起自己和列奥的“新婚之夜”——在穗高度过的那个夜晚。义兰知道，列奥相当辛苦。那天因为义兰，列奥何止是宽裕了一点，甚至因为过上了比自己出身的阶层要奢侈许多的生活，而对义兰产生了女人般的盲目顺从，那正是义兰想要的，他内心强烈地渴望着列奥臣服于自己。所以那个时候，他们就好比是鱼水相逢。

……穗高的六月，是一个晚上睡觉用不着钻进睡袋而且没有蚊子、跳蚤袭扰的季节。天幕下一块狭窄的土地上铺着我的雨衣，我和列奥把薄薄的毯子盖到胸前，面对面躺在一起。列奥十分清楚，他被带到我家也是因为他无与伦比的美貌。床头堆放着冰镐、饭盒、明治屋的纸袋、盘子、叉子等物品，风灯发散出暗淡的光芒，列奥看着我的脸；他看着我，那双深凹的眼睛有一种梦醒后的孩子的神色，眼中潜藏着不知是有意还是无意的朦胧的妩媚。在风灯的光芒中，我的目光移向列奥那略长的褐色头发，那是按我的吩咐在银座附近的一家理发店弄的，移向他自然略粗的眉毛、小小的翘鼻子和摄人心魄的眼睛，最后移到他的嘴唇。那两片微微鼓起的淡蔷薇色的嘴唇轻轻抿着，嘴角微微上扬；嘴唇上有点粗糙的竖纹和内侧那片仿佛抹了胭脂的红色露了出来，就像五月初开的蔷薇在我眼前绽放。

列奥注意到我有点执着地注视他的嘴唇的视线，与此同时我伸出胳膊抓住他从毯子里露出来的肩膀；那时列奥惊讶地张开嘴巴，却并不慌张，似乎是意料之中的事。当然列奥不清楚同性恋是怎么回事，这个我很快就明白了，从我带他过来的时候起就明白了。不过，列奥一定从同伴口中听说过类似的事情，所以他心里有一种预感。当初我抓住了列奥——那时他才刚刚十六岁——的肩膀，如今我也记得他厚实的肩膀在我手里生出的那股暖和气。列奥的肩膀没有女人肩膀那么松软。女人很快就会熟透，尤其是那个女人。列奥有某种女人在轻浮无知中透出的那份可爱，却不会惹人厌烦。据说在那些女人当中，还有付出了爱情就嚷嚷着要回报、花光了钱就嚷嚷着要钱的货色。列奥身上隐约有女人那种令人讨厌的特点：愚蠢的媚眼，愚蠢的香水，被人取笑时的窘迫，靠发型、妆容和领口的装饰等煞费苦心衬托出的精致面容。

抓住了列奥的肩膀，我就竭尽全力把他拉过来，因为他进行了抵抗。列奥的肩膀被拉到我的怀里，我的手滑到他的胳膊，双手飞快地按住了那双开始鼓起来的上臂。列奥挣扎着要把脸转过去，而我已经压在了他身上。我怀着梦一般的心情按住列奥颤抖的双腿，感觉他的腿像坚硬的水果。在我的目光下，列奥像女人一样饱满的耳垂就像火一样。我一直压着列奥，直到他耗尽力气。我知道，亲吻列奥的耳垂会诱发他的激情。列奥爱慕我，不一会儿就像死了心似的仰着脸，小小的尖下巴在我的目光下引诱我去亲吻。那朵五月的蔷薇就要任我处置。我松开手，温柔地抱住列奥的脸颊。列奥似乎不知所措，可爱的双眸渗出泪水，羞涩地仰视着我。列奥是天生的情种，这个道理我从一开始就知道。列奥那女人般的手搭上我的手，脸左右倾斜似乎要把脸颊挪开。那个动作没有技巧，却实在像有技巧的女人一样巧妙。最后，我终于摘下了那朵初开的五月蔷薇。

列奥受虐癖的影子在最初的吻中已经有了，自恋癖和受虐癖一定是美少年的两个通病。我也是萨德的继承人，无论在思想上还是在性方面。对列奥施虐却又不会吓到他的人也是我……

列奥从一下子沉默的义兰的背影中有所领会，胳膊从车窗框上拿下来，交抱在胸前，捻着第一次穿的那件暗蔷薇色衬衫的纽扣，双腿向前伸出去。列奥露出从窗帘缝窥视外面的眼神，却什么都没有看。与义兰的关系带上疯狂的色彩后，列奥的额发、鬓角处有了奇怪的变化，头顶上出现了一束既不是左偏分又不是右偏分的头发，那束头发让义兰觉得性感。义兰只要一想到列奥这个大活人坐在后面的座位上，就感到心里有一团烈火。就像乳房胀满乳汁一样，二人之间的激情不可遏制地奔流。列奥遭受奥利弗鞭打的记忆，无休止地激发着义兰的憎恶与狂暴，一种受虐狂式的情欲在苏醒、滋长。

义兰像梦醒了似的回头看列奥。

“你流汗了吗?”

“嗯，只流了一点……”

车内开着暖气，像那个六月的夜晚一样暖和，列奥一出汗就感冒，这是他那次在穗高搭帐篷过夜以来的老毛病。穗高的“初夜”，列奥或许是直接睡在地上出了一点汗，结果发烧了；义兰用浸过溪水后拧干的毛巾给列奥冷敷额头，又用牛奶煮烤面包给他吃。第三天他们下山了，而那三天如同新鲜的蜜一般的日子让义兰的心完全被列奥俘虏了。那时义兰心中新鲜的蜜如今也不变，这不只是因为列奥是个美少年，还在于列奥这条淡金色小蛇可憎的诱惑。

义兰在心里深深地叹气：我会陷入“圣安东尼的诱惑”，这事我想都没想过。

“义兰，水车小屋在那里啊。”

听到列奥的声音，义兰慌忙放慢车速，倒车回去，把车停在水车小屋。

返回途中列奥缠着要买手表，二人趁着夜色把车停在巷子里，最后凑到美津野的橱窗前。正方形的白钢橱窗四周饰有四瓣小花枝蔓缠绕的花纹，蓝色的天鹅绒像六月的天空，上面摆着这家瑞士钟表店的象牙色宣传册，前边一个闪烁着银光的圆形陈列台缓缓转动，上面放着手表。台中心竖着一个十字形支架，支架上挂着金色的船帆，顶端是雕刻着美津野的英文名首字母“M”的宝石。列奥喝了金酒，脸上泛着红晕。义兰睁着一双可怕的发青的眼睛，毫不厌倦地看着他分心走神的侧脸。

“喜欢哪块?”

义兰把手搭在列奥肩上，那只手落到上臂，指尖深深地钻进腋窝。列奥用腋窝紧紧夹住义兰的手指，不由自主地瞥了他一眼，随即把目光转回到一块手表上。

“那块，就是那块，圆的、镶着宝石的……”

“嗯?”

“方的那两块对面的。”

义兰爽快地买下了那块四万五千日元的雅典表，义兰这天穿着价值五万多日元的大衣，全身透出一股俊美混血儿的风韵。紧紧依偎在他身边的列奥，犹如一朵生气勃勃的花儿，身上穿着一件橄榄色大衣，大衣领口露出钻石吊坠。二人以前来的时候不在店里的那个新店员目不转睛地看着列奥优美的站姿，目光中透着好奇和赞叹；列奥看见老板藤木用胳膊肘捅了捅那个店员，若无其事地向店员递过一个苦恼的眼神。义兰用手指顶住列奥的下巴，把他的脸扳过来。那个年轻的店员虽多次见过带着艺伎来的有钱人，但对他来说，义兰和列奥这一对是他以前不曾想象的令人陶醉的一对。

离开美津野后，列奥像醉酒似的陶醉在散步这一久违的奢侈运动中，然后兴冲冲地上了车。在车上，列奥一边摸着放在膝上的雅典表盒子，一边靠在义兰身上。列奥也是被手表迷住了，厚实的肩膀透过那件白衬衫，天真地任由只穿着一件毛衣的义兰的上臂搂住；义兰眉间微皱，似乎显得痛苦。

那晚在看到列奥的伤痕的疯狂中，义兰发现列奥不知不觉地显示出对伤痕的疼痛的陶醉；从那以后，列奥那种陶醉让义兰无法忍受。此时此刻，列奥忘乎所以，静不下心来；义兰则与之相反，就像心里有一份甜蜜的痛苦，口鼻被从紫罗兰中提取的紫罗兰精油——他说那适合列奥而让列奥使用——浸过的布捂住了一样。车子载着他们的心情，在黑暗中无声无息地行驶。

“那个橱窗好漂亮啊。”

“那是仿照苏黎世钟表店的橱窗做的嘛。苏黎世钟表店的橱窗还要好一点吧。”

“哦。”

“你戏弄那小子了。”

“因为，那种人很好玩呀。”

“那小子也满可以找个男人的。他嫉妒你了。”

“哼，他嫉妒我就像地上的虫子嫉妒花儿一样。要是那样的话，我还会欺负他几下。”

“小金蛇”列奥心浮气躁，也不注意义兰的情绪，任由他的大臂压在自己肩上。列奥撕开盒子的包装纸拿出雅典表，把戴在左手腕上的那块旧浪琴表摘下来塞在座椅后面，一个劲地噘着嘴，想把那块银色皮带的雅典表戴上去。

义兰嘴唇的颜色黯淡下来，形状扭曲了。

“给你买了雅典表，怎么答谢我?”

列奥默不作声，忽然把脸从手表那边挪开，从耳朵到脸颊微微发红。他把身子贴紧义兰，把胳膊伸到义兰背后，身子微微发僵，低下了头。

列奥正在睡觉，他做着快乐的梦，嘴唇透出微笑的影子，脸朝着义兰，下巴往里缩着。义兰两天没有折磨他了。他忘却了那份时而突然产生的不安，在得到原谅的美梦中安睡，那时他在义兰的手臂里沉醉了。他梦见义兰玩闹着追赶他，突然有根温乎乎的绳子似的东西套住了他的脖子，令他无法动弹。他感到痛苦，猛地睁开了眼睛。

那个温乎乎的东西是什么呢?

列奥没完全醒。在他的脸的正上方，一大团黑影突然躲开了，那是义兰的脸。

义兰以为列奥醒了，像要笑出来似的动了动嘴唇，却没有笑出来，只是把嘴唇张开一半；鼻子像抹了油一样异常发亮，脸颊像浮肿似的比平时大了一圈，嘴唇异常扭曲，下唇往下拉，下牙露了出来。他俯视着列奥，浓密的睫毛垂了下来似乎遮住了眼睛，那是双恶作剧般的失去神采的眼睛。从眼睛到嘴角，他的面容流溢着深深的肉欲色彩。

列奥又睁大眼睛，似乎呆呆地看了看义兰，像害怕似的再次闭上眼睛。义兰眼睛变大了，吸气凝神俯身看列奥的睡颜。

“你做梦了吗？”义兰似乎以为自己说话声音很大，而实际却像粘在喉咙里一样沙哑。

列奥下巴微颤，或许是觉得冷，他把被单拉到下巴处，把脸贴在义兰胸前。

义兰用又凉又湿、微微颤抖的手摸了摸列奥的额头，又伸进被单，从列奥的胸膛移到腋窝。

列奥做梦出了冷汗……

义兰拿起平时放在枕边的手帕，轻轻擦了擦列奥的额头，一边留心不要惊扰他，一边替他擦拭腋下和两肋。

第二天早上列奥醒了，昨夜他迷迷糊糊看见义兰的那张脸近距离地俯视着他，他见状发出了尖叫声。

“你怎么了？”

列奥一看，义兰在笑。列奥如在梦中，义兰轻轻碰了一下他的脸颊。

“你是不是做梦了？昨天夜里你也是这样，突然睁开眼睛大叫一声。我用手摸了摸，你在流冷汗。你瞧。”

说着，义兰把揉成一团放在枕边的手帕给列奥看。

列奥睁开惺忪的睡眼慢慢清醒过来，察看义兰的神情。

“那时你还睁眼了呢。不知道吗？”

义兰的手抓住了被单下面的肩膀。被单移开了，肩膀露了出来，皮下伤痕的瘀血变成了黑紫色小水珠状。

列奥恢复了往常可爱而冷淡的眼神。他的肩膀透出一股妩媚，他回过头去眼睛朝下看着肩膀，把脸转过来，然后低下头把额头贴在义兰怀里，蹭了蹭义兰的胸膛，又仰起脸看了看义兰，把头放在枕头上。

义兰把手从列奥的肩膀移到胳膊上，伸头亲吻他裸露的肩膀。

“你做梦了吗?”

列奥从被单里露出胳膊，用手指勾住义兰的脖子，亲了亲他的下巴，把脸深深地埋进他的怀里。

“那是一个可怕的梦呢。义兰你玩闹着追了过来，我就逃跑，一团热乎乎的东西堵住了我的喉咙。那东西不是紧紧地堵上去的，而是模模糊糊地堵上去的。然后你的脸就变得很大。”

列奥不再吭声，把双臂搭在义兰的脖子上，把脸贴在他的喉咙处，扭了扭身子。

“怎么了，嗯?”义兰露出深邃的眼神，搂着列奥赤裸的上身。

“我不想说了。那个梦好可怕。”

义兰依然紧紧地把列奥抱在怀里，用具有穿透力的目光凝视前面的石墙，在心底深深地吐了口气。

黑夜、白天、黄昏，这个世界成了义兰听魔鬼私语的场所。于是，他感受到列奥的存在：幻影中，列奥白皙的手缠上他的脖子、肩膀、后背，列奥那慢慢好起来并清晰地显露出一条条黑紫色伤痕的肩膀、上臂、胸膛、乳晕、小腹、腰，列奥那在他的爱抚中挣扎并准备逃跑最后逃到地板上打滚的双腿，列奥被他追逼、被他抱住下身时跳动的心脏、短促的呼吸、幼稚的目光，列奥像神话中被半兽神追上抱住腰、小腹处开始渐渐化作桂树的少女那样挣扎的胸脯、纯真的下巴，被义兰按住的皮肤透出的那种像被沾了麻醉药的手帕捂住了嘴似的苦闷，敌不过义兰的杀心而默默承受时那副缠上他心头的纯真诱惑的媚态，列奥那留有一丝紫罗兰气味和铃兰熏香的汗液。

似乎是由于稚嫩、拘谨和幼时的教养，列奥在深深的快感中绝对不会有失去节制的一瞬间。义兰坚韧的身体日夜在列奥肉体虚幻的火焰中打滚，肉体乱舞的时候，义兰看见了陶田奥利弗的脸，看见了他又黑又粗、戴着浪琴表的胳膊。

此时此刻，义兰的喉咙灼热发干，那双水汪汪的、如同法国南部的黑紫葡萄一般的眼睛发干发涩，布满血丝。

在与列奥的亲热时间里，义兰不知不觉就会因为手里没有鞭子而感到技痒。然而，义兰感觉奥利弗那种精神错乱者缺失的健康像碍事的木桩一样活跃在自己心里。

如果我有鞭子，如果我用啪啪作响的皮鞭狠狠地抽打他……

义兰在疯狂中会感到失落和苦恼。他觉得自己不能娇纵列奥而非要让列奥吃苦头不可，这份凶暴的激情在他的胳膊中、在他的每一根手指中急不可耐地表现出了狂暴的力量。列奥先是引诱义兰，然后又泄了劲，一心只想逃跑，结果惹得义兰狂怒不已。列奥诱发义兰强烈憎恶的百般媚态，在半夜他独坐书房的时候也会挑逗他的皮肤，甚至让他感到窒息。

列奥隐约感到义兰心里有憎恶的影子，便用眼泪濡湿他的手臂，像没有母亲的孩子本能地寻找乳头一样探摸他的胸膛；那时义兰就会爆发出按住想拿鞭子的手、抑制住杀气的溺爱心，一瞬之后他对列奥肉体的疯狂和心中的杀气更甚。列奥是个特别可爱又特别可憎的活生生的人，他的威胁是扑上去咬住义兰喉咙的地狱恶鬼。

一天夜里，义兰在懊恼中看见了一只大狗的身影。它是有着小个子男人的块头的大丹犬波雅，在列奥被带到义兰家之前，它由义兰饲养并一直受到义兰专宠。列奥来到家里后，波雅的表情带上了悲伤的色彩。义兰知道，列奥没有让狗儿亲近自己的宽大胸怀，我行我素地嫉妒、讨厌波雅，有时好像还会趁自己不在偷偷欺负波雅。波雅慢慢变得孤独，一见到义兰就露出哀求的眼神，把如同有节瘤的树枝一般的粗壮前腿以及小马蹄般大的爪子伸到义兰胸前，用后腿站立，舔义兰的脸和下巴，发出仿佛憋在下巴里的悲伤的撒娇声。义兰因为列奥讨厌波雅而决心与它分别，一天早上列奥在睡觉的时候，义兰带它出去散步，和它一起走了很久，又和它一起休息，把准备好的肉、饼干喂给它吃，抱了抱它的脖子，最后把它带到了奥格斯特在厚木町的住所。奥格斯特是义兰父亲奥登的朋友，义兰事先跟他打了招呼。波雅在那里待了两天，之后被带到奥格斯特的儿子艾伦在大森的家，在艾伦家里被养起来。后来义兰还背着列奥把波雅爱吃的食物邮寄过去，但波雅最后死了。由于电报是只发到邮局等人自取的那种，义兰在波雅死去一星期后才得知那个消息。

义兰在阿尔及尔夜总会看见列奥那双清亮亮、冷冰冰的眼睛时就预感与列奥有染大概会将自己引向毁灭，如今那个预感不幸成为事实。义兰想为列奥这条鳞片微泛金光的美丽的月白色蛇接近自己、为自己把波雅送到别人家向波雅道歉，那份心情突然从列奥犯错后渐渐被妒意侵蚀而变得空虚的厚实的胸膛里涌了出来，因此他看见了波雅的身影。

义兰还记得，当初他没有说把波雅送人。他对奥格斯特使用了“托付”一词，看清了原委的奥格斯特也说要替他照顾波雅，从他手中体贴地接过了狗链。波雅领悟了主人的心思，将悲伤的目光均匀地投向他和奥格斯特，弯腿蹲坐在小屋门前。他把波雅安置好后回去了，那天早上他对新恋人列奥冷眼相待，那时列奥哭了。列奥脸颊上凝结着咸咸的泪水，表情像涂鸦的孩子一样幼稚，列奥用手捂着眼窝啜泣时，他已经开始向列奥的魔力屈服了。

列奥不知不觉被奥利弗吸引了，义兰如果让列奥活着，奥利弗就会再次对列奥动手。列奥那令人无法抗拒的肉体的诱惑与日俱增，那份诱惑搅动义兰内心的同时也助长了他的杀气，或者说，那诱惑本身就是折磨义兰，令他焦躁，令他的决心凝固坚硬的主要因素。

列奥害怕义兰，有时也会冷不防地用狡黠的偷窥的眼神在镜子里凝视义兰，而他骨子里不以为意，信赖义兰对自己的那份溺爱。从昨天起，他就缠着要买戒指。

义兰垂着一双充血的眼睛，回想刚才收入眼帘的列奥的媚态，痛苦地抿住的嘴角有点松弛了。列奥躺在床上，离开枕头朝向义兰，从头往下迎着台灯的光亮。列奥脸上只有处于上方的眼睛、脸颊的轮廓和稍稍抬高的下巴迎着光亮，另一只眼睛变成了影子；他睁大眼睛看义兰，眼睛在脸上闪耀。

“鸽血红宝石我小时候见过，现在我想再看一次。那种宝石的颜色就像葡萄酒一样透明，对吧？”

“嗯。”

列奥离开了枕头，像要吞噬什么似的凝视义兰。那双稚气的、隐藏着强烈自信的，但其中又隐约有不安的影子出没的眼睛，在灯影下熠熠生光。那丝惊惧的影子，点燃了义兰，义兰默默地抓住列奥的一只手，用力把他拽起来。

列奥出神地看着那个痴迷自己的男人，微耸的眉毛下眼睛睁得大大的。他看清了对方的下一步，于是眼中写着大胆挑衅的神色；白皙的手臂张开横摊在床上，腋窝露了出来，吊坠的金链缠着裸露的喉咙。义兰一头栽进痴迷列奥的泥沼中，使劲按着他的手，像被拉过去似的把脸贴上去。

昨天一整天低垂在空中的阴沉的云朵散去了，朝阳晒干了森林树木的叶子，严冬清新的空气中，森林、房屋和砖头路都披上了闪耀的金黄色。透过被壁炉的热气弄得模糊的窗玻璃，卧室里一片明亮，壁炉里的木柴有一半烧成了灰烬，蛇信子般的小火苗在烧塌下去的木柴上舞动。

或许是周围明亮的缘故，在早安的爱抚中，义兰竟恢复了他在森林住宅里第一次和列奥共度良宵后的早上那种甜蜜的感受，将由于那份执着的妒意而对列奥产生的杀意抛在了脑后。

列奥又让义兰发誓买鸽血红宝石，并用手捧住他的脸，在他嘴唇上留下早上的吻，两眼放光地逼视着他的眼睛，说：

“你真的要买吗？真的？”

义兰温柔的样子令列奥放下心来，而他得意忘形的天真举动，又激起义兰的宠溺之心。义兰早晨的平静心绪又被阴暗的、讨厌的忌妒侵蚀了，他内心苦闷的妒意又抬头了。昨天夜里，义兰用手勾住仰面睡觉的列奥的脖子，爱抚时手指绕到列奥的脖子上，他用拇指紧紧地按住喉咙凹处，拼命卡列奥的喉咙，后因列奥睁眼而未遂；那时一股微温的液体流进了他的大脑、充溢了他的脑海，如今他又感到不安，不知道当时那种心情什么时候又会出现。义兰默默地挪开列奥的手指，把列奥汗津津的刘海往上拢，用手指触摸面带笑容的列奥洁白的牙齿。列奥用牙齿叼住义兰的手指，笑着摇了两三下头，挪开了嘴巴。

下床后，列奥兴冲冲地洗了个淋浴，戴上放在壁炉上的钻石吊坠，穿上牛仔裤，又因为义兰这天在家里，便把那件象牙色的丝质衬衫穿在身上；义兰再次上床躺下了，他便去后院抱了一堆义兰劈好的木柴过来。他的脸颊有些憔悴，失去了光彩，看上去好像瘦了；脖子上的吊坠贴在喉咙的凹处，显得很可怜。

列奥蹲在壁炉旁，用火钳推倒还在冒着火苗的木柴，把一篮枹树叶子倒在发红的火苗上，利落地把劈细的木柴丢进去。他以为义兰睡了，正看着火势，却听义兰说：

“真让人佩服啊。你洗澡了吗？”

原来，列奥抱着木柴从卧室与浴室之间的出入口进来时，微睁着眼睛的义兰看见他的脸微微发红。

“嗯。”

那时列奥正伸头看壁炉里的火，他刚一回头，吊坠就触到了喉咙痛处。

“义兰咬过的地方碰到热水会疼，以后就别做变态的事了哦。”

“变态”一词脱口而出，列奥缩起脖子，吓得屏住呼吸。他不用回头看也知道，义兰从床上坐起来了。

义兰用压抑的声音说：

“列奥，我杀了你也不会有什么问题。你没搞清楚状况吧。不过，没搞清楚也无妨。”义兰的声音变得分外低沉，“今晚等着瞧吧。”

列奥丢下手中的火钳，起身用左手按住喉咙，用右手手背遮住脸，转身弯下白皙的脖子，把胳膊肘支在壁炉台边伏下脸，吸气时喉咙发出痛苦的声音。他的声音是含混、嘶哑的哭泣声，纤细的喉咙看上去像在微微颤动。

义兰的目光锐利地刺向列奥因为支起胳膊肘而隆起的肩膀，刺向他一高一低地扭动的腰部线条，刺向他惨白的后脖颈。列奥感受到义兰的目光，愈发喘不过气来，肩膀因为无声的抽泣而像抽筋一样抖动，其间用勉强听得见的声音说：

“我不知道。我没有错……你明明知道……”

义兰起床过来，双手按住正要逃跑的列奥的肩膀，把他扳向自己这边。列奥双手捂住脸，喉咙里还在发出抽噎声。

义兰的手顺着列奥的肩膀滑下来，紧紧按住他的胳膊。列奥仿佛感到一阵眩晕，身子晃了一下。

“你敢说你不知道？”

“那种事发生两次了，你怎么不告诉我？你那样做和故意让他逮到没什么两样，因为你对那家伙有意思。你以为你能瞒过我吗？”

列奥膝盖软了，像被义兰吊住似的瘫下去，扭动着要挣脱束缚；义兰放开一只手，列奥被硬拽着推到床上。义兰把列奥遮着眼睛的手拿开，列奥一动不动地睁着一双像被捉住的小鸟一样的黯然无神的眼睛。义兰仿佛又被引入无法逃脱的痴迷列奥的深渊，俯身垂下头去。

二月以来的第十个早晨，列奥在床上醒了，伸了个懒腰，瞟了一眼通往院内空地的那扇门。之前，义兰终于让他从无休止的施虐式的爱抚中解放出来，说有复杂的工作要做，到书房去了。

列奥很久没有享受一个人的自由的早晨了，他一会儿开心地下巴压着枕头俯卧在床上，一会儿又把一条腿搭在床边，全身呈大字形摆开，把被单一直盖到下巴处，在床上犯迷糊；终于他披上睡衣，拿来咖啡和面包，懒懒地在床上用餐。他给涂了黄油的面包涂上足量的鱼子酱，爬过去把义兰临走时扔过来的那张报纸拿来摊在膝头，对着报纸吃面包、喝咖啡。忽然他屏住呼吸，目不转睛地看向报纸上的一处。一条毒品走私的报道占了报纸第三版三分之二的版面，陈裳云的大幅照片被刊登出来，下面则是奥利弗的小照片。奥利弗是一个涉嫌毒品走私的日意混血。

列奥撕下报纸的第三版，来到厨房把它放在煤气炉上，又想了想，把它撕成碎片并用水打湿，这才丢进垃圾桶。然后他从厨房的角落里找出两三天前的一张报纸，撕下报纸的第三版，把报纸放归原处，把第三版撕破并且也用水打湿，把它丢在地板上。他顺便用餐刀——模仿义兰单手拿餐刀——切好像是义兰吃剩的火腿，深深地切下一块，拿着那块火腿和一片荷兰奶酪回到了床上。

列奥又趴下了，却想起了一件事，按了一下电视遥控器。电视上正好播七点的新闻，陈裳云的脸部特写和他露出侧脸走进警察局时的画面出现了。接着是奥利弗走出警察总部的画面。列奥感觉压低的呢帽帽檐下奥利弗的目光瞬间向自己射来，便惊慌地关了电视，拿着面包趴在床上，侧脸贴着枕头。列奥仿佛看到这时奥利弗来了，他胆怯的目光停在半空，盖上被单缩起身子，屏息了好一会儿。或许是身上发冷，他用被单裹到胸前，从床上爬了起来，鼻子里哼笑一声。他坐在床上，一边吃剩下的火腿和奶酪，一边百无聊赖地浏览报纸上的照片、女演员的脸；吃完早餐后，他拿起报纸就要往地板上扔，却多了个心眼，把报纸叠好放在了床上。

列奥想去外面的森林了，他光着身子洗了个淋浴，又洗了脸，从屋子后面出去了，来到了空地。他以为义兰待在书房里，却吃惊地呆在了原地。

那两扇铁门平时是用义兰从森林里捡来的石头从内侧抵住的，铁门的角落被挖空了，拴过波雅的那条粗粗的、像拴犯人用的链子上残留着生锈和断裂的痕迹。义兰如雕像般站在门前，似乎刚才就在低头看那条让列奥平时深感不适的链子。

一股无端的恐惧闪过列奥的脑海，抬起脸来的义兰刚与他目光相对，他就反射性地退后两三步准备逃跑，眼睛看着义兰。义兰的目光停留在列奥那双可爱的、狡黠的、露出怯意的眼睛上，如鱼叉般刺向想要逃跑的列奥的牛仔裤的腰部。

列奥感受到义兰的目光，像被钉住似的呆立不动。

“你为什么要逃跑？”

“我害怕。”

义兰感到自己惧怕的那股微温的液体流进了发热的头脑，一股残酷、痛苦而又可怕的快感慢慢穿透到头顶、脚尖。他喉咙灼热，舌头收缩；那股微温的液体扩散并渗入眼中，他有眼睛发暗的感觉。

义兰已经看过报纸了，列奥的恐惧让他更添愤怒：

牺牲品在这里，手上、嘴唇上还残留着爱情的余火的列奥的肉体在这里，让狗儿在悲伤中死去、任由奥利弗处置的肉体在这里。这具肉体记得奥利弗的鞭子，而他却说不懂创伤中的那份陶醉。难道他不懂吗？难道他从来没有想过再挨一次鞭子吗？这个会撒谎的小蛇精，他是在说他没有对神灵发誓啊……

又黑又重的东西像膜一样垂落在义兰眼前，义兰唇边涂上一层黑色，一双阴沉的眼睛盯住列奥的腰，黑色的瞳孔仿佛让灰色扩散到了白眼珠。

列奥转过身，踉踉跄跄地走了两三步，随即快步朝着森林方向跑去。原来，他认为森林才是藏身之处。

义兰迈着大步消失在屋里，左手拿着猎枪回来了，向前伸出右手一拨，前倾着身子跑出去，一路追踪列奥。就像一只闻到了兔子气味的猎狗，他沿着列奥的足迹在路上猛跑。

不知过了多久，天色变黑了。潮湿膨胀的层层云朵低低地掠过旱地对面的地平线，在空中低垂、游动，与残留着少许琉璃色光芒的天空的一角时断时连，缓缓地流动让整片天空突然阴沉下来。

列奥的踪影已经不见了，义兰的身影消失在森林中。像是暴风雨前奏的凉湿的风笼罩着森林的树木，森林里有半英亩被砍伐的空地，此时空地上枯叶的海洋被镀上一层暗色。

义兰进入了森林。那双失去了理智、正在搜寻列奥的蛛丝马迹的眼睛与眉毛挤到一起，鼻头鼓鼓的，抿住的嘴角似笑非笑地歪斜着，脸颊上刻着异常可怕的笑纹。

义兰从远处隐约听见了一阵好像是列奥弄出的枯叶或树枝的声音。不知什么地方传来了列奥的气味，因为他用过铃兰肥皂，身上沾着紫罗兰的气味。列奥似乎是朝通往旁边街道、树木稀疏的那条路跑了。

他认为在森林里很危险啊……

那时义兰的嘴唇歪得厉害，仿佛罩上了烟霭的脑海里映现出列奥拼命奔跑的身影。

义兰看见了列奥。列奥的腰部有着少女般的柔韧，他慢腾腾地跑着，却似乎看见了身后，刚稍稍露出侧脸，就吓得用好像跑不动的可怜的姿势往前跑。

天空的那片灰色让四周变暗了，对面似有一层薄雾，列奥可爱的身影踉踉跄跄地跑着，他的可爱让变成了野兽的义兰似乎闻到了兔子的气味。义兰换手拿枪，屏住呼吸，瞪大眼睛计算着距离，稍稍放慢了奔跑的脚步。

列奥原本准备到街上去，却换了方向，因为他觉得无法藏身很危险。

义兰已经完全变成了野兽，他越是对列奥可怜的心思了如指掌，越是迸发出一种说不清是愤怒、憎恶还是残暴的疯狂情绪，一边计算距离一边慢慢追逼过去；当列奥踩到小灌木时，他退后一步换手拿枪，在身子向前倾的一瞬间瞄准目标扣动扳机。子弹斜射进列奥的肋部，似乎射穿了心脏。列奥一个跟头栽下来，像虾子一样挣扎了两三下，仰卧在地上，右手无力地抓向天空，双腿无力地像昆虫一样动弹。最后，胳膊弯曲着僵住了，屈起的左腿也倏然停止了抽动。

空气里散发出一股硝烟味。

义兰忘了手中的猎枪，怔怔地站着不动。他心里突然感到痛苦，一团硕大坚硬如同球一般的东西从心底涌上来。他只是拼命咽下涌上心头的思绪，发出像被布捂住嘴巴的人那样的抽泣声。他头脑发冷，手脚麻木，只得竭力克制自己，却也发出了号叫般的声音；他扔掉拿在手里不习惯的猎枪，捂住脸，强忍住野兽嚎叫般的声音，双膝一软当即跪倒在地。

列奥！列奥！

义兰痛苦地佝偻起身子，在内心深处呼唤列奥。

列奥的手和腿突然动了一下。义兰已经站不起来，他伸着脖子，不断靠近列奥，地上的枯叶发出破碎的声音。列奥临死前的抽搐撕碎了义兰的心，只见那长长的睫毛封住了眼睛，有点上翘的小鼻子下是半张开的嘴唇，可爱的下巴略微内收，已经不会再哭泣抖动的喉头凸起。义兰几乎是爬着来到列奥身边。列奥脸上是令人怜爱的表情：像心脏被击中的小鸟一样无辜的脸；像死去的小鸟一样半张半合的嘴唇。列奥的手指表现了他最后时刻的痛苦，大拇指向外翘着，食指像钩子一样弯曲，其余的手指自然弯曲的样子也像一只小鸟。

义兰放下列奥的手臂，把他的腿放平，在他的身边躺下来，然后抱着他的脸，把自己的脸颊贴紧他尚有微温的脸颊，久久地一动不动。

义兰抬起脸后，一次次温柔地摩挲列奥消瘦的脸颊。列奥的小嘴唇呈淡紫色，双唇间露出洁白的牙齿；嘴里少量的血流到了嘴角，而血似乎又流回去了；鼻孔也凝着一点血，上面有又小又短的血丝；脸颊上沾着泥和小草叶子，鼻翼旁边有好像是被树枝刮擦的伤痕，上面也凝着血。义兰掏出手帕，细心地擦拭列奥的脸颊、唇边，抱起他的脸，然后像对待易碎的珍品一样温柔地抚摸他的脸颊，把他的鬓发往上拢。义兰低着头，微微弯着眼角出神地看列奥，睫毛后面那双隐秘的黑眸子里凝聚着万千柔情，这是一双仿佛会融化的眸子；嘴角微微张开仿佛在温柔地对列奥说话，脸上隐约有几丝笑纹，甜美的柔情如同鲜美欲滴的果实汁液一般。义兰抱起列奥的上身，把他抱紧，深深地亲吻他的嘴唇。

义兰睫毛低垂，嘴角在亲吻中显出深深的皱纹，脸颊深深地凹了下去，义兰周身散发出温柔而充满情欲气息的苦涩味。列奥的嘴唇还残留着一丝余温，它再也不会被其他男人吻了，也再不会拒绝义兰的吻。义兰用亲吻爱抚列奥，温柔甜蜜的吻中透出可怕的情欲。不一会儿，义兰放下列奥，让他朝向一边，自己也在他身边躺下来，把胳膊伸到他背后将他抱在怀里，从旁边送来甜蜜的仿佛要融化的吻。义兰的侧脸上，眉毛、眼睛、脸颊、脖子全都融化、渗透在那甜蜜到让人难以承受的亲吻中。不大工夫，义兰抬起脸来，神情严峻地扫视一下四周，然后用手指顶住列奥的下巴，仿佛列奥还活着一样对他说道：

“你怎么了，今天很乖啊。你现在要去的地方是一个寂寞的地方。你不愿意吗？可那是个干净的地方，因为那是打仗时挖的壕沟，别人碰过的地方都让我清除干净了，草也让我拔掉了。那个地方在森林中间，比我仿照西班牙城堡建的房子好多了，是春天和夏天都有枯叶沙沙作响的‘枯叶床’。我还会把鸽血红宝石带来放在你那里，之后我用不了多久也会进去。我给奥格斯特和艾伦留遗言后就去死，死人大概不会受罚。至于奥格斯特和艾伦，他们会把我放在你身边。这样可以吗？我有一项工作必须要完成，明白吗？我从现在起每天在森林住宅里，和你一起睡觉，和你一起吃饭，这样可以了吧。你明白了吧。”

义兰心如刀绞，再次抱住列奥深深地亲吻他，把手插进他的腋下搀起他，慢慢搀着他朝森林中央前行。

那天晚上，义兰期待着没有月亮的夜晚，月亮却在空中照耀；一片片还在低低飘浮的深灰色云朵漫过天空，犹如弯着细前腿、大幅度地张开长毛后腿的怪兽，又变换出无数成群的小羊重叠在一起、两个女妖在羊群上交谈的奇异形状，在空中低低地、缓缓地流动。风儿吹过，枯叶作响，森林的树木在如同成群的野兽一般的云朵下左右晃动沉甸甸的脑袋。

义兰拿着羽绒被，把雅典表、《圣经》、列奥生前喜欢的杯子等放进大衣兜里，把鸡舍的那个梯子藏在大衣里面，来到了列奥的“寝床”。他清除了枯叶和小树枝，架起梯子走下去，把列奥抱起来放在“床”外面，把羽绒被铺在“床”上，抹去树枝树叶，把列奥放到被子上，给列奥戴上雅典表，久久亲吻列奥发凉的嘴唇。壕沟边放着一盏小小的风灯，灯光映照着他庄肃的面容，他在无声地哭泣，眼睛、鼻翼、颧骨、嘴唇、下巴、耳朵都沾满了泪水。他头戴呢帽，一身外出服打扮，以便遇见别人时假装醉酒后在森林里散步醒酒。

他知道，即使陈裳云和奥利弗被捕，也还有他们二人的朋友。虽然列奥的父亲已经去世了，其余的家人不会报案，他也仍是危险重重。他打算如果被捕，就在法庭上一五一十地诉说自己对列奥的爱慕和内心的苦闷，最后接受刑罚。但他又想，事情一败露就马上自杀。他写了遗书，遗书在写字桌的抽屉里。

他只想把《干草》写完后再死。虽然《干草》也可以不发表，但他还是决定把小说写完后交给奥格斯特或艾伦，请对方找机会发表。《干草》写的是一个法国男孩的故事：住在法国乡下的一间干草棚里、在死去的母亲身边玩耍的男孩，十四岁那年流落到东京，被像他那样的男人看上了，最后被带到森林住宅。列奥在世的时候，他就在考虑小说故事的结局。自从那晚他得知列奥被陶田玷污后，故事的结局慢慢在他的头脑中成形了。

……

义兰掩上壕沟，脱下大衣，堆起土，铺上一层厚厚的枯叶，又穿上大衣，熄灭风灯，返回住宅。

怪兽形状的云朵在空中飘荡，或许是被风一片片吹散了，它们失去了原来的形状。义兰不忍心听到背后风儿摇动森林树木的声音，一步步朝家走去。

义兰日夜坐在书房的写字桌前。写小说写累了，他就坐在书房角落里的皮椅上，膝头的双手，十指并没有交握，而是无力地放着。他凝视着某样东西，明净的眼神中溢满了落寞；那双眼睛有些小了，眼皮和上下眼眶周围的肉少了，瞳孔也变小了。鼻梁也瘦下去了，褪去了本色的僧侣般的嘴唇透出寥落的味道。清澈、明朗的目光似乎在看着列奥所在的另一个世界，看着地下的世界。头发也只是洗洗并不怎么修剪，变得乱蓬蓬的。看着此刻就这样坐在这里的这个男人，大概没有人会很快认出他。与列奥有染之前，他一度与两个少年有染。如今他的身边连少年的影子都没有，更别提女人了。他也不去大学上课了，说打算专门写小说而提交了辞呈。那把皮椅是他从法国带回来的父亲奥登屋里的椅子，用黑色的皮革制成，凹下去的椅座上镶着相同皮料的纽扣，十六世纪式样的扶手也裹着相同的皮料。

义兰熬到很晚才会进卧室，能起床就起床，一醒过来就马上离开卧室。他吃东西也只为果腹，全然没有往日美食家的形象。

在森林里散步是义兰唯一的乐趣。散完步，他会在列奥的安息地旁休息、抽烟。他抽的是自己和列奥都喜欢的PALL MALL香烟，以前他们曾经同抽一支PALL MALL香烟。从森林可怕的寂静中，他找到了与自己的心灵勉强契合的东西。

小说慢慢有了进展。义兰想读书，一天便来到了神田，路上碰到了陈裳云的朋友刘某。刘某是一个皮肤黝黑的小个子男人。有一次他对义兰说手里存着鸽血红宝石，义兰便让他带着宝石来到自己在田园调布的住所，和他见面后收下了宝石。

"这阵子压根见不着列奥先生啊。"刘某临走时说。在神田相遇的时候，他暗示义兰自己知道奥利弗的事情。

“哦，我没带他来东京。”

“陶田先生说他也见不着列奥。”

“真替他感到难过，列奥现在被关在我的森林住宅里。”

“不会发臭吗？”

义兰的目光深处变得锐利：“他活蹦乱跳的，日夜都在诱惑我。”

“那您的日子可快活了。那我告辞了。”

“嗯。”

义兰立即回到森林住宅，在家里闭门不出。

明亮的台灯光线下，义兰放下笔歇口气，那时他那双变得又小又清澈的眼睛黑得发亮，眼里闪出了蛇一般的情欲。他微眯着眼睛，眼里分明闪烁着肉欲的火光。这天遇到刘某，让义兰忆起久已忘却的痴心的痛苦，列奥虽死犹生，依然折磨着他。虽然如今他过着僧人般的生活，对什么事都不感兴趣，但为列奥点燃的心火一直在他的心底，始终燃烧着，如今也烧得炽烈。只因列奥已不是此间之人，那团火光才不轻易流露。

义兰内心的火焰想要将与列奥的爱情淬炼到极致。他感觉自己暂时放开了列奥，他要越过今生的尽头追到来世的尽头，什么样的炼狱、地狱都无所谓；无论在哪里，无论是什么样的世界的尽头，他都要紧追列奥，紧紧抱住他不放。

义兰被内心的火焰烧灼，心想：

列奥活着的时候，我内心的火烧得太烈，烧伤了我，也烧伤了列奥。如今，我的心火没有了方向。我为什么要让列奥这家伙一个人去呢？那天的事即使是突发，我也可以紧随他自杀。我用手圈住列奥这家伙的脖子，与像蔓草一样缠住我的他合为一体；无论哪个世界的业火来烧我，我都无所谓。我为什么要放开他的嘴唇呢？无论在炼狱底下还是在地狱底下，我都不会放跑他。

无论列奥在哪里，我都会追过去；如果他逃跑，我就卡住他的脖子不让他活。无论是什么地方，我都不会让他去。他也许只是一个轻佻的、没有价值的少年，可我也一样做过很多荒唐事。我也见识过一些女人和少年，他是一个适合我的恋人。为了他，我什么都可以放弃；无论失去什么，我都在所不惜。

义兰心情稍稍平静下来就会面向书桌，但随着日子一天天过去，他为列奥与自己阴阳远隔而变得烦躁，开始认为自己写的《干草》非常肤浅。不仅如此，他开始认为小说本身就是可有可无、毫无价值的东西。然而，一个奇怪的想法缠上他的心头：我既然是作家，就必须把小说写完。他认为这的确是个奇怪的想法。

……即使小说有存在的价值，我写的东西是不是就有价值呢？我这么心急难耐地盼着与列奥这一存在融为一体，如今正在写他这样的人物。即使我的文字从侧面描绘了列奥这个实在的人物，我真的敢说我写的东西比透镜之类的东西更准确可靠吗？列奥这个人物是独一无二的。如今我写小说，是因为我想更鲜活地把握列奥这个人物，想向世人展示一个更鲜活的列奥。如果列奥这个人物更鲜活地展现在读者眼前，那我写的东西就有价值。不过，那种情况肯定很难实现。列奥确实真实存在过，如今也真实存在于我的心里，而即便是一个我以前没有见过的人，如果我见到了他并且确实见到了他，如果他以更好的形象出现在小说中，那他就有向世人展示的价值吧。不过，向世人展示又怎样呢？赢得喝彩吗？

我随心所欲地活着，活着的时候和列奥这个我认为有价值的人融为一体，死后也要追赶他；他一定在某个地方，而无论他在哪里，我都要追赶他，永远在天然森林的泥土中和他相拥而眠。他去地狱，我也跟着去地狱；他去炼狱，我也跟着去炼狱。

如果有地方非去不可，我都要跟着列奥去，不管那是什么样的地方。在那里，一朵美丽的花儿将在我们俩之间绽放，那朵花儿比世上任何花儿都要美丽。那比小说之类的东西更重要，美妙又有价值……

义兰无边无际的胡思乱想和《干草》的创作互相斗争，一天天地纠缠下去，而胡思乱想的时间慢慢长了，紧紧攫住了他。他渐渐懒得活着，懒得吃饭，那些为了写小说而做的事都懒得去做。

在森林里休憩本来是快乐的，如今却也只会让义兰焦躁。走过森林附近陌生的街道，找到一条河，倚在石栏杆上，久久地回忆列奥，这也只会让他清楚地认识到自己与列奥之间遥远的距离，这让他越来越难以忍受；日复一日，他对事物的兴趣减退了。有一天他发现，活着的自己的世界与死去的人的世界没有多大区别，因为活着的自己与死人的状态毫无区别。他认为，从生到死就好比从凉开水转移到生冷水中一样。

……我当过大学讲师，又是作家，每个月在多本杂志上发表小说，经常出席宴会，出席出版纪念会。那时的我与死亡之间的距离，和现在的我与死亡的距离，虽然事实上毫无差别，但感觉上却天差地别，如光与影一般迥异。认识列奥后，我在最初的一段日子里也是那样。我被列奥绊住脚步，迷上他不能自拔，遭受烧心般的痛苦，后来我似乎明白了什么是有价值的事情。有价值的事情就是和列奥在一起，是把他占为己有不放手。

是为有价值的东西献身。

如今列奥仍然在我手中扭动肩膀，想要逃脱我的拥抱，痛苦地扭动腰肢，像那个化作桂树的少女一样挺着身子，在我的唇下挺着有紫色伤痕的胸脯。

列奥的幻影不是梦幻，而是真实。去列奥去的地方，把列奥追逼到地狱底层，把他压在身下，让两个身子像蛇绳一样缠在一起，这才是好事。我的父亲奥登·德·罗什福柯肯定会说，义兰你干得好。我的父亲奥登·德·罗什福柯好像就是那种人……

义兰靠在平时坐的那把黑皮椅上，睁着清澈的、寂寞的，上下眼皮和眼窝一带全部变得瘦削的眼睛，落寞地抿着变薄的嘴唇，沉浸在思绪中：

……我到列奥身边去吧。他睡在泥土中，睡着等我过来。他仰着可爱的、活着的时候让我恨不得咬破的下巴，喉咙上被咬的伤口也保持原样。他在等我，脖子上缠着橄榄色的钻石吊坠，因为那些事被我击中后留在体内的伤痕也保持原样。

列奥是一个诱惑男人的天生尤物。他生前用幼稚的、自鸣得意的技巧引诱男人，在另一个世界里也是危险分子。他用懵懂无知的头脑左思右想，那些心思就像隔着玻璃看到的幼稚拙劣的画一样透出他的可爱，那份可爱可怕而危险。他有一颗冷冰冰的心，被他那双冷冰冰的、美丽的眼睛看到的男人会被引入无法自拔的泥潭底层。我不能抛下他一个人，我要抓住他、按住他。我不能再让他的身子暴露在其他男人的嘴唇下，无论走到哪里，我都要牢牢地占有他那结实而稚嫩、丰满而不失柔韧、无止境地诱发男人的快感的身子。为了去他的身边，我只要吃下写字桌抽屉里的那两片药就行了。奥格斯特和艾伦会让我依偎着他睡觉吧。

再见了，奥格斯特先生。

再见了，艾伦。

如果我们还能在某个世界相见的话，我想见见你们。

波雅很可怜。虽然它可怜，但列奥讨厌它，你们就让它在公墓里安息吧。

列奥是个任性的坏蛋，却是个可爱的家伙。

我的列奥，我那又坏又可爱的列奥……

义兰起身凑近写字桌，打开抽屉，取出一个白色信封，从书架上拿下一个水瓶，在银盘上的杯子里倒上水，从信封里取出药片放在手掌上，和水吞下药片；或许是喉咙干渴，他把杯子里的水全喝光了，坐在书桌椅子上。他又打开抽屉，把寄给奥格斯特和艾伦的遗书叠放在写字桌上，把手放在遗书上，最后起身打开那扇通往院内空地的门。他往外一看，从院子到森林一片白茫茫的，天空在下着小雪。

义兰已经在书房里待了两天。

义兰不由自主地要去与列奥相聚，他穿着无尾晚礼服，戴上了白色假领子，系上了黑色领结；他穿过那片空地，在雪地里一步步拔腿向前，朝森林走去。他走路向前倾，身子有些歪斜，上身摇摇晃晃，黑魆魆的身影缓缓移动。往前走了二十米左右时，他像散了架似的倒在雪地上，身子佝偻成一团；不一会儿，他颤颤巍巍地站起来，随即又瘫倒在地。这一次，他用双手抵住喉咙，身子刚像虾子一样蜷起就又猛地往后仰，喉咙里响起像沸水剧烈翻腾一样可怕的声音。他双手抓着喉咙，在雪地里翻滚了两三下，最后仰面朝天，身子变成了一团黑色的小东西，在雪地里一动不动了。

星期天我不去

《东日画报》的摄影师来到海因里希·卡哈涅电影《处女》的试映现场进行拍摄，他为作家杉村达吉拍完两三张照片后，镜头“逮住”了正好进来的杉村的得意门生伊藤半朱。

半朱由于耽误了时间而一路赶了过来，他一见摄像机就怯怯地停下了脚步，垂下了长长的睫毛。他平时则是个天不怕地不怕的年轻人。半朱的淡褐色的眼睛像玻璃一样仿佛可以映出东西，只有瞳孔颜色略深，这双眼睛就躲在垂盖下来的茂密的长睫毛“外套”下。

他的脸有巴掌大，如雕刻般美丽，而即使从侧面看，眉毛之间、眼睛之间的距离也有点宽；纤柔的鼻子翘着尖儿，嘴唇也呈微微噘起的形状。头发呈褐色，宽阔的额头和浓密的鬓角有很多细毛，眼睛上方眉梢处仿佛沾上了煤烟子；鬓角后面露出的耳垂像女人的耳垂那样厚实柔软，下巴短小。

他宽阔的、有点突出的额头下那双透明的褐色眼睛一动不动，人们从旁边看会感觉小鸟变成青年就是这样。他的皮肤白皙，像女人的皮肤一样漂亮，不过还是比女人的皮肤稍稍粗糙一点，令人略感遗憾。

半朱低下头时用虚握的右手抵住下巴，看上去就像按住喉咙一样。他身穿领口紧紧的黑衬衫和浅灰色夏季西装，小指上有一枚订婚戒指微微发光。他的眼帘像睡着了一样垂着，眼角和唇边带着畏惧之色，从鬓角到脸颊，尤其是鼻翼一带仿佛残留着泪痕。昨天下午，杉村达吉带来的精神打击让这个年轻人成了不安与恐惧的俘虏。

半朱畏惧的表情不无幼稚，坐在前座的达吉从刚才起就在凝视那张仿佛在忍住幼稚的呜咽的脸。

“看这边。”摄影师咋了下舌说。他身子往左偏，高高地抬起右肘，扭成了一个费劲的姿势。

半朱抬起头来，只见摄影师举起的那只胳膊肘下是达吉的脸，那道锐利的目光正射向自己。闪光灯一闪，半朱那受惊少年般的面容被定格在胶卷上。

半朱小说写得不好却以达吉的美貌弟子而闻名，达吉去的地方必定有他如影随形的身影，这个他保持了两年多的习惯如今也是人尽皆知；尽管他在近半年前没有了那个习惯，摄影师却没有忘记。不过，摄影师倒也没有错，因为半朱和达吉的关系从昨天下午起已经恢复到半年前了。

达吉向半朱示意，半朱见状把抵着下巴的那只手挪到耳朵后面，拢了拢头发，然后垂下眼帘，快步走到达吉旁边的空座前坐下。那时好像是其他报社的闪光灯将周围照得发白，半朱旁边的摄影师对着他们按下了快门。半朱感到晃眼，眼睛朝上瞟向达吉；达吉的脸贴着半朱的脸朝向镜头，下巴微微上扬、眼睛朝下看，露出有一丝情色意味的表情，就像让女人靠在自己肩上的男人那样。试映会上中坚作家杉村达吉和与其深交的弟子伊藤半朱的快照虽然有些异样，但在不断地把脑袋扎进常识中，在常识中被麻痹的人们眼中，这种异样彻底被视而不见。在记者眼中也一样。而如果像西方人那样直截了当，或者轻轻试探，很快会明白他们的关系。但现在只要没有性情恶劣的情敌介入，这种隐秘的气味就会一直处于人们的心理触角无法触及的微妙境界。

像达吉这样的男人，可以在一般人面前毫无顾忌地打情骂俏，甚至有时大胆地逗弄也能做到旁若无人。达吉认为自己和半朱处在一个人们无法窥知的世界中，自豪感中透出一股倨傲，这在世俗之人的眼中是个可恶的脾气。

“你怎么了？”达吉低声说。

半朱感到达吉的视线落在了自己的侧脸上。

“昨晚你睡着了吗？”

“嗯……只睡了一小会儿……”

“我彻夜没睡，更遭罪哩。”

“可我……”

“你明白就好。”

达吉假装累了，把胳膊伸到半朱的椅子背后，侧着脸稍稍凑近半朱，说：“你要照我说的做啊。”

“嗯。”半朱的声音低得几乎听不见。

四周的喧哗声突然停歇了，光亮消失了。

像出席宗教仪式一样，人们屏住呼吸；德文字幕照旧像被强行止住似的停下来，别有意味地让那美丽的“甲虫”行列在黑暗中停留了几秒钟。

昨天半朱与达吉在漂亮朋友见了面，之前他们已经半年没有在那里见面了。漂亮朋友是位于本乡大街上的一家咖啡店，二人相识之后，那里一直是他们约会的地方。

半朱发现自己与达吉之间不仅有兄弟般的情谊，而且产生了一种微妙的关系。然而，半朱天生无忧无虑，思虑不深，又不想做负心人，便顺势接受了八束与志子的爱，与她订了婚。

与志子是一个十八岁的小个子姑娘，一张小脸被棕色头发围住，嘴唇好似沾满了蜜。她的眼睛微含醉意，眼梢有点下垂；刘海从两边轻轻地垂在淡黄色的额头上，细细一看，头发里夹杂着金色的发丝。与志子虽然像个孩子，却已经有了一颗女人心，她的母性气质攫住了半朱的心。在此之前，半朱结交的女友、与他发生关系的女人都没有那种母性气质。半朱认为，像她这样的姑娘绝无仅有，除了她就没有他可以去爱的姑娘；他又认为，自己不能让像她这样的姑娘伤心。这才是半朱与她订婚的原因。

与志子不会忘记半朱有一次说他喜欢她，不愿意半朱遭遇一丁点不幸。“她把滴着血的心献给我了。”半朱这样想的时候，心底就会有怯意。不过，半朱父母死得早，姐姐佐美又远嫁九州，只剩他孤身一人；对他而言，家庭的滋味才有魅力。况且与志子的父母、把与志子和哥哥纪一——现在和妻子住在伦敦——从小带大的老女佣等人都欢迎他，他们全家待他犹如众星捧月一般。佐美比半朱大两岁，时年二十四岁，仍保持着少女般的身形，是个瘦美人。半朱略微知道达吉的性情，不想让姐姐佐美见到达吉。半朱自己怀着妒意，对达吉的心情却不在乎。他与抱着罐子把甘甜的糖果占为己有的幼儿别无二致，无论与志子的幸福还是达吉的幸福他都没有考虑过，所以他对自己的事情也不会想得太深。

半朱和与志子来往后，他与达吉之间慢慢疏远了。以前他几乎把达吉当成了恋人，而如今似乎是有点尴尬，又似乎有些对不住达吉的感觉。去达吉家的频率减少到原来的三分之一；以前他和达吉一周见三次，如今他们一周见一次，甚至一次都不见，其中还包括他们偶然在聚会之类的场合碰上的情况。达吉也像哑巴了一样，不打电话叫半朱了。二人之间的微妙关系虽然是达吉造成的，但也不能说半朱就没有责任。半朱自然也意识到了，这才是二人之间疏远的原因。就这样，二人终于到了两周都不见面的地步。

……

半朱要从弥生町的与志子家回到森川町的公寓，却突然按照以前的习惯从东京大学后门进去了，准备穿过东京大学。由于还有两周零三天就是他和与志子的婚礼，他无意间想按照以前的习惯在东京大学里穿行。在此之前，他一直避开可能会遇见达吉的那条路。从东京大学后门通到赤门的那条路，留下了他和达吉的深刻记忆。他想到达吉就必定会被内疚感缠住，所以他一直避开那条路。

半朱从东京大学后门进去后，下午四点减弱了的阳光照射在碎石路上，两旁的草坪、住院楼显得分外明亮。前方就是那条他和达吉走过的路，他们曾在一天之内走了两次。

一阵脚踢碎石子的声音传来，半朱寻声看去，达吉正站在那里，仿佛背负着整个天空。半朱觉得达吉似乎在凝视着自己，而他的身姿看上去就像是一个大大的黑影。

半朱走到达吉身边，达吉说：

“我们一起去喝咖啡吧。”

达吉的口吻，依然是半年前兄弟般亲密的熟悉口吻。

半朱与达吉那段回忆中的场面无一不被涂上了强烈的色彩，半朱纵是贪图新鲜、淡忘旧情，却也在心中刻下了深深的印记。半朱在杂志上看到一篇字里行间散发出强烈气味的有关榴莲的报道时，达吉和他爱抽的埃及香烟的气味就浮上他的脑海。有时，半朱和与志子在一起，达吉那深深的黑影却隐约纠缠着他，也会让他的面容不由得变得阴沉。

半朱一直在读达吉的小说，《文艺》《鹿园》等文艺杂志几乎每个月都发表达吉的小说，有时《文艺》和《鹿园》两本杂志发表同一篇小说。其中有《保罗》《萨德的后裔》等两三篇描写施虐狂男子的小说，里面必定出现像达吉那样的男人和酷似半朱的少年，这令半朱感到恐惧。比起达吉的小说，那些杂志有时登载的达吉的照片更让半朱不安。照片中，达吉朝身边的朋友微笑，而达吉的眼睛里却并没有笑意，那双没有笑意的眼睛让半朱不安。尽管达吉笑起来与平时一样，眼睛睁开着，但照片中的笑容与他平时的笑容大不一样。半朱见过达吉的一张照片，照片中达吉与两三个作家并排面向他这边，可怕的表情让他吓一跳：达吉那颇有法国人风范的俊朗面孔难看得歪着。半朱知道达吉的眼睛有时会蕴含可怕的神色，却不曾见过照片中的那种表情，便疑惑地眨了眨眼睛，重新看照片。他凝视着照片，感到那道仿佛会让他停止呼吸的目光不偏不倚地停在自己身上，便把那本杂志塞到了书架旁边的杂志堆后面。而达吉在宴会厅里侧身而立的照片中，消沉落寞的样子简直不像是他本人。

那些小说细节和照片的印象，在半朱心里隐约留下了伤痕。半朱有那种不安的情绪，却不予以深思，轻易地就把它们忘掉了。半朱就是这样一个人，连想珍藏在脑海中的东西也会忘掉。

达吉和半朱不在一起让人们觉得不可思议，人们分别询问他们，达吉苦笑了一下，丢下一句“他是负心人嘛”，随即换了个话题。半朱每次被人询问都说“最近我不大……”，露出一副惊慌失措的样子。略微了解内情的人追问半朱“是急着去约会吧”，半朱便伸手摸了摸仿佛洗过后没有弄干的头发，把头扭向一边。那时人们看到，半朱美丽的侧脸红得像少年。

半朱偶尔在出版纪念会等场合碰到达吉，达吉便从对面来到半朱身边，说上两三句客套话，对半朱笑一笑，还让半朱坐自己的车，开车把半朱送到公寓门口；即便是在车上，达吉也多半背着脸不吭声，间或问一下八束家的情况之类的问题。不过平时见面的时候，达吉也没有不悦情绪，可怕的表情就更见不着了。达吉的一切表情极其自然，丝毫看不出冷淡、疏远。只是在半朱感觉里，就像一个一直望着自己的人，以旁人难以察觉的程度微微移开了目光。而在这天，达吉一反常态地用与以前一模一样的口吻说话，半朱也觉得理所当然。

“嗯。”

半朱应了一声，一如既往地和达吉并排走了起来。

二人迈步从图书馆旁边经过，离开了赤门。在夏末午后的阳光中，东京大学的红砖和沙子路散发出干燥的气息。二人穿过电车路，朝肴町方向走去。漂亮朋友在东京农业大学前面一带，往前走三百多米就到了。

一路上，达吉也不问半朱是不是从八束家回来的。半朱从一旁偷看了一眼达吉的脸，垂下眼帘继续前行，心底产生了一种不可思议的感觉：我又回到了老路上……

达吉突然说："婚礼是在什么时候？"

"下个月五号……"

"哦。"

达吉又沉默了。

二人来到漂亮朋友门前，按照平时的习惯，达吉先进去了。

那家咖啡店还是老样子，里面昏暗，空荡荡的。那天店门口也只有一个学生在喝咖啡，那个学生很快就出去了。达吉说了声"来两杯咖啡"，一个下巴又短又方、一脸悠闲的侍者钻进包间。过了一会儿，二人把泡好的咖啡倒在放着冰块的调酒器里摇晃了起来。与半年前一样，达吉爱喝加冰块后急剧冷却的无糖咖啡，半朱则随心所欲地在咖啡里放糖。一切都与以前一样，半朱既感到不可思议，又觉得理所当然。

半朱穿着灰色的细条纹夏季西装，系着一条红紫色的哑光织纹领带。西装是与志子和母亲八束须贺子陪他去银座的百货商店定做的。只有那件米白色的圆襟衬衫是符合达吉喜好的。他奇怪的服饰——包括上衣内兜里那个与志子送的浅茶色猪皮钱包，后裤兜里的同色的猪皮鞋拔子，胸兜里的用白丝绣出名字首字母的白麻手帕——的色彩虽然都传递着他新生活的信号，但当他和达吉两人在一起，恢复了往日的气氛，这些色彩便轻易地融化在了达吉的色彩中了。

侍者送来咖啡后，达吉吩咐侍者去买烟。达吉一般身上都带着足够抽的埃及香烟，从不在外面买烟。但这天却派侍者去买，侍者一直跑到三丁目街角的咖啡馆。

半朱微微侧身坐着，腿上穿着瘦腿裤，差不多就像垮掉的一代穿的那种紧巴巴的款式；他跷起二郎腿，把白皙的手放在膝上，从刚才起就有一种莫名的预感袭上心头，那双垂下来的眼睛只在他就座时往上瞥了一下达吉。达吉把右臂搭在椅背上，眼睛朝下看着半朱，在半朱看来正是平时那副左肩向上的坐相。他的眼睛里放射出残忍的光芒，就像面对猎物的野兽一般，看上去颇具攻击性，而心中的寂寥却像鸟儿的翅膀在扑打着。半朱开始亲近他时，说他的眼睛像魔鬼的眼睛，此刻，这双魔鬼般的眼睛瞪得老大，注视着半朱。

“你说婚礼是在下个月五号啊。那事已经定下来了吧。”

半朱惊讶地抬起头来。

“你背叛我了……你知道吧？”

“……”

“如果是把我的心撕碎送给她做礼物的话，那你如愿以偿了……我的心已经变成那样啦。”

半朱伏下脸，紧抿着嘴唇不吭声。

沉默了一会儿，达吉说：“你在听我说话吗？”

半朱咬住嘴唇，扭过脸去，只见泪水涌上他那仿佛封住眼睛的长睫毛。

“你怎么了？”达吉说，“你知道你背叛我了吧。”

泪水淌成两行，歪歪扭扭地流到半朱的脸颊。他的嘴唇颤抖着，如发烧一般。半朱拼命咬紧嘴唇；鼻翼用力，耳垂变红了。

时间在沉默中流逝了。

达吉一动不动地注视半朱的侧脸，然后移开目光。

“好了，半朱你请便吧。”

达吉话锋一变，用温暖的声音说。达吉端起杯子，喝了一口咖啡，把杯子放在桌上。他又往后靠在椅背上，半睁着眼睛望着天花板；像大哭一场哭干了眼泪似的，他的眼睛干巴巴的。

半朱站了起来。

“哎。”

半朱回头一看，达吉的白手帕刺痛了他那眼皮微微发红的眼睛。半朱接过手帕，快步走到里间盥洗室前站定。

门开了，侍者拿着一罐骆驼牌香烟和零钱走了进来。

“噢，辛苦你了。”

达吉从侍者手里接过零钱和香烟罐，用零钱结账，把钱放在账单上，然后伸手去拿放在旁边搁板上的信封，印着白水社字样的信封里好像装着新书。那时半朱回来了，身后亮起了灯。半朱抬眼去看达吉，随即又垂下眼帘，洗去泪痕的微红的脸在达吉眼中无比可爱。达吉端详着那张可爱的脸，一只手把香烟罐和信封一块儿拿起来，站了起来。

半朱微微抬眼窥视达吉的眼睛，把手指放在系紧的领带内侧，习惯性地松了松，跟在达吉后面。

“我把账单也放在这里啦。”

“谢谢您。”二人身后传来了侍者的声音。

本乡大街变得昏暗了，干燥的道路犹如一条白色的带子，在二人前方渐渐缩短。达吉的面容有些苍白。巴士车站的黄色标志，蒙上灰尘的绿色银杏，红色砖墙，拖着深灰色影子的行人，耷拉着尾巴从半朱和达吉旁边走过的红狗，眼前的一切在二人眼中都好像与刚才不一样了。

两人并肩而行，达吉要比半朱高五厘米左右。他们默默地走着，就像一对吵架后和好的兄弟一样，两人自然而然习惯性地朝三丁目方向走去。

平时家在浅嘉町的达吉会顺便去森川町半朱住的那所公寓，有时候半朱也会反过来约达吉去他家。有时他们也在漂亮朋友见面，吃店里的烤面包片和自带的水果，在那里待上好几个小时。而更多的时候，他们会从三丁目出发，沿着一条凿开的山路来到山下，在池边喝啤酒或去伊甸园酒吧。之后他们坐出租车回去，只要白天天气好，他们就会爬上弥生町的那个山坡，穿过东京大学，最后达吉送半朱回去。在那两年里，三号路一直是他们散步的地方。

“你看着我，眼睛还有些不对劲啊。”达吉眼里含着一丝笑意。

半朱看了看达吉，眼睛随即被深深的睫毛影子遮住了。

白色的领子围着半朱纤细的脖子，还没有恢复过来的红红的耳垂透出半朱亢奋的情绪。喜悦、悲伤甚至恐惧都饱含女人式的情韵，这是半朱特殊的精神状态。半朱有傻里傻气、无忧无虑的一面，也不懂得审视自己的内心，无意中轻率地做了负心事，也毫不在乎。想到这里，达吉心里涌起一股强烈的憎恶，无论如何都要把半朱拉回到自己身边。

达吉与半朱分离期间，有一次偷偷地看见半朱走在银座街上。半朱那天穿得像个年轻绅士，系着领带，上衣口袋露出一条与领带颜色相同的手帕，俨然有一种富裕实业家的乘龙快婿的感觉，似乎早已把达吉之类的事情抛到了脑后。他微微扬起眉毛，瞪大一双漂亮的眼睛，边走边用他擅长的那种眼神环视四周。达吉看着那种场面，身子仿佛燃烧起来，想抓住半朱痛斥一番。而一旦达吉斥责半朱，半朱会突然良心发现，激动得像个女人，露出不堪承受的痛苦表情；达吉便会觉得对不住半朱，不能不有所表示。然而半朱那副可怜的样子中有蒙蔽达吉理智的成分，达吉心里又会升起想要无端斥责半朱的欲望。那时的达吉就像在寒冷的户外走了许久后泡在热水里的人一样，微温的血液涌过全身直至指尖末端，不可遏止地陷入一种陶醉。要知道，抑制那种冲动需要不小的意志力。

惩戒半朱让他袒露心曲并不难。不过，达吉半年都没有与半朱快乐地相见了，习惯了让户外的风吹拂寂寥的心田，他对那样做能否成功并无把握。开口之前，达吉心里荡起了一丝不安。因为看着半朱草率轻浮的样子，他无法估量对方对新环境的适应程度。

达吉心想，半朱这只小鸟已经是我的了。不过我不能松开罗网，八束与志子这姑娘对半朱痴迷到骨子里，这大概不会有错。半朱的轻浮、狡黠固然让我不快，然而他也有老实的一面，这在处世方面似乎又消除了他带给我的不快。可我无法预料，半朱会不会阻碍我的计划。

来到三丁目时，达吉说："我们走到山下去吧？"

"嗯……"

半朱用哽咽的含混不清的声音回答，神态中透着犹疑。劈开的山坡已经暗下来了。

"我不会欺负你啦。你还要背叛我吗？"

半朱痛苦地看了看达吉，目光又落在胸部。达吉把手放在半朱肩上。

“好啦，我们去伊甸园酒吧吧。那里有三明治吧。我想喝酒了。”

星星点点的霓虹灯、街灯亮了起来，二人背对着三丁目，从劈开的山坡上下来。

从那天起，半朱和达吉恢复了旧情。在伊甸园结账时，达吉把兜里那张《处女》试映会的门票递给了半朱。

半朱回到了公寓房间，拧亮台灯，仰卧在床上，身上的西服穿得走了样。

在台灯的光亮中，他的小下巴朝上，淡淡的影子延伸到喉头。他感到台灯光线晃眼，头扭到一边；白皙的手移到胸前，心还在扑扑直跳。他的手落下来，纤柔的身子像蛇一样扭动了一下又回归原位。他又把手放在心口上，久久地保持那种姿势。那双消了肿的眼睛往上看着，像女人的眼睛一样充满了深沉的光泽。

蓦地，那只胳膊懒洋洋地落在床上，半朱目光闪闪地盯住一个地方。

……没想到，我和达吉会是像道林·格雷[1]、像他以前说过的希腊雏妓和贵妇人的客人之间的那种身体层面的关系。达吉挂在嘴边的那只言片语，因为简短而暧昧，那么诱惑，像恶魔一样。真没想到，我会遇到今天这样的窘境。真像要无法呼

1　爱尔兰著名作家奥斯卡·王尔德小说《道林·格雷的画像》中的美少年。

吸，太痛苦了……早知如此我就不去了，或者逃到外边的大街上……但其实，我早就隐约预感到了，会变成今天这样的预感，可能很早以前就有了……

半朱用手按住喉咙，侧脸压在枕头上，暗淡的眼睛盯住台灯的光亮，目光像一团火焰：

……我以后会再去一次与志子家吗？我倒是可以先让达吉在漂亮朋友等着，然后马上去她家。接下来，达吉给与志子写一封字斟句酌的信就行了。完事后我就和达吉在一起，我们一起去旅游……

或许是身子发酸，半朱把一条腿弯成了九十度，一条白麻手帕挨上了他的脚，他脚上正穿着饰有黑色花纹的胭脂色尼龙袜。刚才他从口袋里把钱包、钢笔抓出来扔在床上，那条手帕一并从口袋里掉了出来。

半朱像溺水者要甩掉脚上的水藻一样，想把手帕一脚踢到床下，可手帕却跑到了毛毯边上。

半朱猛地站起来，脱下西服，从床背上取下睡衣，麻利地穿在身上，然后按下门口旁边的开关，打开天花板上的灯。他似乎又想起了什么，用毛巾盖住镜子，然后回到床上，把毛毯盖到脖子下面。

半朱在心里自言自语，达吉是和我在一起的。我有什么好怕的？我有达吉那样的坚强后盾。

半朱翻了几次身，不一会儿用毛毯蒙住头，身子在毛毯下微微蠕动挣扎，那姿势持续了好一会儿。

第二天早上，达吉耷拉着有些沉重的眼皮，似乎一晚上都没合眼。他从床上坐起身，把枕头垫在身下，一直抽着烟。

发现烟灰后，达吉伸头把香烟丢进小桌上的烟灰缸，又点上一支香烟。窗帘敞开着，落地窗时而被风吹得晃动起来，在风中发出了摇橹般的声音。烟灰缸的烟头被金酒浇灭，散发出一股火柴划过的强烈气味。达吉从伊甸园带回来的那瓶金酒剩了一半，明亮而清澈。床头放着两叠用金属卡子订在一起的稿纸，大约有七八页的样子，稿纸上放着钢笔和火柴。窗边放着一个暗绿色的玻璃壶，里面插着两片枯成奶咖色的月桂树叶，树叶时而随风转动又旋即停下。

达吉推开深绿和深棕相间的格纹毛毯，用手拨了拨像黑人头发一样细密的黑发，充血的眼睛往小桌上一扫，一跃而起进入旁边的浴室。达吉洗了淋浴并换了衬衫，回到卧室，然后关上窗户，又靠在床背上，倒上一杯金酒。半朱的房间在他眼前浮现出来，他仿佛看见，半朱还在熟睡，西服和领带乱扔一气。

半朱现在睡得像个孩子吧？

蓦地，一股激情如电流般划过达吉的身体。达吉移开杯子，嘴唇涂上了陶醉的色彩，眼睛里有一团暗淡的火焰。

昨天晚上，达吉在漂亮朋友咖啡店不停地喝金酒和威士忌，回去时在门口绊了一下，倒在了半朱肩上。半朱小巧的肩膀肌肉紧绷绷的，有弹性的纤细身子比达吉想象得要有力。一瞬间，达吉联想到了一只被活剥去壳并用刀预切好了的虾。

达吉走到外面拦了一辆出租车，让半朱先上车，自己从后面上车关上车门，发现自己破例喝醉了。达吉把胳膊伸到半朱的背部，把脸伏在胳膊上；车子一晃动，他的脸向前一倾，几乎碰到半朱的脸颊。

半朱余悸未消，达吉又乘胜追击似的低声说着对付八束家的计划。尽管达吉说半朱去八束家的时候他就在漂亮朋友等着，但不安的情绪几乎快要把半朱的心压碎。先前在漂亮朋友，当半朱答不上话时，达吉无情地推开半朱，说："如果我跟着你去你也害怕，这事就算了，你跟她继续吧。"半朱倒在长沙发上，过了一会儿把一只绵软的手搭在达吉的膝盖边上。达吉把半朱的手拿到膝盖上，轻轻抚弄那只手。"拿出勇气来吧，我不认为你沉得住气啊。半朱你就是靠不住。"达吉说着，右手拿着半朱的手，左手倒了满满一杯金酒。

达吉用手臂环抱着半朱，半朱便深深地躲进达吉的臂弯中，尽情地享受着那份熟悉的安逸。车子突然剧烈地晃动起来，半朱倒在了达吉怀里，却不想直起身。达吉让半朱靠在自己胸前，脑袋突然无力地落在椅背上，发青的额头隐约泛着陶醉的色彩，眼中却有类似悲哀的光芒。霓虹灯的反射光时而将达吉的脸染成一片苍白，时而又有一道影子在他的脸上映出轻轻摇曳的黑色粗条纹。

车子爬上了那个劈开的山坡。达吉抬起头，一副温柔的样子，把手指埋进半朱的头发。半朱死人一般，脑袋无力地靠在达吉怀里，达吉摸索着用手托住半朱的下巴往上一抬，半朱的脸就在达吉的目光下。半朱的面容犹如生病的孩子，眼皮深陷。他从心里感到恐惧却又信赖达吉，一动不动地睁大眼睛，就像土著孩子面对给毒箭刺伤的地方上药的医生一样。那双淡褐色的透明眼睛微微垂下继而又睁得大大的，露出询问式的眼神。或许是出神地看达吉看累了，半朱的眼睛忽然不动声色地往下斜，褪了色的嘴唇半张半合。

达吉哀怜地看着半朱，感觉全身都在这种哀怜中融化消失。达吉像抱着美丽的小动物的少女一样，用手捧住半朱的脸颊，眼神仿佛要融化似的，嘴唇向半朱绽出一丝微笑。半朱的目光回到达吉的眼睛，眼中透出了安心和撒娇。

除了他以前深爱过的那只死去的小狗，达吉还没有见过像半朱这样可爱的生命。达吉心想，我要饱含爱意、深情忘我地亲吻半朱。为了他我什么都不要，就这样死了也行。不过，半朱会害怕吧。他这人生来就有女性气质，或许他就是女人转世。如今他也变得歇斯底里了。达吉忽然露出了苦笑，他又想：可较起真来，我的思想能否纯净到那个地步也是疑问，因为我会想再多写几本骗人的小说后再去死之类。不过，如今我和半朱之间什么都没有……没有时间，没有社会关系，也没有两个独立的人类个体之间、人与人之间的那种永恒的寂寞……达吉感到精神亢奋，情欲高涨。

半朱轻轻抿着嘴唇，上下唇之间的凹处形成了小小的影子。他的嘴唇像还在吃奶的少年的嘴唇一样天真，抿嘴的表情中刻着半天的恐惧与悲伤。此时的达吉，担心的不仅是背对着他们的司机会发现什么，他更担心的是自己的行为会吓到半朱。

达吉俯向半朱，像查体温似的把手掌贴在他额头上，然后在手掌的掩护下，悄悄吻上了他的额头。一瞬间，达吉闻到了犹如用酒精灯加热的蒸馏水气味的洁净汗味，又闻到湿头发那股奎宁水似的甜味，头脑中一片空白。达吉让半朱像先前那样靠在他的胸膛上，对司机打了声招呼，说同伴身体不舒服，让司机减慢车速，最后把半朱送到了公寓。

半朱轻轻地坐在床上，白皙的手上戴着一副苔绿色的羊皮手套。

试映会前一天那场梦幻般的邂逅发生后，七天的日子已经过去了。半朱还记得，试映会那天回家路上，达吉在银座给他定做了一件深棕色的插肩袖宽松大衣；为了与大衣搭配，昨天晚上达吉第一次拜访八束家后，又开车来到银座给他挑了那副羊皮手套。

苔绿色的带针脚的羊皮手套戴在手上正合适，半朱轻轻握住又轻轻松开娇嫩的双手，起身站在镜子前，对着镜子照了照那双戴着手套的手。他那眼距略宽的可爱俏脸残留着烦恼的痕迹，脸上没有血色，只有嘴唇是淡红色。

半朱在眼前勾画出那件栗褐色的宽松大衣，推想着自己的面容与手套协调的样子，露出了满意的微笑，耳朵边上也浮起了几抹红晕。

半朱脱下手套，用白皙的手拨了拨刚刚洗过的头发，坐回到床上，一边用左手挠耳朵后面，一边眼睛朝上看，脸上露出光彩，便微微扬起嘴角。他像散了架似的躺在床上，眼睛熠熠生辉，暗自嘀咕：

达吉说，他会给我买一张新床放在他家里。只有一张床完全不合适啊……

昨晚去八束家之前，半朱先与达吉在漂亮朋友见面。那时二人并排坐在包间里，半朱往后靠在座位上；侍者进里屋的当儿，达吉按住半朱的下巴，强行亲吻半朱。达吉的吻火辣、甜蜜，在感到惊讶之前，半朱首先领略了一股强劲的力量。那是有着勃艮第红酒式的微涩、甘甜的吻，起初那种被咬住嘴唇的感觉让半朱无暇感到诧异。达吉挪开了脸，半朱看到了他大胆的目光、残留着爱火的嘴唇和似笑非笑的神情，心里怦怦直跳。看着达吉那令他怀念的面容后，他感觉眼前的一切完全变了。那一带的风景，喝剩下的半瓶浅绿色的姜汁汽水，盛三明治的盘子里剩下的两三根荷兰芹，剩下冰块的杯子，未烧完的火柴，装有埃及香烟的罐子，在白天也显得昏暗的咖啡店里浮现出来的白色桌布，一切都在激烈的一瞬后变了。那是一个靠得住的、埃及香烟气味强烈的、令半朱怀念的世界。

当半朱走出咖啡店时，达吉一边按照之前的约定与半朱握手给予鼓励，一边说：

"半朱你今天要去拈花惹草了，晚上就和我在一起，可以吧。"

一阵不可思议的战栗从半朱背上滚过，半朱想把手缩回去，达吉的手却牢牢握紧他的手，让他的手动弹不得。半朱脸儿发红，额头现出竖纹，眼中露出了哀求的神色。

"你想早点去吧？"

达吉笑了笑，松开了手。

那晚气温骤然下降，漂亮朋友门口的玻璃门变得模糊了。九点十分过后，半朱打开了漂亮朋友的门；他比约定时间迟到了十分钟，露出了不安的眼神。

"我还是完全搞不懂你。不过，我觉得你好像有点怪。"

"那就行啦。"

达吉把头扭到后面对侍者说了句"来两杯热咖啡"，朝半朱回过头来。

“你慢慢明白就好。要知道，你明白了也闹不出什么名堂。我的话你懂吧？这话我说过好几遍了吧？”

“嗯。”

“她除了死心之外也就只能如此了。”

半朱喝了侍者送来的热咖啡，不安的心绪似乎也平静了一些，二人不一会儿就走出漂亮朋友，坐车到银座买了手套，顺便到银塔[1]吃了点夜宵，达吉经常光顾那里，即便去晚了也能叫碗汤，吃完就回去了。

银塔的屋子里暖暖的，纹丝不动的烛火把桌上浅褐色的厚杯子、嵌在木质底座上的熏银盘子里的俄式风味肉汤和大银汤匙照得明晃晃的。半朱忘却了不安。

在屋角的那张桌子上放着不知做什么用的罐子，罐子上雕着精巧的白色花团，哑光的银叉子，沉甸甸的大酒精灯上架着一个银色的盘子。以这些东西为背景，达吉笑着把面包撕成小碎块，半朱注视着达吉，听他讲《死城布鲁日》[2]的前半部分。达吉说，后半部分没意思。

达吉以前一直搞法国文学，现在是专职作家。他给半朱讲的是一个男子的故事：男子的美丽恋人香消玉殒，男子剪下恋人的头发，把头发放在玻璃匣里保存。达吉一讲到对那个美人的描写，话语就带着热情，眼睛则贪婪地凝视半朱的脸。

“这故事有趣吧？”

1　银座著名的炖菜馆。

2　十九世纪比利时诗人、作家乔治·罗登巴赫的小说代表作。

“嗯……有个法国人，哦，他是不是叫贝尔吉克？他写得很好呀。”

“他的作品里有些句子很有趣。就说那句‘在危急关头的机智一吻’吧，我懂它的意思哩，你懂吗？”

说着，达吉笑了。

回去的时候，半朱坐上车，感到不安再次袭来。达吉说：

“你要打起精神来，可以吗？我再说一遍，你担不担心结果都一样。你懂吧？就算有坏结果，你也可以和我在一起；有坏结果又不是你半朱的错，而那也不是我的错。一切顺其自然，这个道理你懂吧……”

半朱把肩膀靠在达吉胸前，凝视着映在车窗上往后退去的街景的光亮，感觉自己像一只被围在大翅膀里的小鸟。那份大翅膀的感觉在那天夜里还在持续，在达吉床上袭击、温暖半朱的心，最后转为羽毛般温柔的爱抚；临近拂晓，坠入梦乡的半朱脸上有甜蜜安详的神色。

……

半朱追忆着昨天那个持续到晚上的不安而甜蜜的梦，把那双苔绿色的手套放在书架台灯旁边，开始准备出门赴约与达吉一起吃晚餐。

半朱最后一次拜访八束家的那一天，达吉向朋友借了一辆车，在晚上九点把车停在了八束家的围墙旁边。半朱固然求过达吉，而达吉也希望尽快一劳永逸地把半朱从八束家那里夺回来。

当过了约定时间九点一刻时，半朱和与志子拉拉扯扯地走了过来，达吉便迅速低低地拉下鸭舌帽的帽檐。半朱对与志子说：

“你今天怎么能说那种话呢？我又来看你了。”

“对不起。可是半朱，你刚才的眼神确实像要离开我啊。”

“那个……你不是老对我说，你无论何时都觉得我要离开你吗？我星期天会来的……我都快等不及了。”

“可是……半朱……我感觉你要离开我……”

半朱一边留意车子，一边抓住与志子的肩膀，把她拉到怀里，看了看四周。与志子痴痴地靠在半朱怀里，小手紧紧地抓住对方雨衣的胸部。半朱温柔地抱住与志子的后背，用手摸了摸她那不愿抬起的低垂的脑袋，哄逗似的托起她的下巴。只见与志子的眼睛和脸颊泪光闪闪，半朱装出一副吃惊的表情。

“与志子，你怎么了？星期天我还会来的。”

听着半朱的语调，与志子有些舒心了，微微露出了笑意。半朱抱着拼死之心，热情地、激烈地亲吻与志子的嘴唇。一阵恐惧从背上蹿上来，紧紧地攫住了半朱。

过了一会儿，二人的嘴唇分开了，与志子羞涩地把脸伏在半朱怀里。那时半朱敏感地回头去看车子那边，只见两个男子从车子后面走来。

“有人来啦……”

半朱和与志子分开了，紧紧握着对方的手对视着。与志子那时才发现围墙旁边停着一辆车，她闪身躲到院门那里，一边理头发，一边盯着半朱的眼睛出神。

“你一定要来啊。”

说着，与志子猛地转过身，跑进屋里。

半朱瞥了眼车子，看着与志子的身影消失，而与志子再也没有回头。

半朱一瞬间露出了犹豫的表情，随即凑近车子。达吉打开车门，半朱坐进驾驶室，掏出手帕用力擦着嘴唇。

“吓死我了……我亲嘴的时候，一个可怕的东西从后面紧紧地抱着我。”

说罢，半朱像泄了劲似的靠在达吉肩上。达吉用肩膀顶了顶半朱，说：

“你说的那个可怕的东西就是我吧？”

“不对，你明明知道。”

达吉看了看手表。

“车子马上出发不合适吧。”

“是吗？”

车子从八束家门前经过，在很远的拐角处掉转车头，驶到东京大学前面的一条街上。

“你来我家吧？”车子一动起来，达吉就开口了。

“嗯。”

说着，半朱扭身朝车后方看去。达吉专心开车，却也扭过头去，眼睛朝下看披着深藏青色棉华达呢[1]雨衣的半朱，看他从雨衣领子里露出来的白皙的脸颊和有点上翘的小鼻子、噘起来的嘴唇。达吉凑过脸颊说：

“你别乱动啊，那样很危险啊！”

半朱转回脸来，看到了达吉的眼睛闪出了暗淡的火花。原

1　一种斜纹防水织物，由品牌巴宝莉创始人研发。

来，达吉看见了半朱接吻的场面，对半朱那裹在厚雨衣里的身子产生了激情。

半朱挪回身子，又靠在达吉肩上，白皙的手轻轻地放在他的大腿上，贴着脸的刘海像小狗似的碰到了他的脸颊。

车子驶上团子坂，拐过肴町，正要从达吉家所在的银行拐角处驶过去，那时达吉一边转弯一边说：

“今天晚上你做好思想准备了吧。”

半朱身子发僵，把脸低低地伏在达吉肩上。

星期六下午半朱待在达吉屋里，明天星期日就是半朱和与志子约定见面的日子。

半朱身穿象牙色有领毛衣和灰色牛仔裤，他打开自己和达吉买来的那个旅行包的锁，新毛毯、毛巾、白色毛巾睡衣、旅行梳等物品吸引了他的注意力；他不时露出不安的目光，最后停住了手。

前天星期四半朱一直住在达吉家，那天早上他用达吉拟的草稿给与志子写了信。

那封信很短。达吉草稿的措辞极像半朱的手笔，让人感觉即使是半朱本人写的也未必有这么像：

> 我星期天不过去，婚约我也取消了。
>
> 我从一个月前起已经变心了。
>
> 我与你友情不变。
>
> 千不该万不该的事情发生了，请你不要怪我。
>
> 半朱

星期四那天，半朱被迫到森川町取来自己的信纸，在收拾早餐后的那张桌子上写那封信。看到达吉拟的草稿，半朱一瞬间产生了一种无法抗拒的兴趣，把草稿的语句流畅地写下来。

写好信后，半朱感到指尖仿佛碰到了讨厌的虫子，扔掉钢笔离开桌子，坐在床上，一脸恐惧地凝视达吉把信放进信封封好。

半朱在达吉的监督下拿起那支在墨水里浸过的钢笔，在信封上写下地址和姓名，字迹却抖得厉害，半朱重写了两次。

最后，半朱和达吉出去进行早餐后的散步，走进漂亮朋友，托侍者把那封信投进邮筒。

……

半朱为白色睡衣柔软的触感而喜悦，双手捧起睡衣贴在脸颊上，最后放下睡衣，上床躺下，用不安的眼神看着达吉。

“信已经到了吧？”

“今天早上到的吧。”

半朱轻轻呼了口气，仰面躺在床上。

“你怎么了？”

达吉凑到半朱身边，解开他胸前的扣子，把手伸进去放在心窝上。半朱仰起小下巴露出淡淡的影子，又把头侧向靠墙那边，微微扭了扭身子。

“别碰我的心窝，我的心一直在跳呢。”

达吉抽回手，静静地把耳朵贴在半朱的心窝上。

我的半朱还活着……

喜悦与痛苦攫住了达吉，达吉心里不安，一颗心也开始快速跳动。

达吉在半朱身边躺下来，又把手放在他的胸膛上。半朱的手放在达吉手上，久久停留。最后达吉抽回手，用手拨了拨半朱的头发，坐起身来。

半朱仰视着达吉，说："我已经无所谓了呀。"

"你好厉害啊。"

达吉拿起床边的手表看了看，下床朝门口走去。

"都三点啦。你要不要吃我做的醋渍小黄瓜？家里有火腿和奶酪。"

说着达吉走到走廊，此时玄关的电铃响了，他突然皱起了眉头。从平静的按门铃的方式中，他感觉来人是一位陌生人，应该是一位中产阶级老夫人。

来人是八束须贺子。八束夫人打量了下达吉：他穿着白色有领毛衣和黑色裤子，外罩一件深灰色便装，上面饰有两道条纹，一只手插在裤兜里。八束夫人深深地鞠了一躬。

"我叫八束须贺子，是八束与志子的母亲。我想您已有所耳闻，她和伊藤半朱订婚了。说实在的，关于半朱的事我……有点话想对您说，所以我过来了。实在对不起，在您百忙之中打扰您……"

"哦，请进。"

达吉先进了书房，让八束夫人坐在待客椅上，自己在床上坐了下来。半朱已经从座位上站起来了，他看见八束夫人不由得怔住了。进门右侧是床，左侧里边有一扇通往浴室的门。达吉对朝浴室那边走去的半朱说：

"你别走，我们说的是你的事。"

达吉的语调让半朱无法抗拒。半朱讨饶似的看了看达吉，把手搭在床背上，低头站着不动。

八束夫人将凝视半朱的目光移向达吉，把放在膝上的双手轻轻握在一起，说：

“今天早上，我看到了半朱的信。四天后的五号就是婚礼……这事都定下来了，可那封突如其来的信件说要取消婚约。这其中有什么原因呢？……我前几天正巧不在家，昨天回家后也什么异常都没有……现在我女儿已经哭不出来了，也不说话，就在床上躺着（这时八束夫人纤手紧握，手上的绿宝石闪闪发亮）。这是跟了我女儿多年的那个女佣说的……我听说与志子在认识半朱之前，您作为前辈一直与半朱交往。所以您先别管我女儿，如果您知道什么，能对我们说……”

八束夫人痛苦地把膝上那双苍白的手握在一起揉捏，继而又把双手紧紧地握在一起，闷声不吭。

半朱假装去倒茶，挪身要从后门逃跑，却被达吉盯住了，便在八束夫人面前背过脸去，用手在床背上拼命揉搓。

“你给八束小姐写信了吗？”

达吉用毫不知情的口吻说。半朱默不作声。

“是这样啊。你担心这事吧，对我也什么都不说。昨天你来了，说要和我去旅行，我倒觉得奇怪。”

这时八束夫人看了看达吉屋里的东西：靠里边的桌子胡乱放着深棕色和棕褐色相间的格纹新毛毯，一只豪华旅行包扔在床脚处，包口露出来那件白色睡衣，商店包装纸、绳屑、小玳瑁梳子散落在周围。她又看了看半朱，目光移向达吉。她四十九岁，原是一位正经人家的小姐，后来成为实业家八束喜与吉的夫人。虽然涉世不深，但凭借女人的直觉她也觉察到这时达吉和半朱之间的气氛，即使他们之间没有可怕的、令她讨厌的关系。

……不，如果他们没有那种关系，怎么会发生那种事……杉村达吉的回应令她感受不到丝毫的诚意，他向半朱确认写信一事的样子固然巧妙却也可疑。杉村达吉和伊藤半朱的样子透着强烈的亲昵感……

八束夫人感到一阵恶寒，而达吉一眼看上去就是个优秀的男人，这个男人的气魄渐渐把她压倒。

八束夫人深深地垂下头，不停地紧握并揉捏双手，最后又把双手紧紧地握在一起。在她白皙的指关节上，线一般的红色出现又消失。

过了一会儿，八束夫人抬起脸来看达吉。

"请您一定，一定跟半朱问问……若是他有其他喜欢的人了，有关那位的情况请……千万别让与志子知道，我们……我们无论如何也要……"

达吉伸出裹在白毛衣里的胳膊，拿起一支埃及香烟点燃。他痛苦地抿住嘴唇，面部皮肤有些皱了起来，抽了一口烟，看也不看夫人就说：

"好吧，我也试着问问吧。他好像很为难，我想是有什么隐情吧。他这个人平时话挺多，但关键的事儿一句都不说，他私人的事我也没听说过。我们也只有工作层面的交情而已。"

八束夫人知道，达吉心中的城池不会陷落。她低下头，脖子到胸脯之间的线条变得僵硬，脸微微扭向门口那边，肩膀紧缩，夹杂着银丝的波浪式刘海在微微颤抖。

达吉观察了下八束夫人的神态，然后移开目光，脸上露出了寂寥，一如他和半朱坐在昏暗的“漂亮朋友”的高脚凳上时一样。

八束夫人的脸皱得像能乐面具，肩膀更加紧缩。她把手放进袖兜里，不停地摸索。出门的时候，她在心里祈求能带个好消息回来，考虑穿什么衣服去吉利，最后穿上了如今和妻子定居伦敦的长子纪一结婚送彩礼那天穿的衣服。那套衣服与季节有些不相符，她却为能以那身打扮出门而高兴。当她把手放进长衬衣的袖兜时，她想起了那件往事，咬了咬嘴唇。过了一会儿，她掏出了一块手帕。

“那我告辞了。打扰您了。”

八束夫人把可以看见白布袜的拖鞋的鞋尖并拢，用手帕遮住脸，站了起来。

“啊，对不起，帮不上什么忙。”

达吉一只手插进后裤兜，另一只手还夹着那支变短的烟，从床上站起来看着八束夫人。

八束夫人不看对方，径直走到门口。当那白皙的手搭上门把手时，她停下脚步，回头去看达吉。

达吉一脸无畏地站在那里，严肃地睁大那双黑眼睛，目光深处透着一丝冷笑与兴奋的意味，似乎有点滑稽的表情中有一股毫不动摇的自负与信心。他的面容不小心暴露了这种男人无法避免的弱点。自命不凡、幸灾乐祸，这就是这种男人的心思。

达吉的那种表情虽然在一瞬间消失了，却深深地扎进了八束夫人的脑海。八束夫人的眼睛闪出了狼一般锐利的锋芒。

八束夫人直视达吉的眼睛，说：

“我不知道你们在想什么。不过，你们自以为超凡脱俗吧。不，你们的心思都写在脸上了。你们想得没错，我们是生活在俗世中的人。可话要说回来，为什么我们非要被瞧不起呢？让人瞧不起的难道不是你们自己吗？”

达吉微微挺起脖子，垂眼看着八束夫人。

“您刚才说的话我不是很明白，而您好像在说我和半朱不守规矩。太太，请您好好考虑自己说的话。我姑且不论，半朱君是一个以后要走向社会的年轻人。虽然在文学方面他没有什么天分，但他数学好像不错，我想让他往那方面发展。我冒昧地说一句，请您不要说那种伤害年轻孩子前途的话。”

说着，达吉像发现了烟灰似的，把烟头碾灭在烟灰缸里。

八束夫人咬了咬嘴唇，默不作声，狠狠地看了达吉一下，迈着坚实的脚步走出了房间。

达吉朝半朱使了个眼色，二人一起把八束夫人送到玄关。八束夫人穿鞋穿了几下都没穿好，好容易才穿好了那双灰色的草鞋。她把半边脸埋在手帕里，似乎想要快步走却行动不大利索地朝门口走去，最后她的背影在门外消失了。

八束夫人的身影看不见了，达吉回头看了看躲在自己身后的半朱，率先回到了房间。

“你叫人好为难啊。”

半朱抿紧稚嫩的嘴唇，垂下眼帘，绕过八束夫人坐过的那把椅子，抓住床背站着不动。

“这下好了，大概再也不会有事发生了吧。这次跟那姑娘的事就算是给你一个警告了。”

半朱似乎终于理解了达吉无情话语背后的意思，一动不动地睁着一双鸽子般的眼睛，看着达吉说：

“达吉，你好可怕啊！”

“我可怕？你已经嫌弃我了吧？”

坐在床上的达吉用截然不同的温暖声音说。他看了看半朱，起身从书架上拿下一瓶金酒，倒在杯子里。半朱凝视着达吉那双结实的大手，脸上惧色未消，达吉回头去看半朱。

“我给你调杯酒吧。”

说罢，达吉出去了。

半朱无意间不紧张了，他似乎想起了什么，把八束夫人坐过的那把椅子靠墙放好，在床上坐下来，嘴唇贴住达吉的金酒，喝下一口。伴着冰块相碰的声音，达吉端着一个托盘回来了，上面放着梅多克葡萄酒、糖和刚榨好的柠檬汁。他把托盘放在桌上，在半朱稍稍后退空出来的位子上坐下，开始调潘趣酒。

“怎么啦？半朱，我要是不在家的话你可怎么办？”

半朱的那双瞳孔依然一动不动，他就像一只被人用布把笼子盖上的夜莺，眼睛一眨不眨。达吉递过那杯调好的潘趣酒，半朱默默地摇了摇头。

“那你要喝金酒？”

半朱点了点头，抬起一双暗淡却透出撒娇意味的眼睛，默默地挨靠过去，用手架住达吉的胳膊，像要缠住他似的勾到他的上臂，把脸颊伏在他的胳膊上。

阿尔丰斯·都德《苦恼》中的语句突然在达吉心里浮现：

可怜的夜鸟/用喙敲打着窗

达吉轻轻松开半朱的胳膊，用手架住他的腋窝，把他抱到胸前。半朱歪靠在达吉怀里，上身弯成平缓的九十度，胳膊贴着达吉的胸膛移动，脸低低地伏在他的胸膛上，双手爱抚他的后颈部。

达吉的胳膊搂紧半朱纤细的身躯，嘴唇静静地隐没在他的头发里。

八束夫人来访之后，半朱在达吉家住了下来，森川町的公寓再也没有回去过。外出的时候，他必定和达吉一起出去。他甚至害怕去大街上的水果店，因为他说在路上也许会遇见八束家的人。

在达吉家，保姆每周来一次，把一周的食物存放在冰箱里，而水果之类的食物有时会吃完，有时又到季节性水果的上市季节，于是达吉托半朱买东西，而无论去达吉家拐角处的水果店还是去寄邮件，半朱都选在他和达吉散步的时候；除了和达吉一起出门，半朱没有走出达吉家一步。

十月五日星期三本是半朱和与志子举行婚礼的日子，达吉决定这天带半朱出去吃饭看电影。临近中午，天色暗了下来，二人穿着一样的深蓝色雨衣出门，达吉手里拿着一把洋伞；半朱露出一条淡蓝色的细纹领带，达吉则露出一条比雨衣颜色还要深的深蓝、暗红相间的斜纹领带。达吉无论思想还是言行都像不惑之年的男人一样老成，不过三十七岁的他戴上这种领带确实显得年轻，二人看上去就像一对年纪相仿的兄弟或玩伴。

二人在大街上拦了一辆出租车，在浅草田原町下了车。看完电影回去的路上，两人顺道来到富士厨房喝咖啡，就在从商店街去往田园町的一条小巷中。达吉原本提议去吃冈田鸡，半朱却说还不想吃，二人便决定在富士厨房休息。这家是一个两层楼的欧式店铺，通往二楼的楼梯口亮着橙色的电灯，壁纸上饰有花纹，桌子上放着珍奇的鲜花。半朱坐在一张摆放着半开的红蔷薇的桌子前，听达吉讲法国的小说。

出了富士厨房，二人决定去银座的圣地酒吧，一路走到田原町，拦了一辆出租车。车子穿过上野站的铁桥时，半朱说身体不舒服，挨靠在达吉肩上，脸色苍白，额头上渗出了冷汗。

“你不要紧吧？你要下车吗？”

半朱只是不置可否地挪了挪脑袋。最后，达吉让司机在京成电车站附近停车，自己扶起半朱下了车。车子开走的同时，二人遭遇了一场倾盆大雨。不巧的是，路上的咖啡馆净是也兼售咖啡以外的餐饮，弥漫着恶心气味的店铺。二人来到山下，激烈而又细密的雨用那灰色的水珠遮蔽了上野的森林、整片街道、宽阔的石阶，山上的森林在灰色的雨雾中给二人淡淡的、远远的感觉。达吉扶着半朱的腋窝，徒劳地撑着一把洋伞，登上石阶准备先进精养轩再说。好容易走到了精养轩，二人向侍者说明情况，在休息室脱掉雨衣和鞋子，换上拖鞋，借来毛巾擦拭脸、手、西服。或许是挨了凉雨，半朱的精神也好了。于是，达吉抽了一支烟，和半朱一起进了饭厅。

达吉看着菜单，却听半朱小声说：

“我们走吧。”

达吉抬起头来，半朱已经半站起身朝他使眼色。达吉回头一看，一个年约五十出头的小个子男人在用餐，男人看起来像是个严谨刻板的一流实业家。那人有两个同伴，一个是与他年纪相当、貌似生意伙伴的男子，另一个白皙的年轻男子，大概是他的秘书。达吉心想，那人是八束喜与吉吧。尽管觉得对不起半朱，达吉却还是不想开溜。

“我们换个座位吧。”

达吉用目光安慰半朱，与他换了座位。八束喜与吉似乎终于注意到了半朱，却摆出一副完全不在意的神情悠然应对，一边掰面包、动叉子，一边与生意伙伴不停地畅谈。达吉看在眼里，知道八束喜与吉没有听妻子须贺子说起那天见到的情况。

达吉叫来侍者，点了鸡汤、冷牛肉、莴苣色拉，葡萄干热布丁、水果、咖啡，然后拿出一本笔记本，摆出一本正经的表情，像是在填写宴会的时间。他潦草地写下一行字，把笔记本递给半朱，上面写着“八束喜与吉不知道那件事”。半朱感到为难，便留心看着八束喜与吉，幸好对方已经在喝咖啡了。

不大工夫，八束喜与吉结了账，迈着在自己家里走路那样的小步子，凑到靠近门口的达吉和半朱那边，让同伴过去一点，然后从对面稍微弯腰看了一下半朱的脸。

“半朱君，有空还来玩啊。”

说罢，八束喜与吉向达吉打了招呼，走了出去。八束喜与吉弓着背，他的表情乃至全身都有那种一夜衰老的迹象。达吉一边还礼，一边感到难受。从八束喜与吉身上，达吉感受到一阵苦涩，这种苦涩要比他面对歇斯底里的须贺子夫人时来得还要强烈。

八束喜与吉一走，半朱就一脸轻松地看达吉。

“我今天不来就好了。”

“那件事的影响还没消失啊。”

“住嘴。别再说一个外人的事……”半朱用歇斯底里的尖细嗓音说。

“我可不想提那种事呢，身子吃不消哩。你有食欲了吗？”

“对不起，我有些不舒服。”

“你最近一直不对劲啊。你应该更踏实一些才是。我就那么靠不住吗？”

“嗯，我错了。你别生气啊。”

半朱胃口大增，把一盘冷牛肉吃得只剩下两片，开心地吃完了布丁。达吉用叉子叉起半朱盘里剩下的冷牛肉，一边吃一边说：

“你最近可没这么饿啊。”

说罢，达吉看着半朱，对他笑了笑。

一张结实的雕花双人床，从赤门前面一家经营占领军半旧品的商店搬进了浅嘉町达吉家中。那是达吉为半朱买的床。达吉让保姆打扫了与书房相对的六叠榻榻米大的西式房间，并通了风，房间以前一直是用作储藏室的。那张床就被放在这个房间里。

后来半朱似乎偶尔会无缘无故地心烦，而有时又像女人一样闹腾。达吉以已无必要为由取消了旅行，决定等到十一月后工作告一段落时再去旅行，半朱对此满腹牢骚，说起这事就让达吉伤脑筋。

半朱第一次来访那天就吸引了达吉：一张俏脸像拉斐尔笔下的天使一样的俊美，白皙的肌肤很快就泛起了潮红，紧绷绷的肌肉在衬衫里若隐若现。在被它们勾住视线的同时，达吉还被半朱女性化的气质深深地吸引住了。半朱并未读过达吉的文字，却向往他在文坛上的显赫地位，这份浅薄很快被达吉摸清了。半朱又有一种孩子气，并不知道自己有点狡黠、滴水不漏的一面已经被达吉看穿了。他那种幼儿似的什么底牌也藏不住的做事方式，让人看着就觉得很逗。别人以为他行动敏捷老成，他却热心而又出神地翻看达吉拿给他的有彩色插图的外版书，那时的他面容就像孩子，半张半合的嘴唇像想吃奶的婴儿。他没有发觉达吉的眼睛那般细致深入地观察自己，偶尔一动不动地睁着一双小鸟般的眼睛，那样子深深地诱惑了达吉。他意识到了自己的美貌与可爱，不时睁着一双陶醉的、睫毛长长的眼睛朝上看达吉，微微扬起嘴角露出算不上微笑的样子，又微微扬起眉毛看东西，表情中透着美少年特有的自私与冷淡，而那些举止也自有一种天真的韵味，并不令人讨厌。

半朱第一次来达吉家那天晚上，达吉整宿未眠。半朱临走时放下了一本自白式的自传体小说，那本小说从第一页起就吸引了达吉。因为小说的字里行间全是半朱的女性情怀，尽管它除了清新脱俗之外不值一提。达吉那晚放在小桌上准备读的皮埃隆[1]的《疼痛心理》，一页都没有读。

总之，半朱是一个外在和内在全都无止境地诱惑着达吉的尤物。最初的日子里，达吉无论如何都想把半朱这个青年占为己有，无论如何都不想放手。那天半朱瞪大眼睛好奇地看比亚兹莱的画册，耳垂变红了；达吉注视着半朱的侧脸，在陶醉的、兴奋的情绪中产生了那种想法。那时不可思议的痴心成了

1 法国心理学家。

达吉的羁绊，一直深入到如今的境界。

达吉几乎就像一个迷恋命薄的小鸟的人，工作时间以外就是半朱媚态的俘虏，半朱的媚态是没有极限、没有技巧的媚态。达吉对半朱唯命是从，给他买想要的东西；半朱似乎想排遣不安与恐惧，不停地向达吉提要求。半朱从达吉对自己的痴心中感到愉快的自信，事事都想尝试，这也是半朱的欲望。达吉对半朱的试探感到恼火，有时严厉起来，不让半朱任性，而那份痴心在他心里却一天天加深、一天天令他陶醉。

本该举办婚礼的日子远去了，自八束夫人拜访达吉家后大约半个月的时光流逝了。半朱的状态也稳定了下来，他按照达吉的指示，开始整理自己高中时代和大学两年的笔记。达吉命令半朱把在学校里学的数学再回忆一遍，然后用更高阶段的数学书自学，争取以后当个数学教师。

半朱给达吉看的那本自传体小说，因风格新颖受到赏识，由达吉认识的一家出版社予以出版，但后来评论不佳。半朱只差一步就要进入江郎才尽的作家行列了，他也知道自己只是因为美貌和达吉弟子的身份而出名。据说刊登半朱照片的杂志很畅销，半朱便更愿意别人把自己当成花瓶演员一样对待。

一天早上，达吉听半朱说了他大学时代的数学老师的意见，颇觉有趣地凝视半朱，说了句“你这孩子啊”。达吉像看见晃眼的东西似的皱起了眉头，脸上露出半朱爱看的那种苦涩的笑容。达吉盯着半朱看了半天，又说了句“你不是用不着写什么破小说嘛”，露出了可爱的笑容。半朱躺在床上，把脸伏在达吉裸露的胸膛上，达吉的蓝色竖纹白衬衫敞开着，半朱亲吻他的胸膛；达吉用手抵住半朱的下巴，托起他的脸，双手夹住他的脸，出神地看着他的眼睛说：

“你只当我的太太可不行啊。你的脑瓜里装着数学哩。”

说着，达吉用手指用力一按半朱的额头。半朱像少女一样笑了笑，亲吻达吉的指尖。

天气好的一天，达吉带半朱去森川町的公寓，替他交了累积下来的房租，还整理了他的大部分行李，最后只把书架、笔记本、座钟、他在赤门前买的扶手椅、台灯等搬到了浅嘉町。达吉已经不只是半朱的大哥，也是他的情人了。

达吉至今还记着八束家的女儿，外出之类的时候也没有放松警惕，而有时他以为半朱会突然担心起她而害怕，可半朱却把她忘了。

这天，达吉和半朱来到银座，在银塔吃了午餐，一路走到有乐町，最后站在了东映电影公司售票处前。半朱身穿黑色有领毛衣和淡蓝色秋季西装，达吉则随意地歪戴着一条深藏青色和暗红色相间的领带，身上罩着一件肥大的深藏青色棉华达呢防尘大衣。

达吉对半朱说，他要去看地下流通的法国黑帮片。达吉把胳膊肘支在售票处柜台上，手伸进上衣内兜去掏钱包，此时他听见半朱嘴里发出了微弱的声音，便回头去看后面。半朱的嘴唇像被撬开了一样半张着，一双呆滞的眼睛死死盯着电车路；一个小个子姑娘从电车路往车道迈出了两三步，然后静静地站在车道上，对于周遭的一切浑然不觉，一张被棕色头发围住的小脸没有表情。叫喊声和裂耳般的紧急刹车声一起从右边驶来的一辆车边传来，半朱回过神来似的要跑过去，达吉猛地抓住他的胳膊用力按住他。半朱的胳膊没劲了，全身软了下来，靠在了达吉肩上。

一瞬间，姑娘的身体被撞飞到车子前方，摔在地上，像被捏碎腹部的虫子似的躺在碰到的那辆车的前轮下。姑娘掌心朝上摊开那双戴着手套的小手，挎包带缠在脖子上，裙子卷起来了；白色衬裙下，穿着黑丝袜的脚和黑鞋子的鞋跟立起，就像要抠抓路面一样静止不动。

达吉像要好好看清自己那份痴心的牺牲品一样，用可怕的表情凝视着那个显然已经成为一具尸体的姑娘，脑中的思绪停止了。蓦地，他眼里闪射出锐利的光芒，在半朱耳边说：

“咱们在这里太引人注目了。”

达吉架着半朱的胳膊，大步走在石板路上，从东映电影公司往东日报社方向拐，在报社发行部前面朝出租车招手。他们身后人声鼎沸，形成一片毫无意义的轰响，轰响中仿佛有一个声音要把人群驱赶到高声喊话的警察那边去。达吉把半朱塞进一辆停下来的出租车，自己从后面上车关上车门。

“你快开车，我们要去东京大学前面的那条街。”

车子从看热闹的人墙后面绕过去，驶向尾张町。达吉从后车窗看车后方，人群中似乎有个女子跑出来蹲在那具尸体旁边，她与八束家的女儿年纪相当。达吉心想，是与志子的朋友碰巧路过那里吧。

年轻姑娘站了起来，低声对警察说了几句，然后用白皙的手按住额头，倒在了旁边一个陌生男子的肩上。人们开始把车子的前轮抬起来。

原来，那天与志子和朋友约好了，也到东映电影公司来了。她身上穿的那件浅驼色的大衣本来配的是暗红色的丝质连衣裙，这套衣服是母亲须贺子为了她和半朱最初的旅行挑选的衣服。半朱做出那件事后，她说没有穿红色衣服的好心情，那天也只穿了一件白色罩衫和旧套装，外面披上那件大衣。须贺子劝她说她穿得太素了，她便在罩衫领子上别上一枚青金色的胸针，背着一个颜色比大衣深一些的挎包出去了。她因为耽误了时间而快步穿过马路，往车道迈出了两三步，那时站在东映电影公司门前的半朱看见了她，脸上表情轻松惬意，仿佛在吹口哨。她的脸像被使劲往四边拉扯似的僵住了，没有一点表情，手脚停住不动。她想喊一声“半朱”，混杂着恐惧的惊异感却堵住了她的喉咙；她的嘴唇干巴巴的，一点声音都出不来。或许是知道半朱表情变了、知道半朱要朝自己跑过来，抑或是不知道，她呆滞得像个石像，最后被撞身亡。

从人群里跑出来的那个姑娘是浅贺田鹤子，她是与志子的一个挚友，知道半朱的事情。她和与志子相约去东映电影公司，也是在误了时间的情况下赶过来的。

半朱陷入了半昏迷状态。达吉抱起半朱，让他躺在自己膝盖上，自己仰靠在座位上。

车子驶过室町，在神田站的铁桥上穿行。达吉把手放住半朱的额头上，摸到一把冷汗。

“半朱，你不要紧吧？”

半朱微微睁开眼睛，用做梦般的眼神看达吉。

“啊。”

半朱发出呻吟般的声音，无力地仰起头，像要倾诉什么似的看了看达吉，默默地闭上了眼睛。车外异常明亮。达吉感觉在明亮的白光中转瞬而至的与志子的死渗入了自己的头脑，那似乎一辈子都不会消失。他一动不动地注视着半朱那双被又密又长的睫毛封住的眼睛，心想半朱不久就会忘掉与志子吧。他还那么年轻，天生一张俏脸和被溺爱的自我意识会融化他苦涩的心结。

车子开到了达吉家，达吉抱着半朱走进院门，保姆长塚花正站在玄关那里。——她那天理应过来。

“不好意思啊，我把这事忘得一干二净了。”达吉打了声招呼。

“哎呀，伊藤先生怎么了？”一脸不悦的长塚花变了脸色，面带怀疑地说。

“他贫血。今天你有空吧，我给你加工资。你明天能不能过来？”

“不，那个就不用了吧。”长塚花已经摸透了达吉的行事风格，表面上推辞一下，然后说，“我这两三天抽不出空，不过下周一我会过来。”

“那就这样吧。”

达吉把半朱放在书房床上，叫长塚花调一杯柠檬汁。

长塚花在柠檬汁里加上冰块和糖，把杯子拿过来放在桌上，千恩万谢地收下达吉拿出来的一张五百日元的钞票，看了一下半朱，然后出去了。她离开厨房门口，从栅门来到连接玄关和院门的那条砖道，睁着一双凹陷的眼睛，回头往达吉家那边看。

“那两人有些像两口子呢，其中好像有些原因吧。”

长塚花嘀咕了一声。她在外面打扫，心里特别想再看看屋里的情形，而达吉虽然多给了她一些钱，脾气却拗得很，极端讨厌她多嘴多舌，她最后只好回去了。

达吉去浴室取来热水和毛巾为半朱擦汗，发现半朱睡到了枕头旁边，并且烦躁地推开了达吉盖上的被单。

达吉脱掉半朱的上衣，解开衬衫扣子放松他的胸膛，然后使劲拧干毛巾擦拭他的额头，擦完后又重新把毛巾浸在水里再拧干，顺便从他的脖子擦到胸膛，最后把毛巾扔在脸盆旁边，把手放在他的心窝上。半朱的心跳缓慢而微弱。达吉摸了摸半朱的额发，从后裤兜里抓出一条手帕，把他的湿头发擦干。

半朱的喉咙像吞下什么东西似的动了动，随即推开达吉的手，趴在床上抽泣起来。

“是我杀了她……”半朱在抽泣的间歇断断续续地说。

达吉把一只白皙的手插在上衣兜里，手里还捏着擦过半朱头发的那条手帕。达吉注视着半朱，目光深邃。半朱呜咽着坐起来找达吉，想要靠在他的胸前，结果看到了达吉冷冷的样子，不由得屏住呼吸看着他。半朱一直睁大眼睛干抽泣，最后倒在床上，抬起仿佛一下子瘦下去的小下巴哭起来，哭得明显与先前不同；他也不捂脸，眼泪干涸了，纤细的喉头一上一下。达吉在半朱旁边躺下来，把半边身子贴在他身上，双手轻轻捏紧他的喉咙，出神地看着他的眼睛。半朱的喉咙在达吉的双手下周期性地抖动，眼睛一动不动，下方露出白眼珠，瞳孔挨到上眼皮，眼神说不清是悲伤还是倦怠，干巴巴的抽泣不时引起抽搐似的打嗝。

半朱的手搭上达吉的手腕。达吉的手松了，转为温柔的爱抚。半朱的手从达吉的手腕往下移，温柔地扶住他的手，接着半朱缩起下巴垂下脸来，轮流亲吻他的双手。

现在达吉已经不会吃惊于半朱的脾性，刚才他被达吉推开而惊讶得无法呼吸时，对八束与志子之死的歇斯底里的恐惧已经被他抛到了脑后，准确地说，是从脑海中抹去了，就像机器切换了模式一样，转而沉浸在被达吉冷落的悲伤中。达吉虽对半朱这样的脾性了若指掌，但半朱刚才的骤然转变，以及他开始像孩子那样干抽泣时无意间流露出的娇憨之态，仍令达吉再次感到神魂颠倒。达吉觉得自己全身的血液像温热的水，一面升温一面平缓而欢快地流遍身体的每个角落。他出神地看着半朱的小脸，眼睑里潜藏着偷情似的爱的阴影；嘴唇像能乐面具的嘴唇一样，下唇松弛，可以看见下牙。或许是被达吉温柔的样子刺激到了，半朱又抽泣起来，眉间的竖纹现出特有的苦恼，看上去有一种说不出的疲倦。

达吉站起身来，从浴室门对面、进门右侧窗边的那张写字桌的抽屉里拿出催眠剂和注射器，先给手和针尖消毒，然后给半朱的上臂打了一针。

半朱的目光仿佛从远处回来了，出神地看着达吉的眼睛，突然移到一旁。

“是我，是我杀了她。”

“不是半朱，是我。”达吉说。

“她死了比活着更可怕。”

“嗯……你打了针就能睡着啦。你口渴吗？”

“我只想喝水。”

“声音都哑了。你还真能哭呢。”

达吉进浴室涮了涮漱口杯，在杯子里倒上水，拿着杯子过来，把桌上的一个大冰块扔进杯子里。半朱拿起杯子咕咚咕咚地喝了起来，喉咙里发出响声，最后又筋疲力尽地倒在床上，朝达吉伸出手。达吉在床边坐下，双手抓住半朱的手，轻轻地握在手里；半朱没有血色的嘴唇露出笑意，沉重地睁开眼睑看达吉。

“是我杀了她……不过达吉和我是一伙的……我不怕。”

达吉露出了没有恶意的苦笑：“随你怎么想。”

半朱眼睛半睁半闭，疲倦地把脸转向墙壁。

半朱背过身去了，达吉收起注射器绕到床这边一看，半朱还睁着那双小鸟般的眼睛。达吉把注射器放进抽屉锁上，托起半朱的脸，像被吸引似的把嘴唇贴上去。达吉仿佛在被慢慢引向一个既深又远的洞穴，深深的吻融入了半睡半醒的半朱的嘴唇。达吉的脸颊深深地凹下去，封住眼睛的睫毛看上去甚至像突然出现恶寒症状的人的睫毛那样痛苦；在那个暮色已经开始游动的房间里，在透进窗户的光线被床背遮住的影影绰绰的黑暗中，他的睫毛、眉毛周围模模糊糊地映出了一个醉死在爱情之酒中的男人的脸。

半朱的手无力地搭在达吉肩上，随即落了下来。达吉的脑袋偶尔会变换角度，它与半朱的嘴唇结合面则随之变化。

漫长的时间流逝了，周围更暗了。时间意味着永恒。达吉平时经常说那种话，如今却什么都不想。不过，达吉和半朱接吻的时间意味着永恒的时间，它进入了自然状态。

最后，达吉抬起头来，亲了亲进入梦乡的半朱的额头，把他的手放进被单里，站了起来。

达吉关上两边的窗户，绕过床坐在写字桌前的转椅上，从香烟罐里拿出一支埃及香烟点燃。他靠在椅背上，目光转向映在窗上的天空，嘴唇冒着爱情的余焰。他叼着埃及香烟，一团浓烟从他的嘴唇溢出来，在桌子上流动。他的右手取下香烟，落在椅子扶手上。

达吉的面容燃起了不知何时才会熄灭的爱的火焰，它在一瞬间征服、粉碎了隐藏其后的寂寥与苦涩。